KB048387

예술 도둑

The ART THIEF

예술 도둑

예술, 범죄, 사랑 그리고 욕망에 관한
위험하고 매혹적인 이야기

마이클 핀클
염지선 옮김

생각의힘

아버지께 이 책을 바칩니다

미학이 윤리보다 우월하다

—오스카 와일드

이 책을 향한 찬사

이 책을 읽기 위해 필요한 키워드는 세 가지다. 텅 빈 벽, 공허한 마음, 그리고 아름다움. 책은 마음의 빈 곳을 채우기 위해 아름다움을 훔치는 도둑의 일대기다. 주인공이 절도를 거듭할 때마다 미술관 벽과 진열장은 비게 되지만 비어 있던 그의 다락방 벽과 마음에는 아름다움이 깃들게 된다. 상궤를 벗어난 병적인 아름다움이.

누구에게나 고통의 순간에 도망칠 수 있는 자신만의 세계가 필요한데, 그 세계를 어떤 것들로 채울 것인가는 결국 선택의 문제다. 우리가 이 기묘한 도둑을 비난하면서도 이해하게 되는 것은 모두의 마음속에 결코 내 것이 될 수 없는 아름다움으로 채우고픈 공허가 있기 때문이리라. 훔치고 싶을 만큼 아름다운 것을 접한 적 있는 모든 이에게 권한다.

—곽아람(〈조선일보〉 문화부 기자, 《나의 뉴욕 수업》 저자)

기묘한 절도와 기묘한 사랑, 기묘한 인생에 관한 아주 흥미진진한 이야기. 하지만 이 책에 '소설 같다'는 표현은 어울리지 않는다. 소설보다 훨씬 더 기묘하기 때문이다. 이 이야기를 읽는 경험도 몹시 기묘하다. 독자는 주인공의 행태에 절레절레 고개를 저으면서도 분명 몇몇 순간에, 자신도 모르게 그의 공범이 되어버리고 만다. 그가 붙잡힐까 봐 겁내고, 아름다움을 온전히 독점하고 곁에 두는 은밀한 시간과 공간을 부러워하게 된다.

그리고 독자는 이 도둑이 미학적 열망 때문에 도둑질을 저질렀다는 주장을 반박하려다 심오한 수수께끼를 맞닥뜨리게 된다. 미학적 열망이라는 게 도대체 뭘까? 예술 작품은 왜 사람들을 사로잡는 걸까? 예술의 힘은, 그리고 예술은 뭘까? 혀를 내두르게 하는 꼼꼼한 취재와 마술처럼 유려한 문장, 그리고 이런 묵직한 질문들이 결합한 결과는 황홀하기까지 하다.

—장강명(소설가)

영화 〈도둑들〉을 만든 영화 감독 최동훈은 언젠가 술자리에서 흥미로운 얘기를 꺼낸 적이 있다. "교수님, 미술관을 관람할 때 여기서 딱 한 작품만 훔친다면 어떤 작품을 몰래 가져갈 것인가를 생각하면서 감상해보세요. 그림들이 완전히 다르게 보일 겁니다." 영화 〈도둑들〉의 영감이 어디서 왔는지 짐작할 수 있는 대목이었다.

정말로, 그 후 내 미술관 감상은 완전히 다른 경험이 됐다. 몰래 집에 가져가서 평생 나만 훔쳐볼 그림을 찾는다는 건 은밀한 미학적 쾌감을 전해주었다. 다시 팔 수도 없는 장물이라, 오로지 작품과 나와의 관계에만 집중하는 흥미로운 경험은 내게 새로운 미적 욕망을 만들어냈다.

《예술 도둑》은 손에 들자마자 단숨에 읽어내려간 숨 막히는 책이다. 저널리스트 마이클 핀클이 이 책에서 역사상 가장 많은 예술품을 훔친 강도 스테판 브라이트비저를 그린다. 그는 여자친구 앤 캐서린 클레인클라우스와 함께 300여 점의 작품을 훔쳤는데, 그 가치는 무려 수십억 달러에 달한다. 오로지 어머니의 다락방에 비밀스럽게 보관하며 혼자 감상하며 미적 즐거움을 얻고 싶다는 욕망 때문에 범죄를 도모한다. 《예술 도둑》은 브라이트비저의 삶을 연대순으로 추적하는 38개의 경쾌한 장들로 구성돼 있는데, 핀클은 1997년 강도 사건으로부터 시작해 그들이 어떻게 작품을 훔치고 보관해 왔는지 그리고 결국 파국에 이르는지 생생하게 그려낸다.
강도가 그림을 훔치고 몰래 보관하며 즐기고 감상해온 범죄는 흡사 사람을 납치해 지하실에 가두고 결국 살인까지 저지르고 시체를 유기한, 신문 속 끔찍한 살인 사건들과 무척 닮아 있다. 핀클은 브라이트비저의 흉악하면서도 치밀한 범죄 욕망을 통해 어쩌면 인간이 보편적으로 가지게 된 '예술에 대한 소유 욕망'이 도대체 어디에서 비롯된 것인지 근본적인 질문을 던진다.
예술에 대한 인간의 내밀한 욕망을 가장 비뚤어진 방식으로 탐해온 예술 도둑을 통해 미학과 윤리의 관계를 철학적으로 성찰하게 만드는 책! 근래에 읽은 가장 흥미로운 예술 서적이다.
—정재승(뇌과학자, 《열두 발자국》《과학콘서트》 저자)

돈이 아니라 정말로 아름다움에 대한 욕망 때문에 미술품을 훔치는 도둑이 있다면 믿어지나? 17세기 북유럽 작품에 특히 매력을 느끼고 도서관에 틀어박혀 독학으로 미술사 공부를 이어간 기묘한 도둑들. 스무 살 무렵부터 300여 점이 넘는 미술품을 훔친 실존 인물 스테판 브라이트비저와 그의 연인 앤 캐서린은 열정이 얼마나 위험한 것인지를 보여준다. 무엇인가를 향한 지극한 사랑. 그런데 왜 나는 그들의 이야기를 읽으며 축복보다는 삶의 함정과 같은 이 '미친' 사랑을, 죽기 전에 한 번은 꼭 만나고 싶다고 생각했을까.
—이세라(아츠인유 대표, 《미술관에서는 언제나 맨얼굴이 된다》 저자)

이 책은 은밀한 상상을 자극한다. 미술관에 갇힌 예술을 해방하고, 거장의 작품을 곁에 두는 삶. 그 환상을 현실로 만들어낸 어린 도둑의 신념이 지금 우리에게 질문한다. 미학이 윤리보다 우월할까? 말로 설명할 수 없는, 마음을 울리는 강렬한 작품 앞에서 우리가 할 수 있는 건 무엇일까?

—이지안(미술치료사, 도슨트)

이 도둑은 우리의 마음도 훔친다.

—〈뉴요커〉

실화를 바탕으로 한 매혹적인 심리 스릴러. 《예술 도둑》은 프랑스 추리 소설 특유의 긴장감이 있다. 매그레 경감과 명탐정 푸아로가 범인의 뒤를 바싹 쫓는 느낌이다. 책을 읽는 동안 범죄자를 향한 동정심과 혐오감이 공존한다. 그리고 결말은 충격 그 자체다. 핀클은 그야말로 이야기꾼이다. 처음부터 끝까지, 한번 잡으면 내려놓기 힘든 책이다.

—〈월스트리트 저널〉

매혹적이다. 핀클의 생동감 넘치고 다채로운 문체 덕분에 마치 살인 미스터리를 읽는 듯한 강렬한 느낌이 든다. 그러나 사라진 것은 시체가 아니라 작품이다. 《예술 도둑》은 절도에 관한 책이지만, 사실은 그보다 훨씬 많은 것을 이야기한다.

—〈워싱턴포스트〉

실제 범죄를 다룬 명작으로, 300점이 넘는 예술품을 훔친 프랑스 예술 도둑 스테판 브라이트비저의 매혹적인 발자취를 따라간다. 이 도둑은 유화와 은그릇, 고대 무기로 어머니의 다락을 채워 반짝이는 보물 창고로 바꿔 놓는다. 핀클은 미술 이론과 심리 보고서를 들고 아름다움에 중독된 주인공을 파헤친다. 매혹적인 여정이다.

—〈퍼블리셔스 위클리〉

엄청나다. 핀클의 이야기는 스릴 넘치고 짜릿하다. 이미 정해진 결말에 이르는 길에 두 번의 충격적인 배신과 놀라운 마무리가 기다린다.

—〈에스콰이어〉

한 편의 예술 작품과 같다.

—위치타 공영 라디오 KMUW

환상적이다. 이 실화를 손에 들면, '미친 듯이 열정적인 한 남자'가 값진 보물을 훔치고자 '어찌나 미친 듯이 범죄를 저지르는지' 빠져들게 될 것이다. (…) 그러나 소동의 중심에 있는 사람들—그의 어머니와 연인 —이 무슨 짓을 저질렀는지 알게 되는 순간, 이야기는 삽시간에 끔찍해진다. 주인공은 천재 같기도 하고 바보 같기도 한데, 아마 두 가지 모두일 것이다.

—아마존 '올해의 책' 추천평

이야기 속 주인공처럼 《예술 도둑》이라는 책 자체도 자신감 넘치고 역동적이며 타이밍이 절묘하다. 끝없는 긴장과 놀라움의 연속이다. 불가능에 가깝지만 이득은 엄청난 범죄 행각을, 핀클은 그야말로 멋지게 그려낸다. 전형적인 기승전결 구조가 아닌 갈수록 미쳐가는 이야기다. 핀클의 책이 이토록 즐거운 건, 브라이트비저의 도둑질 전략이 한 번도 빠짐없이 미친 짓이라서다.

—캐스린 슐츠(《상실과 발견》 저자)

매혹적이면서도 복잡한 주인공의 삶을 놀랍고도 흥미진진하게 그려낸다. 집착과 잘못된 재능에 대한 이야기가 마음을 사로잡는다.

—커크 월리스 존슨(《깃털 도둑》 저자)

일러두기

1. 이 책은《The Art Thief: A True Story of Love, Crime, and a Dangerous Obsession》(2023)를 우리말로 옮긴 것이다.
2. 단행본은 겹꺾쇠표(《》)로, 신문, 잡지, 방송 프로그램 등은 홑꺾쇠표(〈〉)로 표기했다.
3. 각주는 독자의 이해를 돕기 위해 모두 옮긴이가 단 것이다.
4. 인명 등 외래어는 외래어표기법을 따랐으나, 일부는 관례와 원어 발음을 존중해 그에 따랐다.
5. 국내에 소개된 작품명은 번역된 제목을 따랐고, 국내에 소개되지 않은 작품명은 원어 제목을 독음대로 적거나 우리말로 옮겼다.

차례

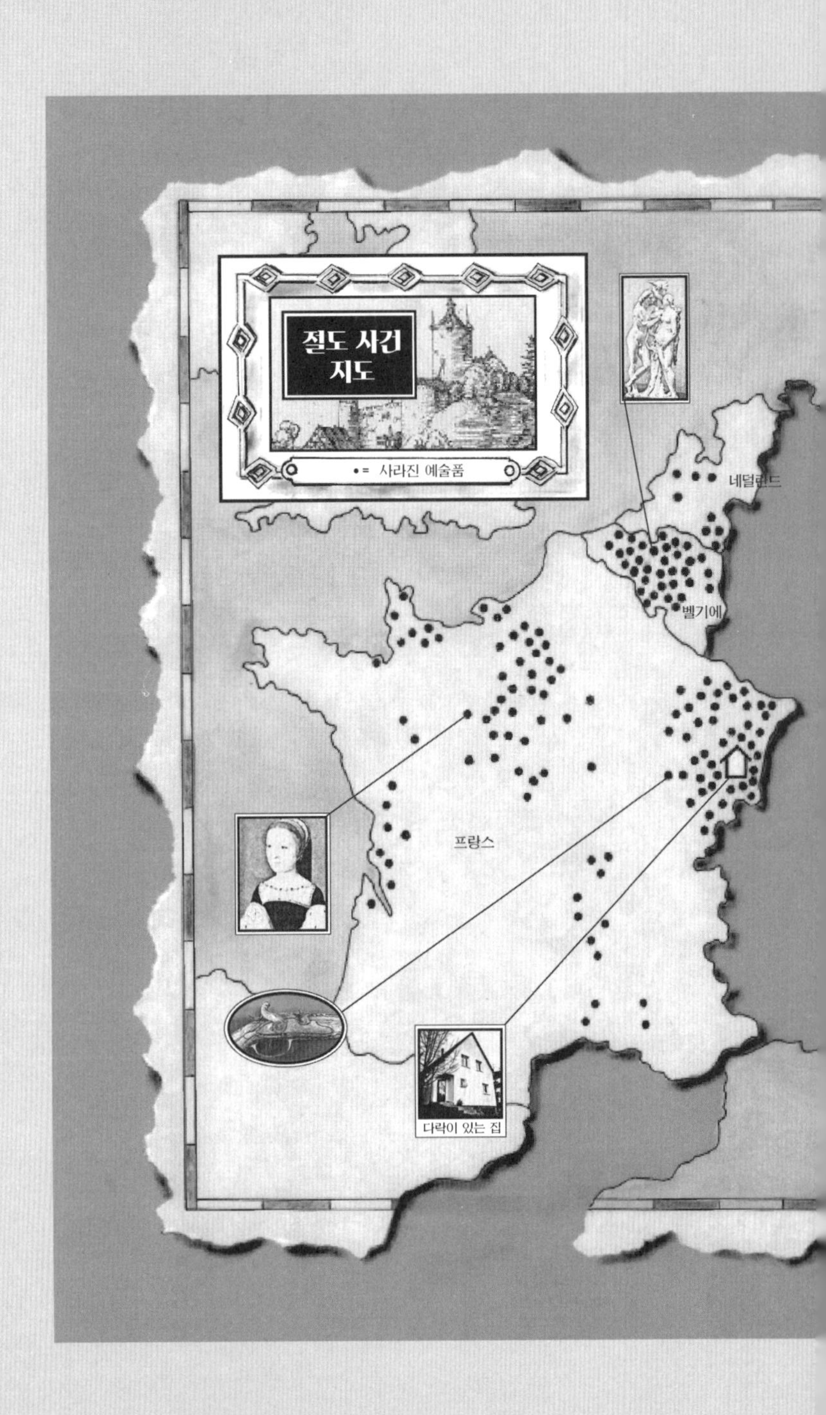
절도 사건
지도
• = 사라진 예술품
네덜란드
벨기에
프랑스
다락이 있는 집

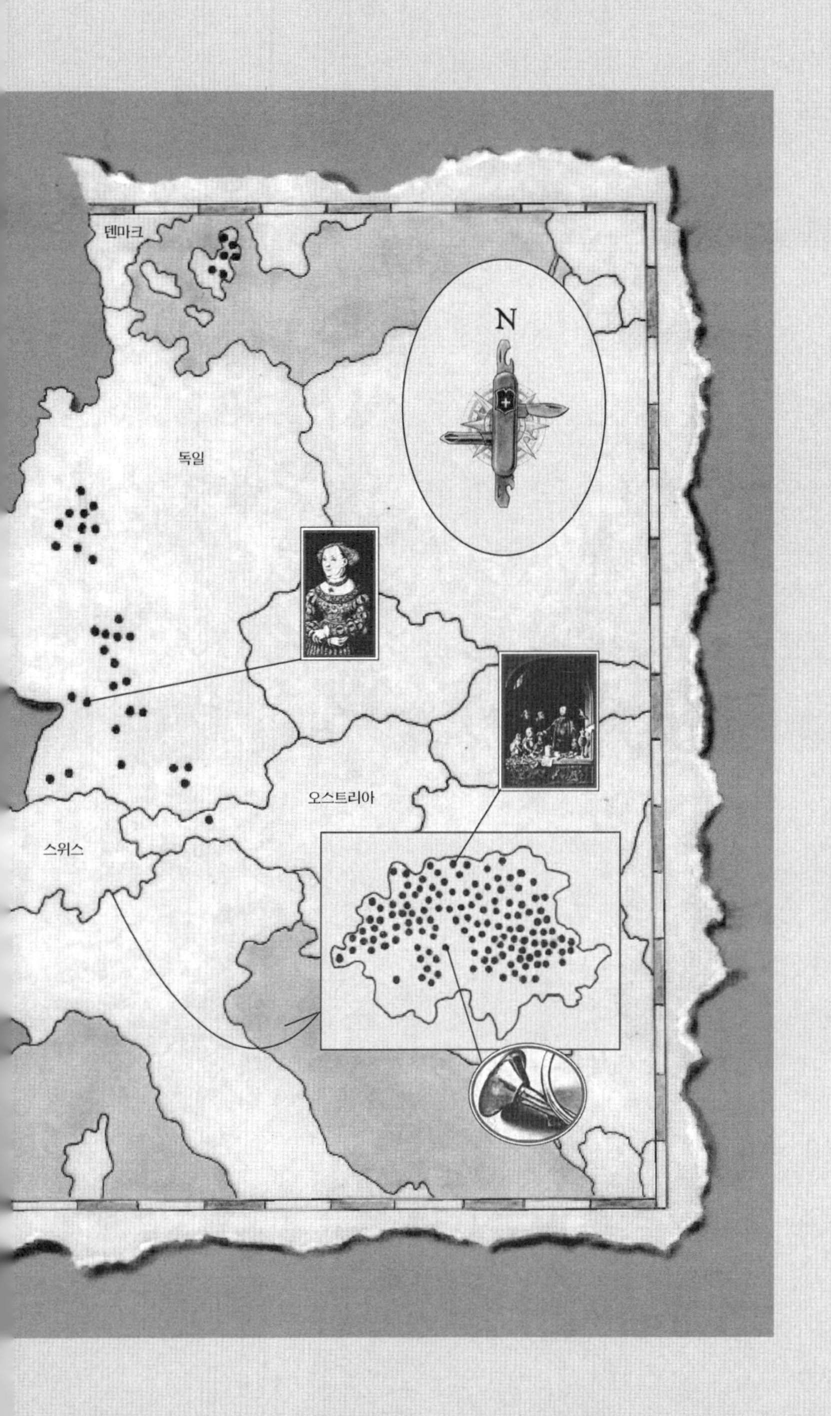
덴마크
N
독일
오스트리아
스위스

절도 사건
거실

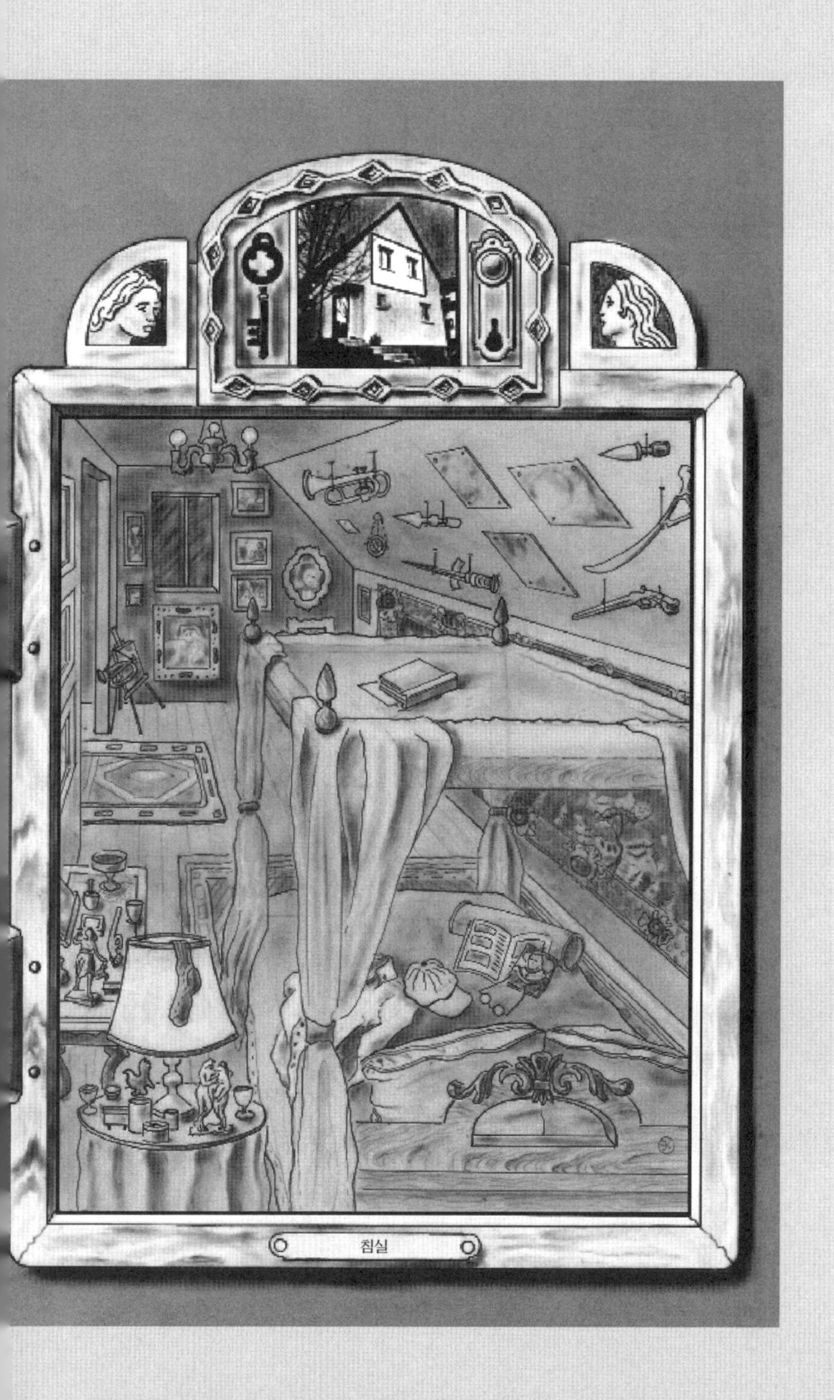
침실

1

사냥 준비가 끝났다. 스테판 브라이트비저Stéphane Breitwieser는 박물관에 들어서며 여자친구 앤 캐서린 클레인클라우스Anne-Catherine Kleinklaus의 손을 꽉 움켜잡는다. 둘은 안내 데스크로 걸어가 상냥하게 인사를 건넨다. 누가 봐도 귀여운 연인이다. 현금으로 입장권을 두 장 사서 들어간다.

1997년 2월, 벨기에 앤트워프. 어느 분주한 일요일 점심, 도둑질하기 좋은 시간이다. 두 사람은 루벤스의 집Rubens House 관광객 무리에 섞여 조각품과 유화를 손으로 가리키기도 하고 고개를 끄덕이기도 한다. 앤 캐서린은 샤넬과 디올로 빼입은 세련된 옷차림이다. 중고로 산 옷이다. 커다란 이브생로랑 핸드백도 어깨에 걸쳤다. 브라이트비저도 맵시 좋게 차려입었다. 바지 안에 셔츠를 단정하게 넣었고 그 위로 살짝 커 보인다 싶은 코트를 걸쳤다. 주머니에는 날카로운 스위스 아미Swiss Army 나이프를 숨겨 갖고 있다.

루벤스의 집은 17세기 플랑드르의 위대한 화가 페테르 파울 루벤스Peter Paul Rubens가 살던 집으로, 지금은 기품 있는 박물관으로서 사람들을 맞이하고 있다. 두 사람은 거실과 주방, 식당을 구경하며 천천히 거닌다. 브라이트비저는 그동안 옆문의 위치를 기억해두고 경비원의 동선도 파악한다. 몇 군데 탈출구도 미리 정해놓는다. 오늘의 사냥감은 박물관 뒤편, 황동 샹들리에가 있고 창문이 높다란 1층 갤러리에 고이 모셔져 있다. 한낮의 태양으로부터 작품을 보호하기 위해 덧문을 닫아두기도 하는 곳이다. 단단하게 잠긴 플렉시글라스plexiglass* 진열장이 화려한 원목 서랍장 위에 걸려 있다. 안에는 〈아담과 이브Adam and Eve〉 상아 조각상이 보인다.

몇 주 전, 브라이트비저는 홀로 떠난 정찰 여행에서 이 작품을 보고는 마법에라도 걸린 듯 마음을 빼앗겼다. 400년이 지나도록 여전히 상아 특유의 독특한 빛을 발하고 있어 마치 이 세상 물건이 아닌 듯했다. 여행에서 돌아온 후에도 조각상 생각이 머리에서 떠나지 않았고 꿈에도 나왔다. 결국 앤 캐서린과 함께 이곳으로 돌아오고 만다.

모든 형태의 보안에는 약점이 존재한다. 이번 여행에서 살펴보니 플렉시글라스 장은 나사 두 개만 풀면 윗부분이 바닥에서 분리된다는 결함이 있다. 흔히 쓰이는 나사가 아

---

* 유리처럼 투명한 합성수지로 비행기 창문 등에 사용한다.

닌 데다(당연한 일이다) 진열장 뒤로 손을 넣기가 힘들겠지만, 그래도 고작 나사 두 개만 풀면 된다. 경비원의 결점은 인간이라는 사실 자체다. 곧 배가 고파올 것이다. 브라이트비저가 관찰한 바로는 모든 전시관에 거의 온종일 경비원이 상주한다. 그러나 이 '온종일'에 점심시간은 들어가지 않는다. 점심시간이 되면 돌아가며 식사를 하는데, 일손이 부족하다 보니 다른 전시관의 경비원이 자리를 비운 이를 대신해 여기저기 순찰을 돈다. 그 동선과 속도는 예측이 가능하며, 바로 그때가 보안에 구멍이 뚫리는 순간이다.

관광객들은 성가신 변수다. 정오인데도 아직 서성대는 사람이 많다. 루벤스가 직접 그린 작품이 있는 전시실이 인기가 높지만, 그 방에 걸린 그림들은 너무 커서 안전하게 훔치기 힘든 데다가 지나치게 종교적 색채를 띠어 브라이트비저의 취향과는 거리가 있다. 〈아담과 이브〉가 놓인 방에는 루벤스가 평생 동안 수집한 물건이 전시되어 있다. 로마 철학자의 대리석 흉상이나 헤라클레스 조각상, 네덜란드와 이탈리아 화가들이 그린 유화 등이다. 〈아담과 이브〉 조각상은 독일 조각가 게오르크 페텔Georg Petel의 작품으로, 루벤스가 선물로 받았을 가능성이 높다.

관광객들이 돌아다니는 동안, 브라이트비저는 유화 앞에 서서 작품을 감상하는 자세를 취한다. 허리에 손을 얹거나 팔짱을 끼고 턱을 감싸 쥐기도 한다. 이렇게 미리 준비한 포즈가 열두 가지도 더 된다. 흥분과 두려움으로 심장이 요동치는 순간에도 이 자세를 흐트러뜨리지 않는다. 앤 캐서린은 전시실 문 근처 의자에 앉기도 하고 주변을 서성이기도 하면서 무심한 얼굴로 복도를 주시한다. 그쪽에는 보안 카메라가 없다. 애초에 이곳에 설치된 보안 카메라는 몇 대밖에 없는데, 브라이트비저가 알아본 바로는 전부 실제로 연결돼 작동 중이다. 규모가 작은 박물관에는 가끔 가짜 보안 카메라가 달려 있을 때도 있다.

어느 순간, 전시실에는 브라이트비저와 앤 캐서린만 남는다. 기름에 물을 부은 듯 순식간에 상황이 타오른다. 고요히 작품을 감상하던 브라이트비저가 갑자기 안전선을 뛰어넘어 원목 서랍장에 다가선다. 주머니에서 스위스 아미 나이프를 꺼내 그 안에 든 드라이버로 플렉시글라스 장에 작업을 시작한다.

나사를 네 번 돌린다. 다섯 번일지도 모른다. 조각상은 그야말로 걸작이다. 크기는 25센티미터 정도밖에 안 되지만 눈부시도록 정교하다. 태초의 인간이 서로를 바라보며 껴안으려 한다. 뒤에는 뱀 한 마리가 선악과 나무를 휘감고 있다. 손에 금단의 열매를 들고 있지만 아직 깨물지는 않았다. 원죄의 벼랑 끝에 선 인류. 그때 앤 캐서린이 작게 기침 소리를 낸다. 브라이트비저는 서랍장 반대편으로 훌쩍 넘어와 가볍게 착지하고 경비원이 나타났을 때는 다시 작품을 감상하는 자세를 취한다. 스위스 아미 나이프는 일단 주머니에 넣었지만 드라이버를 아직 접지 못했다.

경비원은 방으로 들어와 잠시 멈춰 선 후 찬찬히 전시실을 둘러본다. 브라이트비저는 아무렇지 않게 숨을 고르다가 경비원이 다시 몸을 돌려 출구를 벗어나기도 전에 도둑질을 재개한다. 이것이 그의 방식이다. 한 번에 조금씩, 갤러리를 뛰어다니며 나사를 돌리고 기침 소리가 들리면 잠시 쉬었다가 다시 나사를 돌리고 또 기침 소리가 나면 멈추길 반복한다.

계속 밀려드는 관광객과 경비원들 틈에서 나사 하나를 풀려면 최소한 10분은 집중해야 한다. 브라이트비저는 장갑을 끼지 않는다. 지문을 남기는 한이 있어도 장갑이 없어야 손놀림이 좋고 촉각을 활용할 수 있기 때문이다. 두 번째 나사라고 더 쉬워지지는 않는다. 중간에 관광객이 몰려들어와 한 번 더 뛰어올라야 했지만 이제 나사는 두 개 다 주머니 안에 들어 있다.

전시실 건너편에서 앤 캐서린과 눈을 마주친 브라이트비저는 왼쪽 가슴을 톡톡 친다. 작업이 거의 끝나가며 더는 도움이 필요하지 않다는 신호다. 신호를 받은 앤 캐서린은 박물관 출구 쪽으로 이동한다. 경비원이 세 번째로 모습을 드러낸다. 매번 의식적으로 다른 자리에 있긴 했지만 그래도 신경이 쓰인다. 브라이트비저는 고등학교를 졸업하자마자 박물관 경비원으로 일한 적이 있다. 그때의 경험을 통해 나사 하나가 빠지거나 튀어나온 정도의 작은 변화는 아무도 눈치채지 못한다는 것을 안다. 경비원들이 눈여겨보는 것은 사람이지 나사가 아니다. 그렇다고 해도 순찰을 두 번 도는 동안 줄곧 같은 방에 있으면 수상하게 여길 수 있다. 그런 상황에서 작품을 훔치는 것은 썩 좋은 방법이 아니다.

그런데 세 번째라니, 이제 꽤나 위험해졌다. 1분 남짓이면 경비원이 네 번째로 이 방에 나타날 것이다. 그때까지 여기 있어서는 절대 안 된다. 이번에는 끝을 내든가 아니면 포기하든가.

관광객 무리가 여전히 문제다. 힐끔 보니 모두 어떤 그림 앞에 모여 헤드폰을 끼고 오디오 가이드를 듣는 중이다. 이쪽에는 전혀 관심이 없어 보인다. 결전의 순간이다. 누구 한 명이라도 고개를 들면 모든 게 끝장이다. 브라이트비저는 머뭇거리지 않는다. 보통 도둑은 훔치다 잡히지 않는다. 망설이다 잡힌다.

브라이트비저는 서랍장으로 다가가서 플렉시글라스 장을 들어 올린 후 조심스럽게 옆에 내려놓는다. 상아 조각상을 꺼낸 뒤 외투를 뒤로 젖혀 바지춤에 밀어 넣고는 품이 큰 코트로 가린다. 조금 튀어나오긴 했지만 엄청나게 관찰력이 좋지 않은 이상 알아채기는 힘들다.

플렉시글라스 장은 옆에 그대로 두고(장을 원래대로 돌려놓느라 귀중한 시간을 낭비할 수는 없다) 자리를 빠져나온다. 미리 계산한 대로 움직이되 서두르는 기색은 조금도 없다. 브라이트비저는 이렇게 대놓고 훔치니 모두들 금방 알아차릴 거라 생각한다. 곧 비상 체제에 돌입하고 경찰이 도착해서 봉쇄된 박물관 안에 있는 사람은 모두 수색 대상이 될 것이다.

그래도 뛰지 않는다. 뛰는 것은 소매치기범이나 하는 짓이다. 전시실을 빠져나와 미리 봐둔 문으로 슬며시 나간다.

직원용 출구라서 잠겨 있지도 않고 안전 장치도 없으며 바로 박물관 정원으로 통한다. 덩굴로 덮인 벽을 따라 흰 돌바닥을 미끄러지듯 지나자 문이 또 하나 나온다. 등에 닿는 조각상이 느껴진다. 곧이어 다시 박물관 안쪽으로 향하는 문에 다다랐고, 바로 옆에 정식 출구가 있다. 계속 걸어가 안내 데스크를 지나 앤트워프 시내로 나온다. 지금쯤 경찰이 출동했을 것이다. 반짝이는 로퍼를 신은 브라이트비저는 아무렇지도 않은 듯 자연스럽게 걷는다. 곧 앤 캐서린이 보이고 두 사람은 함께 차를 세워둔 뒷길로 걸어간다.

짙은 파란색 티그라Tigra*의 트렁크를 열고 조각상을 내려놓는다. 성공에 취해 들뜬 기분으로 브라이트비저는 운전대를 잡고, 앤 캐서린은 조수석에 앉는다. 마음껏 질주하고 싶은 마음을 억누르고 차분히 신호를 지키며 천천히 도시를 빠져나간다. 고속도로에 다다르고 나서야 마침내 경계를 풀고 액셀러레이터를 힘껏 밟는다. 스물두 살의 어린 연인은 신나게 차를 몰아 집으로 달린다.

---

* 독일 자동차 회사 오펠에서 생산하는 자동차 모델명이다.

2

소박한 집이다. 흰색 석고를 바른 콘크리트 벽에 작은 창이 몇 개 나 있고 붉은 기와지붕이 가파르다. 집 뒤편에는 잔디가 깔려 있고 소나무 두어 그루가 그늘을 드리운다. 프랑스 동부 공업 지구에 위치한 뮐루즈는 자동차와 화학 공장이 몰려 있는 지역이며 거리마다 비슷한 집들이 많다. 어디든 아름다움이 넘쳐 흐르는 이 나라에서 가장 볼 것 없는 동네다.

대체로 생활하는 공간은 1층이지만 좁은 계단을 따라 2층으로 올라가면 방이 두 개 나온다. 하나는 거실이고 하나는 침실인데, 서까래 바로 아래 있어 천장이 낮고 답답하다. 2층은 언제나 문이 잠겨 있고 창문도 늘 닫혀 있다. 침실에는 포스터four-poster 침대가 있다. 모서리마다 기둥이 달리고 위에 덮개가 있어 어쩐지 위엄 있어 보인다. 자주색 리본으로 묶인 금색 벨루어 커튼이 드리워졌고 빨간색 새

틴 시트에 쿠션이 여러 개 쌓여 있다. 조금 뜬금없을 정도로 호화로운 이곳이 바로 어린 연인이 잠을 자는 공간이다.

브라이트비저가 눈을 뜨면 곧바로 〈아담과 이브〉가 보인다. 그렇게 하려고 일부러 침대 옆 탁자에 두었다. 이브의 물결치는 머리카락, 뱀의 비늘, 울룩불룩한 나무 질감을 천천히 손끝으로 쓰다듬는다. 조각가가 하나하나 손으로 빚던 과거의 어느 순간을 생각한다. 세상에서 본 가장 아름다운 작품 중 하나다. 가격으로 치면 이 동네 집을 다 합치고도 두 배 정도 될 것이다.

탁자에는 작은 상아 조각상이 하나 더 있다. 로마 신화 속 사냥과 풍요로움의 여신, 디아나Diana 입상이 오른팔을 들어 금색 활을 잡고 있다. 그 옆에는 세 번째 조각상이 있다. 알렉산드리아의 성녀 카트리나Catherine of Alexandria다. 여기서 끝이 아니다. 곱슬머리의 큐피드가 해골 위에 발을 올리고 선 조각상도 있다. 사랑은 죽음을 이긴다. 상아 조각상 컬렉션이 뿜어내는 천상의 광채와 함께 시작하는 하루라니, 이보다 가슴 벅찬 것이 또 있을까?

그런데 더 있다. 상아 조각상들 옆에 파란 에나멜 장식이 있고 금으로 만든 담뱃갑이 반짝인다. 나폴레옹이 직접 의뢰한 물건이다. 손에 올려놓고 있으면 마치 시간 여행을 하는 기분이 든다. 그 옆에는 1800년대 후반 프랑스의 유리 공예 장인 에밀 갈리에Émile Gallé가 만든 화병이 영롱한 빛을 내며 부드러운 곡선을 뽐낸다. 다음은 그보다 더 오래된 물건으로, 화환 장식이 새겨진 은으로 만든 컵이다. 브라이트비저는 왕족들이 수 세기에 걸쳐 각종 만찬에서 출렁이는 와인잔을 치켜드는 장면을 상상한다. 작고 예쁜 모양의 동그란 양철 담뱃갑도 있다. 앵무조개 껍질로 만든 컵 옆에는 자그마한 도자기 조각상이 있고 그 옆에는 청동으로 만든 물건을 모아두었다. 이들의 침대 옆에 놓인 작품만으로 박물관의 전시관 하나쯤은 채울 수 있다.

침대 반대편 앤 캐서린이 자는 쪽에도 탁자가 있다. 유리문이 달린 커다란 장식장도 있다. 그뿐 아니다. 책상도 있고 서랍장도 있다. 평평한 표면에는 어김없이 무언가 놓여 있다. 은으로 만든 커다란 접시, 그릇, 화병, 컵. 금박을 입힌 찻잔 세트와 백랍 모형, 쇠뇌,* 도검, 전투용 도끼, 전곤,** 대리석이나 수정, 나전으로 만든 물건들. 그리고 금으로 된 회중시계, 항아리, 향수병, 브로치.

은신처의 다른 방에는 물건이 더 많다. 나무로 만든 제단화, 구리 접시, 철로 된 자선함, 스테인드글라스 창문. 옛날 약병, 오래된 보드게임. 또 다른 상아 조각상 모음. 바이올린, 나팔, 플루트, 트럼펫.

안락의자 위에도 물건이 쌓여 있고 벽에도 이것저것 걸어두었다. 창틀에도 세워놓고 빨랫감 더미에도 뭉쳐놓았다. 침대 아래와 장롱 안에도 쑤셔 넣었다.

---

* 활을 고정 틀에 올려 발사 장치를 통해 쏘는 기계식 활. 사정 거리가 길고 관통력이 강하다.

** 곤봉 모양의 옛날 무기.

손목시계, 수놓은 양탄자, 커다란 맥주잔, 수발총,* 수작업으로 제본한 책 그리고 또 다른 상아 조각상. 중세 시대 기사의 투구, 나무로 만든 성모 마리아 조각상, 보석으로 장식한 탁상시계, 삽화가 그려진 중세 시대의 기도 책.

하지만 주인공은 따로 있다. 이곳에 있는 물건 중 가장 위대하고 가치 있는 작품들은 벽에 걸려 있다. 주로 16세기와 17세기 유화로, 정교하고 화려한 색감의 후기 르네상스와 초기 바로크 양식의 거장들이 그린 그림이다. 초상화와 풍경화, 해양화, 정물화, 우의화,** 농민들의 삶, 전원 풍경 등 다양한 그림이 바닥부터 천장까지, 벽 왼쪽 끝에서 오른쪽 끝까지, 방 안 가득 차 있다. 주제별로 걸기도 하고 지리별로 분류하기도 했다. 또는 구분 없이 아무렇게나 걸려 있는 그림도 있다.

크라나흐Lucas Cranach, 브뤼헐Pieter Bruegel the Elder, 부셰François Boucher, 와토Antoine Watteau, 호이옌Jan van Goyen, 뒤러Albrecht Dürer 등 한 시대를 풍미한 거장들의 작품도 있다. 그림이 하도 많다 보니 다락 전체가 색으로 소용돌이친다. 거기에 상아의 광채와 은이 내뿜는 빛이 더해져 색은 더욱 강조되고 반짝이는 금빛이 화려함을 극대화한다. 별 볼 일 없는 동네의 특별할 것 없는 집 다락. 예술 전문 기자들은 이곳에 숨겨 둔 작품의 가치를 모두 합쳐 돈으로 환산하면 약 20억 달

---

* 부싯돌로 격발되는 총. 16~17세기 초반부터 19세기 중반까지 사용되었다.

** 다른 사물에 빗대어 비유적인 뜻을 담거나 풍자하는 그림.

러(2조 7,000억 원) 정도 될 것으로 추정한다.

브라이트비저와 앤 캐서린, 두 사람은 환상 속 세계를 뛰어넘는 현실을 만들어냈다. 보물 상자 안에 사는 삶이라니.

3

스테판 브라이트비저는 사실 예술품 도둑이 아니다. 다른 사람들은 어떻게 생각할지 몰라도 스스로는 그렇게 믿는다. 지금까지 세상에 존재했던 예술품 도둑 중 가장 많은 작품을 훔쳤고, 가장 성공한 도둑임에도 그렇다. 그는 은신처에서 발견된 작품들을 자신이 훔쳤다는 사실을 부정하지는 않는다. 대부분을 앤 캐서린 클레인클라우스가 옆에서 도왔다. 브라이트비저는 자신이 무슨 일을 했는지 정확히 안다. 각 작품을 박물관에서 빼내는 데 몇 걸음이 들었는지 묘사할 수 있을 정도다.

그는 미술품 도둑을 싫어한다. 아무리 뛰어난 도둑이라도 브라이트비저의 경멸을 피할 수는 없다. 한 예로, 1990년 미국 보스턴의 이사벨라 스튜어트 가드너 박물관Isabella Stewart Gardner Museum에 도둑 두 명이 침입했다. 이들은 성 패트릭의 날 밤에 경찰 복장을 하고 박물관에 들어갔다. 야간 경비원 두 명이 불러 세웠지만 재빠르게 무력으로 제압해 눈과 입을 테이프로 막고는 수갑을 채워 지하 수도관에 묶었다.

야밤에 저지른 폭력적인 강도 짓을 브라이트비저와 비교하는 것은 모욕이다. 그가 생각하기에 예술품 절도는 누구에게도 두려움을 주지 않아야 하며 낮에 은밀하게 이루어져야 한다. 하지만 그가 가드너 박물관 사건을 싫어하는 진짜 이유는 다른 데 있다. 폭력을 행사한 이후도 문제였다. 도둑들은 위층으로 올라가 이 박물관에서 가장 훌륭한 작품인 렘브란트Rembrandt van Rijn의 1633년작 〈갈릴리 호수의 폭풍The Storm on the Sea of Galilee〉을 마주 보고 섰다. 그러고는 캔버스에 칼을 꽂아 넣었다.

브라이트비저라면 상상할 수도 없는 일이다. 칼날로 20미터에 이르는 작품의 가장자리를 찢어 물감 조각이 튀어나오고 캔버스의 실밥이 터졌다. 그림이 틀과 액자에서 흐물흐물 떨어져 나와 활기를 잃고 종이가 말려 물감이 갈라지고 깨졌다. 도둑들은 또 다른 렘브란트의 작품에도 똑같은 범행을 저질렀다.

브라이트비저는 이런 짓을 하지 않는다. 도덕적인 범죄자란 존재하지 않겠지만 그래도 고의로 그림을 가르고 부수다니, 비도덕적이다. 물론 그도 액자가 있으면 그림을 훔치기 어렵다는 것을 잘 안다. 그렇기 때문에 벽에서 작품을 떼어낸 다음 뒤집어서 뒷면에 달린 클립이나 못을 조심스럽게 빼내 액자를 분리한 뒤 그림만 가지고 나온다. 이렇게

까지 주의를 기울일 시간이 없을 때는 차라리 포기하고 훔치지 않는다. 그게 아니라면 그림에 상처라도 날까, 또는 휘거나 주름이 생기거나 더러워지지는 않을까, 막 태어난 갓난아기를 대하는 양 애지중지한다.

가드너 박물관 도둑들은 브라이트비저의 기준에서는 야만인이나 마찬가지다. 이유도 없이 렘브란트의 그림을 훼손했다. 그것도 글쎄 렘브란트의 그림을. 인간의 마음과 빛을 그려낸 대가가 아닌가. 범인은 여전히 잡히지 않았다. 열세 점의 그림과 함께 사라졌다. 가치로 치면 5억 달러(약 7,000억 원)에 달한다. 하지만 이 그림들을 되찾는다고 해도 온전히 돌이킬 수는 없다. 대부분의 예술품 도둑이 그렇듯, 가드너 박물관 강도들도 예술 자체에는 아무 관심이 없다. 그저 세상을 더 혼탁하게 만들었을 뿐이다.

브라이트비저는 단 한 가지 이유 때문에 예술품을 훔쳤다고 주장한다. 아름다움에 둘러싸여 마음껏 즐기고 싶었다. 지금까지 미학을 논한 예술품 도둑은 없었다. 여러 언론사와 장시간 인터뷰를 할 때도 그는 이 점을 반복해서 강조한다. 죄를 감추려는 마음 따위 없이 자신이 저지른 범죄와 당시의 감정을 현재 시제를 사용해 즉각적으로, 그리고 아주 사소한 부분까지 자세히 묘사한다. 정확성을 위해 필요 이상의 말을 할 때도 있다. 〈아담과 이브〉 사건의 구체적인 정황을 설명할 때는 야구 모자와 가짜 안경을 쓰는 등 변장을 하고 현장으로 돌아가 나사를 뺀 방식과 작품을 감상하는 척할 때 취했던 자세 등을 재연하기도 했다. 다른 절도 사건도 비슷하게 재연했다. 그가 한 말이 사실임을 뒷받침하는 경찰 보고서가 수백 건이다.

브라이트비저는 마음이 동하는 작품만 훔치고 그 박물관에서 가장 가치 있는 작품은 남겨둔다. 도둑질할 때 양심의 가책은 느끼지 않는다. 그가 가진 뒤틀린 관점에서 보기에 박물관은 예술의 감옥 같은 존재이기 때문이다. 북적이고 시끄러우며 관람 시간도 정해져 있고 자리도 불편하다. 조용히 생각하거나 쉴 만한 장소도 없다. 셀카봉으로 무장한 관광객 무리는 쇠사슬에 묶인 죄수들처럼 이 방 저 방을 우르르 몰려다닌다.

그는 아무리 강렬히 마음을 울리는 작품 앞에 서 있어도 박물관에서는 할 수 있는 일이 아무것도 없다고 말한다. 그가 생각하기에, 그런 작품과 마주하면 무엇보다 마음이 편안해야 한다. 소파나 안락의자에 몸을 기댈 수 있어야 한다. 원한다면 술도 한 모금 마셔도 좋다. 간식도 필요하다. 그리고 언제나 손을 뻗으면 작품에 닿을 수 있고 어루만질 수 있어야 한다. 그제야 예술을 새로운 방식으로 볼 수 있게 된다.

〈아담과 이브〉를 예로 들어보자. 이 작품에는 여러 상징이 내재하며 모든 부분의 비율이 일정하고 균형 잡힌 자세가 돋보인다. 박물관 안내 책자에 적혀 있을 법한 말이다. 그러나 이런 설명은 오히려 작품을 있는 그대로 감상할 수 없게 가로막는다.

자, 이제 조각상을 훔쳐서 브라이트비저의 조언대로 다

시 찬찬히 살펴보자. 아담의 왼팔은 이브의 어깨에 걸쳐 있고 다른 한 손은 몸에 닿아 있다. 신이 막 빚은 태초의 연인은 어디 한 군데 흠잡을 데가 없다. 근육질에 날씬하고 건강하며 아름다운 머리카락과 도톰한 입술을 하고 있다. 이브는 수줍은 듯 목을 살짝 기울인다. 둘 다 나체다. 아담은 성기를 드러내고 있으며 할례를 받은 듯하다. 민망해하지 않고 자세히 들여다봐도 괜찮다. 이브는 오른손을 아담의 등에 얹는다. 아담에게 더 가까이 오라고 하는 듯하다. 왼손은 자신의 두 다리 사이에 올리고 손가락을 안쪽으로 구부리고 있다.

브라이트비저에 따르면 위대한 예술 작품은 성적으로 자극적인 경우가 많으므로 침대가 가까이에 있으면 좋다. 기둥이 네 개 달린 침대면 더 말할 나위가 없다. 파트너도 옆에 있다면 타이밍이 절묘하다. 침대에 누워 있는 시간을 빼면 그는 방에 있는 작품 하나하나를 금지옥엽 보살핀다. 온도와 습도가 괜찮은지, 빛은 적절한지, 먼지가 많지는 않은지 세세히 살핀다. 그는 자신의 방이 박물관보다 작품에 더 좋은 환경이라고 말한다. 이런 그를 야만적인 다른 도둑들과 하나로 묶는 것은 잔인하고도 불공평한 처사다. 브라이트비저는 예술 도둑이 아닌 조금 색다른 방식의 예술 수집가로 여겨지기를 원한다. 그도 아니라면 예술 해방가라 불려도 좋다.

앤 캐서린의 감정은 조금 더 알기 어렵다. 기자들과 이야기하기를 꺼리기 때문이다. 그러나 변호사나 개인적 친분이 있는 지인, 사건 수사관 등 그녀를 직접 만난 적이 있는 사람들과는 좀 더 깊은 이야기를 나눌 수 있었다. 경찰 취조 과정에서 수집한 질의응답 내용과 증언, 그리고 두 사람의 심리 보고서 일부는 공개된 정보로 열람이 가능하다. 두 사람이 집에서 촬영한 영상과 개인적인 편지도 입수했다. 박물관 보안 카메라 자료와 언론 기사, 경찰과 검사, 예술계 인사들의 진술서도 있다.

이들의 절도 사건을 정확히 파헤치기 위해 관련된 모든 자료를 철저히 분석했다. 하지만 두 사람의 관계와 범죄 사실에 관한 가장 내밀한 정보는 모두 브라이트비저의 진술에 의존한다. 앤 캐서린이 자신의 경험을 직접 이야기한다면 새로운 국면을 맞이할 수 있겠지만 질문에 답변한들 범죄 사실을 인정해 형량을 더할 뿐이거나 그게 아니라면 거짓말을 할 수밖에 없을 것이다. 선택지가 이 정도인 상황에서 그녀의 침묵은 현명한 결정으로 보인다.

앤 캐서린이 공식적으로 발언한 적은 없지만 그녀는 브라이트비저와 달리 스스로를 예술 해방가로 여기지 않는다. 이 점은 분명하다. 자신이 저지른 범죄에 대해 도덕적으로 왜곡된 다른 어떤 정당화도 시도하지 않는다. 브라이트비저보다 실리와 이성을 중시한다. 앤 캐서린이 세상에 발을 딛고 사는 사람이라면 브라이트비저는 구름 속에 산다고 볼 수 있다. 브라이트비저가 그녀를 환상의 세계로 초대하면 앤 캐서린이 그를 다시 안전하게 집으로 데려다준다. 그녀가 속마음을 털어놓았던 사람들의 말을 들어보면 앤 캐서린은 훔친 작품들에 대해 양가적인 감정을 갖고 있다. 아름다운 예술이면서 다른 한편으로는 더럽혀진 절도품이다. 브라이트비저는 이에 대해 양심의 가책을 전혀 느끼지 않는다. 그에게 세상에 통용되는 유일한 화폐는 아름다움뿐이다. 가장 아름다운 사람이 가장 부유한 사람이라고 믿는다. 그러므로 자신 역시 생존하는 가장 부유한 사람 중 한 명이라고 여긴다.

앤 캐서린은 스스로를 부유하다고 생각하지 않는다. 그럴 만도 한 것이, 두 사람은 파산 상태이며 앞으로도 회복이 불가능하다. 브라이트비저는 금전적 이득을 원하지 않는다. 내다 팔기 위해 훔친 작품은 단 하나도 없다. 이 역시 여느 예술품 도둑과의 차이점이다. 돈이 얼마나 없는지, 도주할 때조차 고속도로 통행료가 없는 길로 돌아갈 정도다. 어쩌다 아르바이트를 할 때도 있다. 물류 창고와 화물차에서 짐을 나르거나 피자 가게와 카페에서 점원으로 일하기도 하고 선술집에서 일한 적도 있다. 주로 정부 보조금과 가족의 도움으로 생활한다. 앤 캐서린은 병원에서 간호 조무사로 근무하지만 월급은 넉넉치 않다.

두 사람이 이토록 이상한 장소에 비밀 갤러리를 꾸민 까닭 역시 여기에 있다. 브라이트비저는 월세를 낼 형편이 안 돼 어머니 집에 공짜로 얹혀산다. 어머니는 아래층 방에 살고 있으며 아들의 요청대로 사생활을 존중해 위층으로는 올라오지 않는다. 훔친 작품을 집으로 가져올 때는 단조로운 다락을 꾸미려고 벼룩시장에서 샀다고 하거나 복제품이라고 둘러댄다.

브라이트비저는 백수인 채로 어머니 집에 머문다. 그건 스스로도 잘 알고 있다. 그 덕분에 생활비가 얼마 안 들어 방 안 가득 놓인 작품을 현금으로 바꿀 생각조차 할 필요가 없다. 돈 때문에 예술품을 훔치는 건 수치스러운 일이라고 말한다. 그보다 위험 부담이 적은 일로도 돈은 벌 수 있다. 하지만 사랑하는 대상에게 자유를 주는 일은 차원이 다르다. 황홀의 경지에 오르는 일이다.

4

브라이트비저의 첫사랑은 도자기 조각과 타일 파편, 그리고 화살촉이었다. 어린 시절에도 할아버지와 '정찰'을 떠났던 적이 있다. 초등학생이던 그에게 중세 시대 요새의 유적지를 둘러보는 일은 실제로 그런 의미였을 것이다. 할아버지 역시 지팡이 끝으로 20억 달러어치 유물을 훔쳤을지 누가 알까.

할아버지는 보물을 알아보는 눈을 갖고 있었다. 할아버지가 지팡이로 땅을 찌르면 브라이트비저는 손으로 그곳의 흙을 팠다. 땅속에서 반들반들한 타일이나 옛날 쇠뇌 조각을 발견할 때면 마치 그 자리에서 몇백 년 동안 자신을 기다렸던 것만 같았다. 어린 나이에도 그 물건들을 가져가면 안 될 것 같았지만 할아버지는 괜찮다고 했다. 소중하게 파란색 플라스틱 상자에 넣어 지하실에 숨겨두었고, 몰래 내려가 상자를 열어보며 전율을 느꼈다. 브라이트비저는 자신만의 이 소중한 유물들을 "심장을 담은 물건"이라고 설명한다.

그는 1971년, 프랑스 알자스 지방에 뿌리를 둔 집안에서 태어났다. 지금은 프랑스이지만 애초에 독일에서 훔친 땅이라고들 하는 지역이다. 부모님은 그에게 스테판 기욤 프레데릭 브라이트비저Stéphane Guillaume Frédéric Breitwieser라는, 마치 왕의 이름 같은 세례명을 지어주었다. 아버지 롤랑 브라이트비저Roland Breitwieser는 대형 백화점의 총괄 지배인이었고 어머니 미레유 스텐겔Mireille Stengel은 어린이 병동 간호사로 일했다. 브라이트비저는 두 사람의 외아들이다.

어린 시절은 프랑스 비트나임 마을의 대저택에서 닥스훈트 세 마리와 함께 자랐다. 비트나임은 스위스, 독일과 국경을 맞댄 지역이었던 덕분에 브라이트비저는 프랑스어를 모국어로 쓰면서 독일어도 유창했고 영어도 웬만큼 구사한다. 독일어 방언인 알자스어도 할 수 있다. 비트나임은 지난 150년간 프랑스와 독일의 영토 분쟁 지역이었는데, 주민들은 이제 프랑스가 독일에 양보할 때가 됐다고 생각한다. 바로 길 건너편일 뿐인데 독일 쪽이 임금은 높고 물가는 낮아서 모두 부러워하는 분위기다.

브라이트비저가 자란 집은 호화로운 가구들로 가득했다. 1800년대 제정 시대 화장대와 1700년대 루이 15세 시대 안락의자, 그리고 귀한 옛날 무기들이 진열되어 있었다. 브라이트비저는 부모님이 안 볼 때 선반에서 그 무기들을 몰래 꺼내 적과 싸우는 상상을 하며 놀았다. 벽에는 그림이 여러 점 걸려 있었다. 로베르 브라이트비저Robert Breitwieser의 그림도 몇 점 있었는데, 알자스 지방의 유명한 표현주의 화가로 고향인 뮐루즈에 자기 이름을 딴 거리가 있을 정도였다. 그는 스테판 브라이트비저의 증조 할아버지의 형으로 실제 촌수로는 그렇게 가까운 사이가 아니었지만 브라이트비저 집안 전체와 왕래하며 지냈다. 세상을 떠나기 직전인 1975년, 어린 브라이트비저의 초상화를 완성하기도 했다.

브라이트비저는 몇 년간 사람들에게 자신이 로베르 브라이트비저의 손자라고 말하고 다녔다. 딱히 틀린 말도 아니라고 생각했다. 실제 친조부모와는 별 왕래도 없는 상황에서 아버지 쪽 친척 중 유명한 화가가 자신의 모습을 캔버스에 담아 간직해주기까지 했는데 뭐가 문제란 말인가.

외할머니 알린 필립Aline Philippe과 외할아버지 조제프 스텐겔Joseph Stengel(보물을 알아보는 눈을 가진 지팡이 할아버지다)에게는 남달리 애정이 깊었다. 브라이트비저는 외조부모와 함께한 날들이 어린 시절의 가장 좋았던 기억이라고 말한다. 주말에는 시골 농장에서 함께 점심을 먹었고 크리스마스에는 다 같이 모여 새벽까지 만찬을 즐겼다. 물론 할아버지와 라인강 계곡 언덕을 '정찰'했던 기억도 빼놓을 수 없다. 기원전 1세기 줄리어스 시저의 군대가 요새를 지었던 언덕이다.

세월이 흘러 브라이트비저의 취향이 변하고 새로운 취미에 빠져 돈이 필요할 때면 외조부모는 언제나 지원을 아끼지 않았다. 유일한 손주였던 브라이트비저에게 한없이 너그러웠고, 언제나 흰 봉투를 주곤 했다. 브라이트비저는 한때 오래된 동전과 우표, 옛날 엽서 등에 푹 빠졌는데 할아버지에게서 받은 봉투를 들고 벼룩시장이나 골동품 박람회에 가서 갖고 싶은 것을 마음껏 사 모았다. 석기 시대 도구나 청동으로 된 작은 모형, 오래된 화병 같은 물건에 마음을 빼앗겼고 그리스와 로마, 이집트 유물을 좋아했다.

청소년기의 브라이트비저는 변덕이 심하고 불안증이 있었으며 사회성이 떨어졌다. 어딘가 이상하고 다가가기 어려운 아이였다. 고고학 학술지와 미술 잡지를 정기 구독했고 중세 도자기와 고전 건축 양식, 고대 그리스 역사에 관한 책을 읽었다. 근처에서 유적지 발굴 작업이 있으면 자원봉사를 하기도 했다. 브라이트비저는 이를 가리켜 "과거로 피신했다"고 표현한다. 어릴 때부터 조숙한 아이였다.

또래 아이들과는 잘 어울리지 못했다. 그들이 집착하는 비디오 게임이나 운동, 파티 같은 것을 경멸했다. 어른이 되어서는 휴대폰이나 이메일, 소셜 미디어가 싫었다. 남들이 내게 귀찮게 굴도록 굳이 부추길 이유가 뭐란 말인가? 부모님은 공부를 열심히 해서 변호사가 되길 원했지만, 브라이트비저에게 교실은 배울 게 하나도 없는 최악의 장소였다. 아이들 중 가장 덩치가 작았고 학교에서는 따돌림을 당하곤 했다. 그는 자신이 "남들과 모든 면에서 반대"라고 말한다. 커튼처럼 드리운 우울증이 몇 주간 지속되기도 했다. 십 대 때부터 상담을 받아왔지만 소용이 없다. 고칠 수 있는 종류의 문제가 아니라, 본질적 존재에 관한 문제라고 느낀다. 시대를 잘못 태어났다.

브라이트비저에 따르면 아버지는 권위적이고 잔소리가 많았으며 유약한 아들에게 실망이 컸다. 고등학교 시절 어느 여름 방학, 아버지가 자동차 부품 조립 공장에서 아르바이트를 구해준 적이 있다. 장시간 육체 노동을 통해 강하게 키우려는 의도였을 것이다. 하지만 시작한 지 일주일 만에 그만두었다. 그는 "아버지 눈에는 내가 정말 쓸모없는 인간이었을 것"이라고 회상한다. 어머니는 감정 기복이 심해 화산이 폭발하듯 성질을 부릴 때가 있는가 하면 얼음처럼 차가워 다가가기 힘들 때도 있었다. 그래도 브라이트비저를 그렇게 대한 적은 거의 없다. 부자 사이에 맴도는 긴장감을 완화해보려고 했던 건지 조금 지나치다 싶을 만큼 아들에게는 유난히 관대했다. 고등학생 때 수학 점수가 엉망인 성적표를 가져온 적이 있는데 어머니가 먼저 보더니 아버지가 화를 많이 내겠다고 미리 주의를 주었다. 브라이트비저는 검은색 펜으로 성적표 점수를 위조했고 어머니는 아무 말도 하지 않았다. 암묵적 승낙이었다. 어머니는 그가 무슨 일을 해도 그냥 넘어가거나 쉽게 용서했다.

브라이트비저의 부모는 박물관에 가면 아들의 변덕이 가라앉는다는 것을 잘 알았다. 그가 심하게 기분이 안 좋을 때는 근처에 있는 작은 박물관 아무 데나 데려다주고 오후 내내 혼자 돌아다니며 구경하게 했다. 그는 경비원의 시선이 닿지 않는 곳을 찾아 자기만의 자리로 삼고 몰래 조각상이나 그림을 만져보며 작품의 작은 결함과 불규칙성을 느껴보곤 했다. 이는 기계로 찍어낸 상품에는 없는 '수작업의 흔적'으로, 사람 손으로 만든 작품에만 있는 특징이다. 붓질이나 끌질도 하나도 똑같은 게 없다. 이렇게 박물관에서 시간을 보내면, 부모님이 데리러 올 무렵에는 확실히 기분이 나아져 있었다.

스트라스부르 고고학 박물관Archaeological Museum of Strasbourg에 갔을 때도 그런 날이었다. 로마 시대 관을 만져보던 중이었는데 손가락에 작은 금속이 걸리더니 동전만 한 크기의 납 조각이 손바닥으로 떨어졌다. 반사적으로 주머니에 쑤셔 넣었다. 처음으로 박물관에서 도둑질을 했던 날이지만, 브라이트비저는 유물의 신에게서 선물을 받았다고 생각했다. 할아버지와 정찰을 다니다 옛날 물건을 찾아냈을 때처럼 말이다. 집에 돌아가 이 2,000년 전 조각을 파란색 플라스틱 상자에 넣었다. 이런 식으로 줍거나 할아버지에게 받은 돈으로 산 여러 가지를 넣어둔 상자로, 세상에서 가장 소중한 보물이 담겨 있다.

십 대 시절에는 악기와 의료 도구, 백랍 물주전자에 몰두했다. 옛날 맥주잔과 예쁜 상자, 석유 램프도 좋아했다. 집에 있던 가구와 무기, 그림도 좋았고 아버지가 모으던 시계와 상아 조각에도 마음을 빼앗겼다. 도자기 인형, 오래된 책, 벽난로에 불을 지필 때 쓰는 도구들도 사랑했다.

부모님의 싸움은 처음에는 조용한 언쟁으로 시작했지만 점점 시끄럽고 격렬해졌다. 나중에는 집 안 전체에 분노가 감돌았고 접시가 깨지기도 했다. 브라이트비저가 고등학교를 졸업한 1991년, 싸움이 격해지자 이웃들이 경찰을 불렀던 적이 있는데 사실 그런 일이 한두 번이 아니다. 그해 아버지가 집을 나가면서 집 안에 있던 가구와 옛날 무기, 그림, 그리고 시계와 상아 조각을 전부 가져가버렸다. 유산으로 받은 작품을 단 하나도 남기지 않았다. 유명한 화가 할아버지가 그려준 브라이트비저의 초상화마저 가지고 가버렸다. 그때 브라이트비저는 열아홉 살이었는데 곧 성인이 되는 나이임에도 버림받았다고 느꼈다. 그는 어머니 곁에 남았고 아버지와는 완전히 연락을 끊었다.

두 식구는 더는 큰 집에 살 수 없었고 작은 아파트로 이사했다. "어머니가 이케아Ikea*에서 가구를 사온 것을 보니 마음이 산산조각 나는 느낌이었어요." 아버지가 떠나고 사회적으로 몰락을 겪으면서(한때 보트를 소유하고 벤츠 자동차를 몰았지만 이제 정부 보조금에 의지하는 신세가 되었다) 브라이트비저는 오히려 사회가 정한 규칙을 무시하는 듯 보였다. 옷과 책, 수집품 등 원하는 것이 있으면 그냥 훔쳤다. 훔치다 들켜 그 자리로 경찰이 출동하기도 했다. 가게 주인에게 사과하고 훔친 물건을 보상해야 했지만, 반성은커녕 앞으로 다시는 잡히면 안 되겠다고 생각했을 뿐이다.

외조부모가 자동차를 사주면서 더 많은 자유를 누리게 된 브라이트비저는 한층 더 과감해졌다. 주차 단속 중이던

---

* 조립식 가구와 생활 소품을 판매하는 글로벌 기업으로, 상품 대부분의 가격이 저렴하다.

경찰과 다투다 지나치게 흥분한 나머지 길길이 날뛰다 체포된 적도 있다. 그로부터 얼마 지나지 않아 또 한 번 경찰과 충돌이 있었는데 이번에는 몸싸움으로 번져 경찰관의 손가락에 상해를 입혔다. 이 소란으로 행동 치료 클리닉에서 2주간 입원 치료를 받으라는 법원의 명령이 떨어졌다.

극단적으로 슬픈 감정이 몰려와 고통스러울 때가 많았고 때로는 자살 충동을 떨쳐내야 했다. 항우울제인 졸로프트Zoloft를 처방받았지만 효과가 없어 중간에 복용을 중단했다. 그래도 스무 살 생일 직전에는 일자리를 구했는데, 뮐루즈 역사 박물관Mulhouse History Museum 경비원 자리였다. 하지만 일은 생각했던 것과 달리 고역이었다. 박물관 경비원의 시각으로 작품과 관람객을 봐야 했고 매일 반복되는 업무를 할 뿐이었다. 결국 한 달 만에 그만두었다. 하지만 여기서 일하는 동안 박물관 보안에 대한 지식 말고도 얻은 게 있다. 위층 진열장에 완벽한 상태로 보존되던 허리띠 버클을 덤으로 챙겼다. 서기 500년 프랑스 메로빙거 왕조 시대에 망치로 두드려 만든 물건이다. 버클이 없어졌다는 사실이 다른 사람 눈에 띄지 않도록 잘 정리하고 나왔다.

파란색 상자도 브라이트비저가 어린 시절을 보냈던 대저택 지하실에서 비좁은 아파트의 이케아 책장으로 옮겨졌다. 뮐루즈 역사 박물관에서 가져온 버클도 다른 보물들과 함께 상자 안에 고이 모셔두었다. 브라이트비저에게 완벽이란 이런 것이었다. 상자 속 보물은 그를 화나게 하지도, 괴롭히지도, 버리지도 않는다. 사람과는 다르다. 평생 이

파란색 상자나 채우면서 살 수 있다면 얼마나 편안하고 좋을까, 브라이트비저는 생각했다. 방 안에 홀로 있어도 충분히 완전했다. 다른 사람은 아무도 필요치 않았다.

그러다 한 여자를 만났다.

5

커다란 포스터 침대에 깔린 시트가 마치 빨간 스포츠카 같다. 앤 캐서린은 침대 위에 편안히 늘어져 누워 있다. 물결처럼 하늘하늘한 검은색 실크 잠옷을 입고 무심히 웃는다. 방 안 가득 채운 보물을 만끽하듯 무대 위 배우처럼 양팔을 벌리더니 이내 선언한다. "여기가 바로 내 왕국이야." 브라이트비저는 이 장면을 영상으로 촬영 중이고 그녀는 손으로 허공에 키스를 보낸다.

장소는 두 사람의 은신처 다락방이다. 언제나 그렇듯 둘뿐이고 시기는 〈아담과 이브〉를 훔쳤던 즈음이다. 둘이 만난 지는 5년이 되었다. 앤 캐서린은 장난스럽고 명랑한 성격에 아담한 체구로 키는 160센티미터 정도 된다. 볼에 보조개가 들어가고 턱 끝이 갈라져 있다. 맵시 있게 살짝 헝클어진 짧은 금발에 머리카락 한 가닥이 개구쟁이처럼 삐쳐 눈썹 위로 말려 올라갔다. 둘만 있을 때 서로를 부르는 애칭은 '니나Nena'와 '스테프Steph'이지만 공식적으로 소개할 때나, 특히 둘을 한 팀으로 묶어 부를 때는 '브라이트비저와 앤 캐서린'이라고 각자의 성과 이름을 섞어 말한다. 이유는 따로 없다. 그냥 그게 듣기 좋아서 그렇다.

"100프랑을 내시면 들어올 수 있습니다." 영상에서 앤 캐서린이 카메라를 보며 장난스레 말한다. 20달러(약 2만 6,000원) 정도라는 티켓값은 비밀 왕국의 입장료만일까, 아니면 다른 것도 포함된 걸까. 그녀는 돈을 내라는 듯 손바닥을 펼친다.

"너무 비싸네요." 브라이트비저가 받아치고는 진귀한 보물이 놓인 앤 캐서린의 탁자를 지나 침대 옆 벽면으로 카메라를 돌린다. 17세기 플랑드르 지방*의 풍경화가 줄지어 걸려 있다.

"이리 와. 진짜로 키스해줄게." 앤 캐서린이 달콤하게 속삭이며 카메라 렌즈 쪽으로 몸을 기울인다. 좁은 방 안에 관능적 떨림이 감돌고 영상이 멈춘다.

브라이트비저에게 앤 캐서린은 처음부터 하나의 예술작품 같았다. 아름다운 작품을 보면 손가락부터 전율이 느껴진다. 귓가에 '윙' 하는 소리가 울리고 실제로 살이 떨린다. 감각이 새로이 되살아나고 사고가 뒤흔들리며 마치 그와 작품 사이에 전기가 흐르는 듯하다. 그러다 마침내 심장

---

* 네덜란드어를 쓰는 벨기에 지역으로 앤트워프가 있는 곳이다.

을 강타하는 느낌이 온다. 작품을 내 것으로 만들고 싶다는 생각이 드는 순간이다.

고등학교 시절 정기적으로 만나는 사람이라고는 고고학 모임의 몇몇 지인뿐이었다. 마지막 학년이던 1991년 가을, 이들 중 한 명의 생일 파티에 갔다가 앤 캐서린을 소개받았다. 생일이 3개월밖에 차이 나지 않았으며 둘 다 알자스 지방 토박이였다. 브라이트비저 눈에 앤 캐서린은 깜짝 놀랄 만큼 아름다웠고, 예술 작품이 아닌 실제 사람을 보고 심장을 강타하는 듯한 느낌을 받은 적은 살면서 처음이었다. 앤 캐서린을 만나기 전까지 여자친구를 사귀어본 적이 없던 브라이트비저는 그녀를 보자마자 곧바로 사랑에 빠졌다.

앤 캐서린도 브라이트비저를 사랑했다. 그녀를 아는 사람은 하나같이 둘의 관계가 서로를 해치고 말이 안 되며 무모했다고 이야기하지만, 그래도 한 가지 사실만은 인정한다. 앤 캐서린의 절친한 친구이자 변호사로 오랜 시간 알고 지낸 에릭 브라운Eric Braun은 그녀가 무슨 일이든 대충 하는 사람이 아니라면서 브라이트비저와의 관계 역시 "완전히, 그리고 진심으로 사랑에 빠져 있었다"고 말한다. 앤 캐서린은 사랑에 있어 언제나 전부 내어주거나 하나도 주지 않거나, 둘 중 하나다. 직설적인 성격으로 '예스'와 '노'가 분명한 앤 캐서린에게 브라이트비저는 확실한 '예스'였다.

두 사람이 처음 만났을 때 브라이트비저는 아직 어린 시절의 넓은 집에서 부모님과 살고 있었다. 앤 캐서린이 경찰 진술에서 묘사한 바에 따르면 "고급스러운 부르주아 대저택"이었다. 앤 캐서린은 그보다 소박한 가정에서 자랐다. 동생이 둘 있으며 아버지 조제프 클레인클라우스Joseph Kleinklaus는 평범한 요리사였고 어머니 지네트 뮤리너Ginette Muringer는 보육 교사로 일했다. 브라이트비저의 가족은 그때까지도 갑판 아래 침대 칸이 있는 모터보트를 소유하고 있었고, 며칠 동안 제네바 호수를 항해하기도 했다. 스위스와 프랑스를 가르는 산맥 사이에 있는 초승달 모양의 호수다. 가족들은 겨울이 되면 알프스로 스키를 타러 갔다. 여름에는 알자스 지방 시골로 하이킹을 가고 전통 식당에서 외식을 했다. 브라이트비저는 테니스 교습을 받았고 스쿠버다이빙 자격증도 땄다. 앤 캐서린의 어린 시절에는 전혀 없던 일이다.

브라이트비저와의 만남은 앤 캐서린 안에 잠들어 있던 모험심을 일깨웠다. 브라운은 브라이트비저를 만나기 전 그녀의 삶이 "조금 단조로웠다"고 이야기한다. 앤 캐서린의 가족은 경제적으로 어려운 상황이었다. 한동안 집에 차가 없었기 때문에 그녀는 성인이 되어서도 운전을 할 줄 몰랐다. "앤 캐서린에게 부족했던 열정을 브라이트비저가 채워주었죠. 아니, 그 이상이었어요. 완전히 살아 있는 느낌을 주었으니까요." 브라운의 말이다.

마찬가지로 브라이트비저도 앤 캐서린 덕분에 주위의 아름다움에 더욱 눈을 뜨게 되었다. 늘 다양한 작품과 예술 양식에 마음을 빼앗기곤 했지만 앤 캐서린이야말로 진정한 아름다움의 뮤즈였고 그녀를 만나고 나서야 성숙한 아름다움이 무엇인지 알게 되었다. 브라이트비저에 따르면 앤 캐서린은 고급 예술과 대중 예술 할 것 없이 옷에서부터 골동품, 순수 미술에 이르기까지 "흠잡을 데 없는 취향"을 가졌다. 두 사람은 자주 박물관에 갔다. 주로 작은 도시에 있는 특이한 박물관을 찾았고 왕족이 쓰던 물건과 중고 장터에 어울릴 법한 물건이 뒤섞인 곳을 좋아했다. 물건 자체보다는 그 물건에 담긴 고유한 정서를 중시했으며 경건한 마음으로 조용히 전시실을 둘러보곤 했다. 게다가 앤 캐서린이 옆에 있다는 사실만으로 세상은 한층 더 밝아졌다. "우리는 서로의 마음을 읽을 수 있었고, 그렇기에 많은 말이 필요치 않았어요."

브라이트비저의 삶에서 많은 것이 무너져 내렸을 때 앤 캐서린이 곁에 있었다. 두 사람이 만나기 시작한 지 몇 달 지나지 않아 부모님이 헤어졌고, 어머니와 대저택에서 나와 거처를 옮겨야 했다. 앤 캐서린은 함께 고난을 겪으며 어떤 시험을 통과하기라도 한 듯, 이 일로 둘의 관계가 더 공고해졌다고 여기는 눈치였다. 이후 브라이트비저의 아파트에서 같이 살다시피 했고 그들은 파란색 싸구려 합판으로 만든 작은 침대에서 함께 잠을 잤다. 아직 다락이 있는 집에 살기 전이었다. 벽에는 영화 포스터가 붙어 있었다. 브라이트비저는 그중 더스틴 호프만이 출연한 〈레인 맨〉이 기억난다고 회상했다. 둘은 기질적으로도 잘 맞았다. 브라이트비저는 때로 감정이 큰 폭으로 널뛰는 편인 데 반해 앤 캐서린은 차분히 중심을 잡는 성격이었다. "바로 옆에서 세상이 무너진다 해도 평정심을 잃지 않을 사람이었죠."

미래에 관해서는 둘 다 어려운 상황이었다. 브라이트비저는 스트라스부르 대학교 법학과에 등록했지만 한 학기만 다니고 중퇴했고, 앤 캐서린은 간호사가 되기 위해 공부하다가 시험에 떨어졌다. 결국 간호 조무사로 취직해 환자들의 요강을 치우고 쓰레기를 수거하는 일을 했다.

1994년 늦은 봄 어느 주말, 두 사람은 알자스 지방의 탄이라는 마을을 찾았다. 돌 첨탑이 우뚝 솟은 고딕 양식의 교회 주변으로 오래된 집들이 모여 있는 농촌 마을이었다. 그곳에서 16세기 곡물 창고를 개조한 박물관에 들렀는데, 브라이트비저는 2층에 있는 진열장을 보는 순간 눈을 뗄 수 없었다. 온몸에 전율이 흐르기 시작했고 심장이 두근거렸다. 심장을 강타하는 순간이 또 한 번 찾아왔다.

호두나무를 수작업으로 깎아 조각했고 총신과 손잡이는 은으로 세공한 18세기 초 수발총이었다. 처음에는 비슷한 물건을 이미 갖고 있다고 생각했다. 아버지의 수발총을 몇 개 본 적이 있는데, 집 안에서 브라이트비저가 가장 좋아하는 물건이었고 아버지도 그 점을 알고 있었다. 하지만 아버지가 짐을 싸서 나간 이후 수발총 역시 하나도 남김없이 사라졌다. 아버지가 가지고 나간 물건 중 몇 개는 비슷한 것이라도 다시 손에 넣고 싶어서 근처 경매에서 구매를 시도한 적이 있지만, 그때마다 돈 많은 딜러들이 입찰해 갖고 가버렸다. 그러고는 자기들이 운영하는 가게에서 열 배도 넘는 가격에 되팔곤 했다. "정말 저열한 짓이었죠."

그는 진열장의 총을 오랫동안 들여다보고 서 있었다. 그러나 어느 순간 더는 보고 있기가 싫어졌다. 그 대신 집으로 가져가고 싶어졌다. "아버지가 갖고 있던 어떤 것보다 더 오래되고 훌륭한 총이야." 브라이트비저가 앤 캐서린의 귓가에 속삭였다. "이걸 가지면 아버지에게 그야말로 '빅엿'을 먹이는 거지." 앤 캐서린은 부모님과 사이가 좋았지만 브라이트비저가 아버지를 향해 갖는 분노에 연민을 느끼고 있었다. 그의 아버지를 직접 만난 적도 있지만 썩 잘 지내지 못했다. 브라이트비저에 따르면 아버지는 평범한 축에 속하는 앤 캐서린의 출신 배경을 가지고 까다롭게 굴었다.

"문에 잠금 장치가 없어." 브라이트비저는 진열장을 가리키며 앤 캐서린에게 말했다. 고등학교를 졸업하고 잠시 박물관 경비원 일을 한 지 3년이 지났지만 그의 눈은 미세한 부분까지 놓치지 않았다. 주변에 다른 관람객은 없었고 경보 장치도 보안 카메라도 경비원도 없었다. 박물관의 유일한 직원인 아르바이트 학생 한 명은 1층에 있었다. 브라이트비저는 그날 배낭을 메고 갔는데, 작은 책가방이지만 수발총 한 자루를 넣기에는 충분했다.

앤 캐서린의 대답으로 그 순간을 다시는 돌이킬 수 없게 되었다. 둘 다 고작 스물두 살이었다. 앤 캐서린을 만났을 때 브라이트비저는 가게에서 물건을 훔치고 경찰과 몸싸움을 하는 등 자잘한 범죄를 저지르고 다니던 시절이었다. 앤 캐서린은 법을 위반하는 일은 한 번도 해본 적이 없었지만 그렇다고 해서 브라이트비저의 행동에 거부감을 갖지는 않았다.

"앤 캐서린은 그런 면을 오히려 매력적으로 느꼈을 거예요." 브라운이 천천히 생각하다 말했다. 그리고 지금 여기, 수발총과 함께 새로운 모험의 기회가 눈앞에 있다. 앤 캐서린은 이날의 대답으로 반항아 애인을 사로잡을 수 있었고 더 가까워졌으며 아마도 전보다 더욱 사랑받았을 것이다. 지인들은 그녀가 청춘의 환상 같은 것에 빠진 상태가 아니었을까 추측한다. 마치 영화 〈우리에게 내일은 없다〉의 주인공이라도 된 듯 말이다.

"그렇게 해. 가져가자."

6

브라이트비저는 진열장 문을 밀어 열고 안쪽으로 손을 쑥 넣어 수발총을 잡았다. 그러고는 서둘러 배낭 안에 쑤셔 넣었다. "무섭고 떨렸죠." 두 사람은 주변을 한 번 돌아보지도 않고 황급히 박물관을 빠져나와 차에 올라탔다. 곧 경찰차 사이렌이 울릴 거라 생각하며 넘실대는 포도밭과 밀밭을 지나 달렸지만, 결국에는 별일 없이 집에 무사히 도착했다. "거의 공황 상태였고 멀미가 날 지경이었어요."

브라이트비저는 부드러운 천을 레몬즙에 적셔 총을 문질러 닦았다. 광택을 내는 데 구연산이 좋다고 전에 미술 잡지에서 읽은 적이 있다. 수발총 하나로 방이 한층 밝아졌다. 그 덕에 한동안 방 안의 이케아 가구까지 더 좋아 보일 정도였다.

두 사람은 박물관에서 정체를 숨기려는 시도조차 하

지 않았다. "충동적인 행동이었어요. 뺑소니 사고 같은 거죠." 흔적을 너무 많이 남겼기 때문에 곧 경찰이 들이닥칠 게 확실했다. 한번은 너무 무섭고 불안했던 나머지 총을 내다 버릴까 생각한 적도 있지만 일단 기다려보기로 했다. 이후로 몇 주간 매일 지역 신문을 뒤졌으나 박물관 도난 사건에 관한 기사는 없었다. 어쩌면 경찰이 찾아오지 않을 수도 있겠다는 생각이 들었다. 공포는 서서히 누그러져 긴장감으로 바뀌더니 곧 안심하게 되었다. 여전히 경찰은 오지 않았다. 차차 우쭐하는 마음이 들었고 나중에는 일종의 쾌락으로 바뀌었다.

훔친 총은 파란색 상자에 숨겨두기에는 너무 정교하고 훌륭했다. 브라이트비저는 총 옆에서 잠을 잤고 때로 입을 맞추고 싶은 욕망을 느끼기도 했다. 총을 소유했다는 승리감에 미친 듯한 행복의 절정에 달하자 그동안 아버지에 대해 품고 있던 분노도 수그러들었다. 이제 앤 캐서린은 사랑하는 사람이자 범죄 파트너가 되어 브라이트비저와 평생 함께할 운명에 발을 들여놓았다. 그는 두 사람이 영혼의 단짝이라고 느꼈다.

총을 훔치고 공포와 기쁨 사이를 넘나드는 소용돌이를 겪고 나니, 한 번 더 해볼 만하다는 생각이 들었다. 몇 가지 동작을 고치면 위험한 상황을 훨씬 줄일 수 있을 것 같았다. 경매 따위 집어치우고 이제 자신만의 방법으로 예술품을 수집할 방법을 찾았다. 수발총을 훔친 지 9개월이 지난 1995년 2월의 어느 추운 날, 브라이트비저와 앤 캐서린은 알자스 산맥으로 차를 몰아 사암탑과 해자*로 둘러싸인 웅장한 고성으로 향했다. 12세기에 지어진 성으로, 당시 밀과 와인, 소금, 은 등을 교역하던 길이 만나는 곳에 위치하고 있으며 현재는 중세 박물관으로 바뀌었다. 어린 브라이트비저를 부모님이 데려다주던 박물관 중 하나로, 이미 여러 번 와본 적이 있기 때문에 갖고 싶은 작품이 무엇인지도 알고 있었다.

"정말 용감하시네요." 매표소 직원이 말했다. 고성이라 난방 시설이 없다 보니 겨울에 오기에는 무척 춥다는 설명이 이어졌다. 사실 정확히 그 이유로 이 시기에 성을 찾았는데, 추워서 방문객이 많지 않기 때문이다. 하지만 굳이 대꾸하지 않았다. 이 성처럼 넓고 구조가 복잡한 박물관은 조심스럽게 행동하기만 하면 관광객이 없는 편이 도둑질하기에 더 낫다. 브라이트비저는 수발총을 훔칠 때와 같은 배낭을 멨고 앤 캐서린은 커다란 핸드백을 어깨에 걸쳤다.

무기를 진열한 방에 들어서자 브라이트비저가 어릴 적부터 갖고 싶어 했던 쇠뇌가 눈에 들어왔다. 할아버지와 정찰을 나가면 곧잘 쇠뇌의 잔해를 발견했는데, 그때마다 원래 모양 그대로 온전한 쇠뇌를 찾는 꿈을 꾸곤 했다. 브라이트비저의 눈앞에는 호두나무와 동물 뼈로 만든 쇠뇌가 와이어로 연결돼 천장에 매달려 있었다. 독수리 문양이 새겨져 있고 가죽으로 된 술도 달렸다. 그런데 기억에서 놓친

---

* 성벽 주변에 땅을 파서 자연 하천을 이용해 적의 침입을 막는 시설.

점이 있었다. 너무 높이 달려 있어 손이 닿지 않았다.

브라이트비저에게는 뛰어난 범죄적 재능이 하나 있다. 미처 예상치 못했던 문제가 생겼을 때 설사 붙잡힐지 모르는 긴박한 상황에서도 바로 간단한 해결책을 찾아낸다. 주변에 경비원도 관람객도 없으니 얼른 전시실 구석에서 의자를 들고 와 쇠뇌 아래 놓았다. 앤 캐서린은 혹시 누군가 오지 않는지 망을 본다. 브라이트비저는 서둘러 의자 위에 올라가 와이어를 풀고는 쇠뇌를 조심스럽게 내리며 생각했던 것보다 더 크다는 사실을 깨닫는다. 한 팔 길이 정도의 단장丹粧*이 양쪽으로 벌어져 있으며 분리도 되지 않는다. 이 정도 크기라면 어떤 배낭이나 핸드백에도 들어가지 않는다.

또 한 번 기지를 발휘해야 했다. 브라이트비저는 이 성이 오랜 시간 외적을 물리쳐왔지만 내부 침입자에는 준비가 안 돼 있을 것이라는 데 생각이 미쳤다. 방에는 길고 좁은 창문이 몇 개 나 있었는데 쇠뇌 하나가 통과하기에 알맞은 크기였다. 조금만 힘을 쓰면 열릴 듯 보였다. 창문 밖을 내다보니 2층 높이 정도 되고 아래에는 바위가 있다. 좋은 상황이 아니다. 그러나 목을 쭉 빼고 살피니 어디나 다 그런 것은 아니었다. 그는 쇠뇌를 다른 전시실로 들고 가서 그곳 창문을 열었다. 여전히 높긴 하지만 아래는 바위가 아니라 수풀이다. 전쟁에서 썼던 활인 만큼 튼튼할 거라 믿는

---

* 활의 몸통 부분.

다. 쇠뇌를 창가로 가져와 그대로 손을 놓는다.

둘은 수상해 보이지 않으려고 박물관을 조금 더 어슬렁거리며 돌아다녔다. 하지만 무기 방 천장에서 덜렁거리는 와이어를 누가 보기 전에 성을 빠져나왔다. 브라이트비저가 성벽 바깥을 따라 늪지가 많은 숲으로 들어가는 동안 앤 캐서린은 자동차에 시동을 걸었다. 평소 등산에 능한 그는 쇠뇌도 손상 없이 재빨리 회수했다.

집에 돌아오자 처음에는 수발총을 훔쳤을 때와 마찬가지로 두려움이 엄습했다. 이번에는 지역 신문 〈랄자스 L'Alsace〉에 쇠뇌 도난 사건에 관한 기사가 실렸다. 기사에 따르면 박물관에서는 며칠 동안 쇠뇌가 사라진 것도 몰랐고 경찰에서도 용의자를 지목하지 못했다. 기사를 읽고 나니 몸이 붕 뜨는 기분이었다. 브라이트비저와 앤 캐서린은 뿌듯해하며 신문 기사를 오려 스크랩했다. 두 번째 도둑질에서는 두려움이 기쁨으로 바뀌는 시간이 더 짧았다.

그 사건이 있고 얼마 지나지 않아 부모님의 이혼이 마무리되었다. 어머니는 이혼하며 분할받은 돈으로 교외에 집을 하나 샀고 아들과 앤 캐서린이 다락에 들어와 살도록 허락했다. 둘에게 저녁을 차려준 적도 여러 번 있다. 화가 많은 성격이긴 했지만 소아과 간호사였던 만큼 다른 사람을 돌보는 일이 자연스러웠다. 브라이트비저의 어머니는 두 사람이 온종일 무엇을 하며 시간을 보내는지 크게 상관하지 않았다. "식사 시간을 제외하면 어머니와 저는 각자의 삶을 살았어요."

집들이 선물로 할아버지가 화려한 포스터 침대를 사주었고 브라이트비저와 앤 캐서린은 벨벳과 실크로 침대를 꾸몄다. 이케아 가구나 영화 포스터는 더는 볼 일이 없을 거라고 스스로에게 맹세했다. 훔친 수발총과 쇠뇌를 침대 옆에 진열했다. 브라이트비저는 루브르 박물관에서 그랬듯 자신의 방에서도 옛 시대의 영광을 느끼고 싶었다. 수발총과 쇠뇌는 그 시작이었다. 그들의 새로운 보금자리에서 가장 눈에 띄는 것은 굶주린 듯한 텅 빈 벽이었다. 앞으로 갈 길이 멀다는 의미였다.

7

1995년 3월 초, 쇠뇌를 훔치고 나서 몇 주가 지났지만 두 사람은 여전히 축배를 드는 기분으로 스키를 타러 간다. 브라이트비저는 그때까지도 외조부모에게 용돈을 받아 생활하고 있었고, 이번 여행도 그 돈으로 간다. 차에 장비를 싣고 스키 리조트로 가는 길에 스위스 그뤼예르성에 들른다. 13세기에 요새로 쓰인 성으로, 현재는 박물관이며 알프스의 들쭉날쭉한 능선이 내려다보이는 곳이다. 현금으로 입장권을 사고 평소처럼 입장한다.

여기도 도둑질을 하러 온 걸까? 브라이트비저에게 물으면 아니라고 대답할 것이다. 사실 이번만이 아니라 다른 모든 절도 사건 역시 마찬가지다. 그저 작품을 보러 왔을 뿐이다. 하지만 이런 생각이 마음을 편하게 하는 심리적 속임수에 지나지 않는다는 점은 스스로도 인정한다. 그렇게 생각함으로써 박물관에 들어갈 때 초조하지 않을 수 있고 스트레스도 확실히 덜 받는다. 다시 말해 실제로는 훔치러 온 게 맞다.

브라이트비저는 어디에 가든 눈에 보이는 박물관 안내 책자를 가져오는 오랜 습관이 있다. 관광 안내소나 호텔 로비에서 한 아름 모아오곤 한다. 도서관이나 신문 가판대에서도 미술 잡지는 모조리 훑어보고 프랑스 미술 주간지 〈라 가제트 드로우트La Gazette Drouot〉도 정기 구독한다.

때로 이런 안내 책자나 잡지에서 유난히 브라이트비저의 눈길을 끄는 사진이 있다. 그러면 떨리는 손으로 사진에 대한 기사나 설명을 읽고는 그 작품이 어디에 있는지 기억해둔다. 아주 어릴 때 가본 박물관이라도 그곳에서 가장 좋아했던 작품을 생각하면 기억이 생생하게 떠오른다. 이날 보러 온 작품들 역시 '마음속 목록'에 올라가 있다. 브라이트비저와 앤 캐서린은 최대한 자주 이 마음속 목록의 작품을 보러 간다. 앤 캐서린이 병원에 나가지 않아도 되는 주간에는 목록에 있는 몇몇 작품을 한데 묶어 동선을 짜서 자동차 여행을 떠나기도 한다.

이 정도가 계획의 전부로, 이미지가 떠오르면 갈 곳을 정한다. 나머지는 거의 즉흥적으로 결정한다. 도둑질의 속도는 그날 관람객과 경비원 수에 따라 달라지며 브라이트비저는 언제나 손을 뻗을 준비가 되어 있다. 두 사람은 방문하는 박물관 중 절반 이상에서 아무것도 훔치지 않고 그냥 나온다. 경비원이나 보안 카메라 수가 많거나 주변에 사람이 붐벼서 작품을 훔치기에 적절치 않을 때도 있고, 훔치고 싶을 만큼 마음을 울리는 작품이 없을 때도 있다. 도둑질을 할 때도 브라이트비저는 탈출 경로를 정확히는 모른다. 박물관을 빠져나올 때나, 집으로 돌아가는 길이 어떤 상황인지도 모르는 채로 그저 본능대로 움직인다. 자동차 여행 중에 우연히 발견한 박물관에 들를 때도 많은데 그곳에서 마음이 동하는 작품을 보면 갑자기 작전을 개시하기도 한다. 유일하게 쓰는 연장은 빅토리녹스Victorinox에서 만든 넓적한 스위스 아미 나이프로, 안에는 여러 가지 유용한 도구가 빼곡하게 들어 있다.

그뤼예르성 위의 작은 탑을 휘감는 돌계단을 오르던 중 스키 여행을 잠시 멈춰도 좋을 만한 작품이 눈에 들어온다. 나이 지긋한 여인을 그린 작은 유화인데, 그림 속 여인은 고급스러운 보석으로 치장했고 머리에 숄을 쓰고 있으며 귀족적이면서도 어딘가 구슬픈 모습이다. 18세기 사실주의 화가 크리스티안 빌헬름 에른스트 디트리히Christian Wilhelm Ernst Dietrich의 작품이라고 벽에 설명이 붙어 있다. 나무 화판에 그린 그림이다. 브라이트비저는 화가에 대해 아는 것이 전혀 없고 그 시대에는 캔버스 천이 드물고 비싸 대부분의 작품을 나무 화판에 그렸다는 사실도 몰랐다. 그런데도 넋이 나간 채 그림 앞에 서 있다. 여인의 목을 감싼 옷깃의 주름이 느껴지는 듯했고 초상화 속 눈을 바라보고 있으니 참을 수 없을 만큼 친근감이 든다.

도서관에서 빌려 봤던 미술 이론 서적에서 스탕달 증후

군Stendhal syndrome*에 대해 읽은 적이 있다. 브라이트비저는 관심 있는 주제가 생기면 닥치는 대로 책을 찾아 읽는다. 병원에서 온종일 바쁘게 일하는 앤 캐서린은 이런 공부를 할 시간이 따로 없다. 그뿐 아니라 별다른 관심도 없다고 그녀를 아는 사람들은 말한다. 안내 책자와 작품 연구는 브라이트비저 몫으로 남겨둔다.

프랑스 작가 스탕달이 1817년 일기 형식으로 쓴 이탈리아 여행기 《로마, 나폴리, 피렌체》에 피렌체의 산타 크로체 성당에서 있었던 일이 나온다. 거대한 성당 구석에 자리한 작은 예배당에서 스탕달은 아치형 천장에 그려진 프레스코화를 감상하기 위해 머리를 뒤로 젖혔다가 '천상의 감동'과 '열띤 관능'에 압도되어 '깊은 황홀경'을 경험했다. 심장이 터질 것 같아 급히 예배당을 빠져나온 스탕달은 어지러워 비틀거리며 벤치에 드러누웠고 조금 지나자 곧 괜찮아졌다.

피렌체 중앙병원 정신의학과 의사 그라지엘라 마게리니Graziella Magherini는 1970년대에 비슷한 일을 겪은 관광객에 관한 자료를 모으기 시작했다. 어지럼증, 가슴 떨림, 기억 상실 등의 증상을 관찰할 수 있었다. 눈동자에서 손가락이 자라 나온 느낌이라고 말하는 이도 있었다. 미켈란젤로의 유명한 다비드 조각상을 본 후 이 같은 증상을 겪는 일이 특히 많았으며 증상은 수 분에서 한두 시간까지 지속되었다.

---

* 예술 작품을 보고 느끼는 정신적 혼란과 분열 증상.

마게리니의 조언은 대부분 침대에 누워 쉬라는 정도였고 가끔은 진정제를 투약할 때도 있었다. 환자들은 모두 예술 작품에서 한동안 떨어져 있으면 원래대로 회복되었다.

마게리니가 조사한 100건이 넘는 사례에 따르면 이러한 증상은 성별과 상관없이 고르게 나타났으며 대부분 25세에서 40세 사이였다. 그리고 한 번 이런 경험을 하면 다른 작품을 접했을 때 또 같은 증상이 반복되는 경향을 보였다. 마게리니는 이 질환을 '스탕달 증후군'이라고 이름 붙였고 이에 관해 책을 쓰기도 했다. 이후로도 비슷한 사례가 방대하게 보고되었는데, 예루살렘과 파리가 스탕달 증후군이 일어나는 단골 장소로 꼽힌다. 그러나 피렌체에서 진행한 마게리니의 연구 외에는 공식적으로 보고된 바가 없으며 일화의 형식으로만 회자될 뿐, '미국 정신질환 진단 및 통계 편람'*에 정식 질환으로 올라가 있지는 않다.

브라이트비저는 스탕달 증후군에 관해 알게 된 후 큰 충격을 받았다. 지금까지 느꼈던 심장을 강타하는 기분이 바로 이것이었다. 의사도 인정한 질환이라니, 그리고 자신과 같은 경험을 하는 사람들이 더 있다는 사실을 알자 세상에서 덜 소외된 것 같아 감사한 기분마저 들었다.

그가 모든 작품에 같은 반응을 보이는 것은 아니다. 사실 그런 느낌이 든 적은 거의 없다. 하지만 마음을 뒤흔드는 작품과 마주하면 본능적이고 빠르게, 그리고 최면에 걸

---

* 미국 정신의학회에서 공식적으로 사용하는 정신질환 진단 기준.

린 듯 강하게 반응한다. “나에게 예술은 마약 같은 겁니다.” 브라이트비저는 실제 마약은 전혀 건드리지 않는다. 그런 부분에서는 청교도적이라 할 만큼 스스로에게 엄격하다. 담배도 피우지 않고 카페인도 섭취하지 않으며 예의상 필요할 때 와인 한 모금 정도 말고는 술도 마시지 않는다. 마리화나는 물론이고 그보다 더 강한 마약은 당연히 손도 대지 않는다. 그 대신 마음에 드는 예술 작품을 보면 머리가 빙빙 돌 정도로 취한다.

스탕달 증후군이나 “예술이 마약”이라는 브라이트비저의 주장에 대해 예술계나 경찰 관계자 대부분은 그가 거짓말을 한다고 여긴다. 스탕달 증후군은 여행에서 겪는 시차로 인한 피로나 열사병을 그럴 듯한 말로 꾸며낸 것이라고 말하는 사람도 있다. 브라이트비저를 헐뜯는 이들은 그가 그저 훔치는 행위 자체에 중독됐을 뿐이라고 말한다. 병적인 도벽을 가진 소매치기범이 예술계의 대도로 미화되었다는 비판도 있다.

브라이트비저는 이를 격렬하게 부인하며 절도 행위 자체를 즐기지는 않는다고 주장한다. 그에게는 절도 과정이 아니라 결과가 중요하다. 강박이 있긴 하지만 절도가 아닌 수집 강박이다. 스위스 심리 치료사 미셸 슈미트Michel Schmidt는 2002년 브라이트비저를 몇 차례 면담한 후 34페이지 분량의 평가서를 작성했다. 슈미트는 그가 확실히 사회에 해가 되는 존재이고 스스로의 범죄를 정당화하고 있으며 자기 기만적 태도를 보인다고 평가했다. 그러나 그의 보고서 어디에서도 브라이트비저가 병적인 거짓말쟁이라거나 도벽이 있다는 주장을 뒷받침하는 사항은 찾아볼 수 없다.

슈미트에 따르면 병적 도벽이 있는 사람은 훔치는 물건이 아니라 오로지 절도 행위 자체에만 관심을 둔다. 또한 훔치고 난 후에는 대체로 수치심과 후회가 뒤따른다. 브라이트비저는 이와는 정반대다. 훔칠 대상을 면밀히 고르고 성공적으로 범죄를 마치면 기뻐 날뛴다. 그러므로 슈미트는 진단 목록에서 병적 도벽을 제외한다. 그는 브라이트비저가 진정으로 예술을 사랑해서 훔친다고 생각한다.

브라이트비저의 맹점은 다른 사람의 평가를 의식한다는 점이다. 자신이 특별한 존재가 아니라 단순한 도둑 취급을 받는 이유는 예술계 관계자들과 경찰, 심리학자들이 모두 미학적으로 무지하기 때문이라고 생각한다. 스탕달 증후군이 얼마나 강력할 수 있는지 이해하지 못하는 사람들이다. 참으로 답답한 일이다. 마음을 밖으로 꺼내 보여줄 수 있다면 얼마나 좋을까?

브라이트비저는 그뤼에르성 첨탑에서 디트리히의 초상화를 본 후 "감동으로 놀라 얼어붙었다"고 회상한다. 몸이 움직이지 않았고, 10분간 그대로 멈춰 멍하니 그림을 응시했다. 그러다 이내 무엇을 해야 할지 감이 온다. 탑에는 보안 카메라가 없다. 지역 박물관 보안 상태는 놀랄 만큼 허술할 때가 많지만 그에게는 되려 좋은 일이다. 근처에는 경비원도 없고 방문객도 없다. 그림에서 눈을 떼고 앤 캐서린을 힐끗 쳐다본다. 앤 캐서린도 브라이트비저가 고르는 작품을 좋아하긴 하지만 스탕달 증후군을 겪을 정도로 강렬한 느낌은 없다. 예술보다는 애인에 대한 애착이 더 커 보인다. 그녀는 브라이트비저의 시선에 반응하며 훔쳐도 된다는 허락의 신호를 보낸다.

브라이트비저는 그림을 끌어당겨 내리고 뒷면에 박힌 작은 못 네 개를 빼내 액자에서 분리한다. 이번에는 자동차 열쇠 가장자리를 이용하는데, 그가 스위스 아미 나이프의 보조 도구로 쓰는 두 번째 연장이다. 액자와 그림을 떼어낸 뒤 액자는 탑의 높은 곳에 숨기고 벽에 붙어 있는 그림 설명을 떼서 주머니에 구겨 넣는다. 벽에 피자 상자만 한 빈 공간이 생겼지만 그건 어떻게 할 수 있는 일이 아니다.

브라이트비저가 그림을 외투로 덮어 가리고 두 사람은 유유히 성을 빠져나온다. 둘이 함께한 세 번째 도둑질이자 그림으로는 첫 작품이다. 성을 나와 주차장으로 가려면 그뤼에르 중세 마을을 가로질러 한참 걸어야 한다. 차에 도착해서는 여행 가방 안에 그림을 고이 넣고 곧바로 출발한다. 그렇게 달리다 중간에 멈춰 차를 세우고는 한 번 더 그림을 꺼내 들여다보며 감동을 만끽한다. 그리고 다시 스키장으로 향한다.

8

1년 안에 박물관 세 군데에서 도둑질이라니, 그것만으로도 이미 대단하다. 여느 도둑이라면 박물관 절도는 평생에 한 번이면 족하다. 설사 잡히지 않았다고 해도 박물관을 터는 일 자체가 보통 일이 아니다.

〈모나리자〉를 훔친 도둑도 처음에는 루브르 박물관에서 8개월 동안 수리공으로 일했다. 1911년 8월 어느 월요일 오전 7시, 빈센초 페루자Vincenzo Peruggia는 평소와 다름없이 작업복을 입고 다른 직원들과 함께 박물관에 들어갔다. 대청소 때문에 박물관은 폐장했고 보안 요원도 대부분 쉬는 날이었다. 페루자는 특별히 중요한 몇몇 작품에 추가로 안전 장치를 설치하는 일을 맡았는데, 그 덕분에 벽에 걸린 〈모나리자〉를 떼어내는 방법을 잘 알고 있었다. 그는 〈모나리자〉를 들고 나선형으로 된 직원용 계단 아래에 있는 방으로 재빨리 숨어들어갔다. 그러고는 그림을 액자에서 분리한 뒤 백양목 화판(레오나르도 다빈치는 나무 화판에 그림을 그렸다)을 천으로 감싸서 밖으로 들고 나왔다. 페루자는 〈모나리자〉 말고 다른 작품은 훔친 적이 없다.

1975년에는 열일곱 명으로 이루어진 일당(망보는 사람, 운전사, 총잡이, 덩치, 훔치는 사람 등)이 보스턴 미술관Boston Museum of Fine Arts에서 렘브란트를 훔치기 위해 정교한 급습 계획을 짰다. 뉴잉글랜드 출신의 마일스 코너 주니어Myles Connor Jr.가 총지휘를 맡았다. 그는 범죄 역사상 가히 대가라고 할 만한 인물로, 멘사Mensa* 회원이며 한때 비치 보이스The Beach Boys와 공연을 하기도 한 기타리스트이고 다른 절도 사건에서 경찰을 총으로 쏴 부상을 입힌 적이 있는 흉악범이다.

1985년에는 멕시코시티에서 두 명의 강도가 6개월에 걸쳐 총 50일간 멕시코 국립 인류학 박물관National Museum of Anthropology을 정찰하며 복잡한 건물 구조와 보안 상태를 샅샅이 조사했다. 일당은 크리스마스 아침, 동이 트기 전 에어컨 통풍구에 기어 들어가 박물관으로 잠입했다. 천으로 된 가방에 마야와 아즈텍 유물을 가득 담고는 들어간 길로 다시 몰래 빠져나왔다. 알람도 울리지 않았고 단 한 명의 경비원도 마주치지 않았다.

2000년에 있었던 스웨덴 국립 박물관Swedish National Museum

---

* 세계에서 가장 크고 오래된 고지능자 모임.

도난 사건은 스웨덴과 이라크, 감비아 출신의 범죄자들로 이루어진 다국적 조직의 소행이었다. 두 건의 자동차 폭발 사고가 사건의 시작이었다. 미리 계획되었던 이 사고로 스톡홀름 시내가 큰 혼란에 빠졌고 박물관은 출입이 금지되었다. 그러나 이미 박물관에 들어가 있던 절도범들은 직원과 방문객들에게 총을 겨누어 인질로 잡고 르누아르의 그림 두 점과 렘브란트의 그림 한 점을 갈취했다. 상황을 정리하기 위해 경찰이 도착했을 때는 이미 범인들이 도시를 빠져나가 쾌속정으로 스톡홀름만을 가로질러 도주한 후였다. 도둑들은 중간에 배를 버리고 훔친 작품을 차로 옮겨 싣고서 그다음부터는 육로로 이동했다.

하지만 박물관 절도에서 문제가 되는 부분은 사전 준비나 도주 경로가 아니다. 보안 시스템을 휘저어 진열장 문을 따고, 경비원을 따돌려 작품을 밖으로 빼내고 나면 그때부터 진짜 골치 아픈 일이 시작된다. 세상에 하나밖에 없고 추적이 가능한 물건인 데다, 뉴스에도 사진이 뜰 테니 누군가에게 보여주는 것조차 위험하다. 이러지도 저러지도 못하다 작품은 결국 짐짝으로 전락하고 만다. 훔친 물건을 내보일 수도 없고 내다 팔려고 하면 더욱 위험해진다.

페루자는 훔친 〈모나리자〉를 파리에 있는 자신의 아파트에 숨겼다. 빨간 비단에 싸서 상자에 넣은 다음 공구함 아래에 깊숙이 묻었다. 도난 사건이 발생했을 때 경찰은 다른 루브르 박물관 직원들과 함께 페루자도 심문했지만 태도가 차분하고 경찰 수사에 협조적이었기 때문에 용의선상에서 제외했다. 페루자는 그 후로 2년 반을 움직이지 않고 기다렸다. 그러다 '어떤 작품이든' 사겠다던 한 이탈리아 미술상에게 세상에서 가장 유명한 그림을 팔려고 시도했다가 즉시 체포되었다. 그렇게 〈모나리자〉는 온전한 상태로 루브르 박물관으로 돌아왔다.

열일곱 명의 도둑 일당, 통풍구 탈출, 자동차 폭발 등은 마치 영화의 한 장면처럼 인상적이긴 하지만 도난당했던 작품은 거의 모두 회수했고 도둑들은 대부분 감옥에 갔다. 일생에 한 번 박물관을 털다가 잡힌 것이다. 예외가 있다면 보스턴 미술관 절도 사건에서 진두지휘했던 마일스 코너 주니어 정도다.

코너의 아버지는 경찰관이었고 어머니는 화가였다. 그는 1960년대와 1970년대에 뉴잉글랜드 지역에서 최소 열두 군데 박물관을 찾아 절도 행각을 벌였다. 연방 교도소 이곳저곳에서 10년 이상 복역했고 여전히 예술 범죄 역사상 최고봉으로 꼽힌다. 공공 박물관이 존재해온 지난 300년간 열두 군데가 넘는 곳에서 작품을 훔쳤던 도둑이나 조직은 찾아보기 힘들다.

그뤼에르성을 급습한 지 한 달 후인 1995년 4월, 브라이트비저와 앤 캐서린은 스위스로 돌아온다. 예술과 자연경관의 웅장함이 어우러진 이 나라는 브라이트비저에게 낙원이나 다름없다. 박물관 안과 밖이 모두 아름다운 곳이다. 두 사람은 강가에 있는 작은 도시, 졸로투른에 도착한다. 경비가 삼엄한 졸로투른 미술관Art Museum Solothurn을 둘러보던 브라이트비저가 번개처럼 빠른 속도로("손목을 한 번 튕길 정도의 시간"이었다고 한다) 16세기 종교화 한 점을 낚아챘다. 제단화의 일부인 이 작품은 초기 신학자였던 성 히에로니무스Saint Jerome가 그려진 이콘icon*이다. 그는 생전에 도덕적 삶에 관해 설법하며 예술 작품을 약탈하는 것은 부정한 일이고 특히 종교 작품일 경우에는 그 죄가 두 배라고 이야기했다.

미술관에서는 성 히에로니무스 이콘이 사라진 사실을 금방 알아챘지만, 이미 늦었다. 두 사람은 미술관을 떠난 지 오래였다. 브라이트비저는 설사 목격자가 있더라도 총과 폭탄 대신 휴고 보스 정장과 샤넬 스커트를 휘감고 있으면 신원을 판별하기 어려워진다고 말한다. 범죄는 힘으로 강하게 밀어붙이기보다는 아무도 모르게 행해야 효과적이라고도 주장한다. 그는 박물관에 들어서는 순간, 스스로를 우아한 옷으로 위장한 사냥꾼이라고 생각한다. 분주한 박물관에서 아무도 도둑을 봤다는 이가 없으면 사람들은 서로를 의심하기 시작하고 곧 그 안에 있는 모두가 용의자가 된다. 한 신문 기사는 성 히에로니무스 사건을 다루면서 박물관 측에서 범인의 수나 인상착의를 파악하지 못하고 있다고 보도했다.

브라이트비저와 앤 캐서린은 자신들이 저지른 범죄에 관한 기사를 모조리 모아 가지고 있었다. 이 자료들이야말

---

* 나무 판화에 종교적 인물이나 이야기를 그린 것.

로 경찰의 수사 상황을 파악할 수 있는 가장 중요한 정보원이다. 지금까지 나온 기사를 통해 파악한 바로는 두 사람이 각기 다른 박물관 네 군데에서 절도 행각을 벌이는 동안(프랑스에서 훔친 수발총과 쇠뇌, 스위스에서 훔친 그림 한 점과 성 히에로니무스 이콘이다) 경찰은 이들 사건을 동일한 범인의 행각이라고 연결하지 못하고 있다. 연쇄 절도범의 존재는 생각도 못 하고 있는 듯하다. 둘은 기사를 스크랩해 포스터 침대에 드리운 천 위에 올려놓는다. 브라이트비저는 종종 스크랩북을 꺼내 지금까지 모은 기사를 다시 읽고 회심의 미소를 짓곤 한다. 경찰이 사건을 조사하며 자신들을 얼마나 고상하고 위대한 도둑으로 여길지 상상하면서 말이다.

옷차림과 여행에 들어가는 비용을 충당하려면 검소한 생활을 할 수밖에 없다. 옷은 대부분 에마우스Emmaüs*에서 운영하는 중고 가게에서 산다. 미국으로 치면 구세군 가게 같은 곳으로, 사는 물건은 거의 10달러(약 1만 3,000원) 이하다. 할아버지가 한 달에 1,000달러(약 130만 원) 이상 지원해주고 그 외에는 어머니 집에서 끼니를 해결하고 용돈도 받는다. 브라이트비저 앞으로 실업 수당이 나오고 앤 캐서린이 매달 1,500달러(약 200만 원) 정도를 벌어온다. 그 정도면 생활에 크게 지장은 없다.

평일에는 앤 캐서린이 출근하기 때문에 두 사람은 주로 주말에 움직인다. 앤 캐서린은 브라이트비저만큼 위험을

---

* 프랑스 자선 단체.

강행하는 성격이 아니다 보니, 그가 작품을 훔치려고 할 때 종종 제지하곤 한다. 그녀는 경비원과 관광객, 보안 카메라를 각별히 주의한다. 브라이트비저는 앤 캐서린이 겉으로 드러내지는 않아도 박물관에서 많이 긴장한다고 말한다. 또한 미리 정한 크기보다 큰 작품은 절대 훔치게끔 하지 않는다. 아무리 보안이 느슨한 곳이라 해도, 브라이트비저가 자신 있다고 강하게 주장하더라도 예외는 없다. 그림은 액자가 없는 상태에서 브라이트비저의 등에 평평하게 붙일 수 있어야 한다. 그림이 브라이트비저의 몸 밖으로 45센티미터 이상 튀어나와서는 안 된다. 조각품은 벽돌보다 작아야 한다. 그래야 주머니나 배낭, 가방에 넣었을 때 불룩해지지 않는다.

앤 캐서린에게는 브라이트비저와 반대되는 강점이 하나 있다. 그가 놀라울 만큼 단번에 보안상의 결함을 알아채는 능력을 가졌다면, 앤 캐서린은 보안이 얼마나 튼튼한지를 직감적으로 알아챈다. 브라이트비저보다 의심의 시선을 더 잘 느낀다. 그가 세부 사항에 집중하는 편이라면 앤 캐서린은 전체적인 상황을 살핀다. 그들의 무모한 도둑질에 이러한 기질상의 조화가 매우 중요한 역할을 한다. 브라이트비저는 앤 캐서린이 원하지 않는 도둑질은 하지 않는다. 가끔 의견이 달라 부딪힐 때도 있지만 보통 앤 캐서린이 제지하면 도둑질은 중단된다. "저는 앤 캐서린의 직감을 믿어요." 브라이트비저가 인터뷰에서 여러 번 한 말이다.

그러나 어떤 작품은 훔치지 않기로 해놓고도 머릿속에

박혀 떠나지 않을 때가 있다. 그럴 때는 앤 캐서린이 출근한 사이 혼자 박물관에 돌아간다. 앤 캐서린에게는 나중에 이야기하거나, 아니면 다락에 새로운 물건이 있는 걸 보고 그녀 스스로 알아차린다. 앤 캐서린은 이런 행동을 적극적으로 부추기지는 않아도 그냥 넘어가준다.

브라이트비저는 혼자 나가서 커다란 원목 조각상을 훔쳐 온다. 앞발로 어린 양을 꼭 잡고 있는 사자 조각상은 속죄를 위한 희생을 의미한다. 보기에는 경이롭고 멋진 작품이지만 브라이트비저의 외투 안에서는 커다란 콘크리트 덩어리로 느껴진다. 조각상을 앞쪽으로 돌려 마치 배가 나온 사람인 양 뒤뚱거리며 걷는다. 그는 박물관 안에서 거의 투명 인간처럼 다닐 수 있다. 키는 175센티미터 정도로 평균보다 조금 작고 몸은 버드나무 가지처럼 유연하며 흰 피부에 머리카락은 짙은 갈색이고 볼이 통통하다. 사람들 사이에 섞여 슬쩍 전시실로 들어가 그 방의 모양을 따라 자연스럽게 움직인다. 주변에 관람객들, 심지어 경비원이 있을 때도 아무도 모르게 훔칠 수 있다.

심리 치료사 미셸 슈미트는 "스테판 브라이트비저의 특별한 점이라면 너무 평범해서 눈에 띄지 않는다는 것"이라고 말한다. 하지만 커다란 눈만은 남들과 다르다. 날카로운 눈빛과 푸른 사파이어색 눈동자를 가졌고 두꺼운 눈썹 때문에 이 부분이 더 두드러져 보인다. 영리한 방법으로 여러 은둔술을 발휘하지만 브라이트비저의 눈은 마음의 창이자 문이며, 그의 많은 것을 드러낸다. 아름다운 것을 보면 놀라움을 숨기지 못하고, 기쁘거나 슬플 때는 금방 눈물을 흘린다. 실제로 눈물이 많은 편이다.

앤 캐서린은 브라이트비저가 없을 때는 도둑질을 할 생각조차 하지 않는다. 그녀의 눈은 읽어내기가 쉽지 않다. 작품을 훔칠 때도 박물관을 완전히 빠져나오기 전까지는 한 번 만지지도 않는다. 브라이트비저가 훔친 작품을 넣으려고 앤 캐서린의 가방을 빌릴 때도 있지만 열에 한 번 정도다. 그녀는 사실 도둑이라고 볼 수는 없지만 동시에 도둑이 아니라고 할 수도 없다. 마술사의 조수 역할이라고 해야 할까, 속임수가 펼쳐지는 동안 주변을 맴돌며 호기심 많은 사람들의 주의를 부드럽게 돌린다. 필요할 때는 고삐를 틀어쥐어 브라이트비저의 넘치는 기운을 눌러주고 또 어떨 때는 그가 하고 싶어 하는 일을 돕기도 한다.

한번은 프랑스의 어느 박물관에 갔는데 차를 대던 브라이트비저가 그날 하루는 도둑질을 쉬겠다고 앤 캐서린에게 선언하고는 스위스 아미 나이프를 자동차에 두고 내린다. 그러더니 기독교 사도가 그린 어느 목탄화를 보고는 완전히 푹 빠져버리는데, 그림은 테이블에 펼쳐진 채 플렉시글라스로 덮여 있고 모서리마다 나사가 박혀 있다. 앤 캐서린은 가방을 뒤져 손톱깎이를 찾아 건넨다. 브라이트비저는 손톱깎이 손잡이를 이용해 나사 두 개를 풀고 플렉시글라스를 들어 올리지만 손가락이 들어가지 않는다. 결국 앤 캐서린이 대신 손을 넣어 작품을 '해방'시키고 브라이트비저는 그림을 들고 나온다.

그는 도둑질을 할 때 혼자보다 둘이 함께하는 편이 더 안전하다고 생각한다. 그러므로 이 일을 오래 할 거라면 주말까지 기다리는 편이 낫다. 실제로 거의 주말에만 훔치는 편이다. 1995년 봄이 가고 여름이 올 즈음, 첫 박물관 절도 이후 불과 1년밖에 지나지 않았지만 이제 두 사람은 완벽한 호흡을 자랑한다. 전쟁 중이었을 때를 제외하면 예술품 절도 역사상 이 두 사람보다 자주, 그리고 많이 훔친 도둑은 없다고 봐야 한다. 프랑스와 스위스를 오가며 절도 행각을 벌였고, 한 번에 박물관 여러 군데를 갈 때도 있는데 그런 날은 최소한 차로 한 시간은 떨어진 거리에 있는 박물관을 선택했다. 넉넉히 두세 시간 정도 걸린다면 더 좋다. 어차피 유럽 어디나 박물관은 넘친다. 한 달에 주말이 네 번 있다면 그중 세 번 정도는 '사냥'을 나가고, 원하는 작품을 훔치는 데 성공한다. 전쟁 장면을 묘사한 17세기 유화, 무늬가 새겨진 전투용 도끼, 장식용 손도끼와 쇠뇌도 하나 더 훔친다. 수염을 기른 남자의 16세기 초상화, 그리고 꽃무늬 접시도 있다. 작은 황동 추가 달린 황동 약국용 저울도 손에 넣는다.

이렇게 해서 지금까지 브라이트비저가 수집한 예술품은 열두 점이다. 자신이 예술품 절도 역사에 길이 남을 기록을 세우는 중이라는 사실을 알고는 있지만, 그것이 도둑질을 하는 이유는 아니다. 그는 아버지보다 더 나은 작품을 더 많이 갖기를 바란다. 그리고 자신의 다락 벽을 찬란하게 꾸밀 수 있기를, 또한 앤 캐서린과 더 많은 보물을 공유할 수 있기를 바란다. 마음속 빈 공간도 채우고 싶지만 작품을 아무리 훔쳐도 공허한 느낌은 여전하다.

9

주말에 도둑질을 하고 나서 월요일이 되면 앤 캐서린은 병원으로 출근하고 브라이트비저는 도서관에 간다. 뮐루즈에 있는 지역 도서관이나 스트라스부르 고고학 박물관의 도서관을 주로 이용한다. 때로 스위스로 차를 몰아 바젤 대학교 미술사 회관에 가기도 한다. 보통은 일주일에 걸쳐 세 군데 모두 간다.

도서관에 가면 우선 기초 지식을 섭렵한다. 〈베네지트 예술가 사전Benezit Dictionary of Artists〉*을 훑으며 작가와 시대, 양식, 지역 등에 대해 읽는다. 프랑스에서 출판된 이 책은 14권으로 이루어져 있으며 총 2만 페이지 정도로 두껍다. 알고 싶은 것이 넘치는 미술 애호가에게는 분에 넘치는 선

---

* 화가, 조각가, 디자이너, 판화가 등 전 세계 예술가에 대한 방대한 정보가 담겨 있다.

물 같은 존재다. 작가 한 명을 정해 카탈로그 레조네catalogue raisonné*를 탐독한다. 독일어와 영어, 프랑스어로 작품의 내력을 조사하고 그동안 누가 작품을 소유했는지도 알아본다. 아르바이트를 할 때나 작품을 훔치러 나갈 때가 아니면 온종일 도서관에 틀어박혀 있기도 한다.

도둑질을 마치면 작품마다 봉투를 하나씩 만들어서 서류함에 넣어둔다. 봉투에는 참고 도서에 나온 작품 설명 복사본과 브라이트비저가 어린아이 같은 글씨체로 휘갈겨 쓴 색인 카드, 그리고 직접 스케치한 그림에 세부 사항과 작품 크기를 적어놓은 메모 등이 들어 있다. 다락에는 자신만의 미술 도서관도 있는데, 역시 외조부모의 힘을 빌려 만들었고 나중에는 500권이 넘는 책을 소장했다. 브라이트비저는 은 세공사와 상아 조각가, 칠보 세공사, 칼 만드는 장인에 관한 논문도 읽는다. 도상학**과 우의화, 상징주의에 대해서도 연구한다. 쇠뇌에 관해서는 가능한 한 모든 것을 알고자 한다. 역사책은 거의 닥치는 대로 읽는다. 알자스 지방에 대한 책만 5,000페이지 넘게 읽었다.

〈아담과 이브〉 상아 조각상을 훔치고 나서는 조각가의 마음을 이해하고 싶어 며칠간 작품에 대해 공부했다. 게오르크 페텔은 고아였으며 독일 바이에른에서 자랐다. 일찍부터 단단한 물체를 부드럽고 유연하게 보이도록 만드는

---

* 미술가의 전체 작품을 체계적으로 정리한 도록.

** 작품이 갖는 의미와 내용을 서술하고 분류하는 미술사 연구 방법.

데 재능을 보였다. 이 점이 독일 왕실의 눈에 띄어 궁중 예술가로 일하라는 제안을 받았다. 당시 궁중 예술가는 성공의 지름길이었지만, 페텔은 한정된 작품을 만들고 싶지 않았고 자유롭게 여행하고 싶다는 이유로 거절했다. 그러다 앤트워프에서 페테르 파울 루벤스를 만난다. 나이로는 한 세대 위였던 루벤스는 기꺼이 멘토가 되어주고 훌륭한 조언을 아끼지 않았다. 이를 고맙게 여긴 페텔은 〈아담과 이브〉를 조각해 루벤스에게 선물했다. 그러나 페텔은 자신이 가진 재능의 깊이를 완전히 알기도 전이었던 1635년, 34세의 나이에 전염병으로 요절했다.

많이 읽고 연구할수록 원하는 것도 많아진다. 브라이트비저와 앤 캐서린은 꽤 자주 도둑질을 했고 때로는 평소보다 더 속도를 붙이기도 한다. 1995년 8월 어느 주말에는 스위스 호숫가에 있는 슈피츠성에서 한 번에 두 작품을 훔친다. 16세기 기사의 투구를 먼저 배낭에 여유 있게 넣은 다음 수공예로 직접 만든 유리 모래시계를 투구 안에 끼워 넣는다. 그뿐만이 아니다. 같은 날 다른 박물관에서 또 한 번 도둑질을 벌인다. 슈피츠성은 점심 전에, 두 번째 박물관은 점심을 먹고 나서 갔다.

두 사람은 태생부터 도둑인 듯 위험한 상황에 금방 적응하고 도둑질을 할 때는 남달리 차분하다. 그러나 이들이 '성공한 도둑'이 되는 데 크게 일조한 불편한 진실이 한 가지 있다. 그저 관람객의 양심을 믿고 보안에 신경 쓰지 않는 박물관이 충격적일 정도로 많다는 점이다. 특히 지방에 있는 박물관들은 더 그렇다. 사실 박물관 보안에는 모순이 있을 수밖에 없는데, 박물관은 작품을 숨기기 위해서가 아니라 공유하기 위해 존재하며 관람객은 거창한 보안 장치의 방해 없이 가능한 한 작품에 가까이 다가갈 수 있어야 하기 때문이다. 박물관 절도 사건을 거의 완전히 뿌리 뽑을 수 있는 손쉬운 방법이 있다. 작품을 저장고에 넣고 문을 잠근 뒤 무장 경비를 세우면 된다. 하지만 이러면 당연히 박물관도 사라진다. 박물관이 아니라 은행이 된다.

브라이트비저는 박물관에 갈 때마다 이 점이 거슬렸던 듯하다. 사람들이 예술과 친밀히 교류할 수 있는 구조가 아니다. 박물관은 경비원 수를 늘리고 작품에 가까이 다가가지 못하도록 안전선을 친다. 더 견고한 진열장을 만들고 그림 액자 앞에 유리를 끼우고 센서를 단다. 이 모든 장치가 박물관에서의 경험을 망친다. 브라이트비저가 도둑질했던 박물관들을 살펴보면 보안이 너무 약했던 탓에 위험에 노출된 게 아닐까 생각할 수 있는데, 실제로 그렇다.

소규모 박물관의 관장들은 보안에 대해 이야기하길 꺼린다. 이들은 그나마 부족한 예산을 최신 보안 장치(예를 들면 실처럼 얇아서 화판에 꿰매 넣을 수 있는 추적 장치)에 배정하느니, 그 돈으로 차라리 더 많은 작품을 사들이고자 한다. 관람객을 끌어모으는 것은 새로운 작품이지 이전보다 견고한 보안 체계가 아니다.

지역 박물관에는 박물관과 관람객 사이에 암묵적 규칙이 존재한다. 박물관은 거창한 보안 장치 없이도 귀중한 작품이나 유물을 가까이에서 관람하게 하고, 우리는 누구나 인류 전체의 유산을 제한 없이 접할 수 있어야 한다는 의식을 갖고 작품을 보존하는 데 동참한다. 이런 측면에서 브라이트비저와 앤 캐서린은 공익에 해가 되는 암적인 존재다. 공동의 유산을 혼자만 누리고 나머지 사람들은 배제한다.

설사 박물관에서 제대로 된 보안에 돈을 쓰고 노력을 기울인다 해도 어차피 브라이트비저를 막을 수는 없다. 1995년 9월 브라이트비저와 앤 캐서린은 그가 제일 좋아하는 미술사 회관 근처에 있는 바젤 대학교 캠퍼스 박물관을 찾는다. 이날 훔칠 작품은 박물관 안내 책자에도 소개된 대표작으로, 네덜란드 황금시대의 화가 빌렘 반 미리스Willem van Mieris가 그린 유화다. 약제상과 조수가 약을 조제하는 장면을 묘사한 그림으로, 과감한 스타일에 현실적이면서도 동시에 황당한 구석이 있다. 약제상의 조수들을 보면 바로 알 수 있는데, 아이 한 명, 천사 둘, 앵무새와 원숭이도 한 마리씩 있다. 브라이트비저는 이 그림을 보자마자 매료되어 기쁜 마음에 미소를 숨길 수 없다.

보안 카메라가 그림을 바로 향하고 있다. 브라이트비저와 앤 캐서린은 카메라에 잡히지 않는 법을 알아도 보통 그 존재를 눈치채면 도둑질을 시도하지 않는다. 그런데 그날 브라이트비저는 빈 의자를 하나 발견한다. 앤 캐서린에게 이를 알리고는 이 의자 하나로 평소 원칙을 바꿀 수 있을지 기다린다. 앤 캐서린 역시 약제상 그림에 긍정적인 눈치다. 그녀는 작품을 훔칠 때면 언제나 극도로 조심하는 편인데,

이번에는 부담이 덜한 느낌이다. 그림이 마치 샴페인이라도 된 듯 두 사람 모두에게 활기를 불어넣은 듯하다. 앤 캐서린도 브라이트비저만큼이나 포근한 침대에 누워 이 그림을 보고 싶을 수도 있다. 마침내 마음대로 해도 좋다는 허락이 떨어진다.

보안 카메라 앞에 등지고 선 후 고개를 똑바로 들어 정면을 응시한 채 브라이트비저는 조심스럽게 그림 앞으로 다가간다. 일부러 찍히도록 카메라 시야 안으로 들어간다. 한 손으로는 그림을 누르면서 다른 한 손을 뻗어 신중하게 그림 뒤 고리를 빼 벽에서 떼어낸다.

등진 자세를 그대로 유지하면서 왼쪽으로 뻣뻣하게 몇 걸음을 옮기고는 그림을 벽에 대고 가로로 밀어 카메라 시야에서 벗어난다. 그런 후에 액자를 분리한다. 나무 화판 세 조각이 결합되어 있어 브라이트비저의 예상보다 크기가 크다. 외투 아래로 완전히 감출 수 없고 앤 캐서린의 핸드백에도 들어가지 않는다. 어쩔 수 없이 앤 캐서린이 물건을 살 때 받은 커다란 쇼핑백에 그림을 담아보지만 잘 숨겨지지 않는다. 브라이트비저가 쇼핑백을 받아 들고 두 사람은 출구를 향해 걸음을 재촉한다. 박물관에 들어온 지 이제 겨우 15분이나 되었을까 싶다.

박물관에는 보안 카메라 영상을 감시하는 곳이 있는데, 보통 입구에 있는 안내 데스크 뒤에 위치한다. 입장권을 살 때 슬쩍 본 적이 있을 것이다. 브라이트비저도 박물관에 들어올 때 그곳에 작은 스크린 여러 개가 일렬로 늘어서 있는 것을 보았고, 스크린에서는 영상이 실시간으로 송출되고 있었다. 약제상 그림만 정면으로 비추는 화면도 확인했다. 예전에 박물관 경비원으로 일하며 알게 된 점이 하나 있다. 박물관 직원 중 보안 카메라를 조작할 수 있는 훈련을 받는 사람은 몇 명 안 된다는 사실이다. 그 사람들이 동시에 다 같이 일하는 것도 아니다. 시간대에 따라 한 명만 근무하는 경우도 있는데, 그럴 때는 화면을 대신 봐줄 사람이 없어도 나가서 점심을 먹거나 휴식을 취할 수 있다.

전에도 박물관에서 이런 상황을 본 적이 있지만, 어떻게 이용할 수 있을지는 아직 생각해보지 않았다. 브라이트비저와 앤 캐서린이 정오를 조금 지나 바젤 대학교 박물관에 도착했을 때 스크린은 빈 의자를 비추고 있었다. 이번에는 아이디어가 떠올랐다.

그는 보는 사람이 아무도 없는 동안 의도적으로 카메라에 찍혔다. 자신 있게 행동해야 했다. 그와 동시에 두 사람 모두 다른 카메라에는 얼굴이 찍히지 않게 조심했다. 그리고 점심시간이 끝나 화면을 감시하는 직원이 돌아오기 전에 일을 끝내야 했다. 약제상 그림을 비추던 보안 카메라가 언제부터인가 빈 벽만 녹화하고 있다는 사실을 알아차리고 경보음이 울리기 전에 박물관을 빠져나가야 한다. 브라이트비저의 계획은 적중했다. 그림이 없어졌다는 사실은 두 사람이 사라지고 난 후에야 알려졌다. 일부러 찍힌 한 번 말고는 다른 보안 카메라도 모두 성공적으로 피했다. 그리고 그 유일한 영상에는 평균보다 살짝 덩치가 작은 한 남자의 등과 짧은 갈색 머리, 평범한 여름용 회색 외투가 찍혔다. 누구인지 알아볼 수도 없는 평범한 뒷모습일 뿐이었다.

10

1995년 10월 1일 일요일,

브라이트비저의 생일날 아침이다. 앤 캐서린과 어머니, 그리고 닥스훈트 한 마리도 함께 브라이트비저의 작은 티그라에 몸을 싣고 독일 국경을 넘는 여행길에 오른다. 슈바르츠발트Schwarzwald*에서 낙엽을 밟으며 산책을 하고 바덴바덴Baden-Baden**의 온천을 지나 언덕 위에 우뚝 솟은 슈투트가르트 신궁전으로 차를 몬다. '새로' 지었다지만, 여기는 유럽인 만큼 무려 6세기에 지은 성이다.

브라이트비저 일행은 도개교를 건너 슈투트가르트 신궁전 부지로 곧장 들어선다. 소더비 경매 회사Sotheby's auction

---

* 독일 바덴뷔르템베르크주에 있는 산림 지역으로 울창한 숲과 호수, 기암절벽 등이 어우러진 자연 경관으로 유명하다.

** 로마 시대부터 온천으로 유명했던 독일 바덴뷔르템베르크주의 휴양 도시다.

house*에서 부동산 경매에 대한 사전 관람을 진행 중이다. 규모가 매우 큰 경매이며 슈투트가르트 신궁전의 106개 방 전체에 진열된 물건들까지 모두 공개된다. 브라이트비저는 미리 우편으로 경매 책자를 신청해 받아보았는데, 그중 한 사진에 마음을 빼앗겼다. 이 정도라면 스스로에게 주는 생일 선물로 충분하고 아울러 다락의 수준까지 한껏 끌어올릴 것이다. 다만 어머니가 같이 있다는 점이 걸림돌이다.

브라이트비저는 어머니와 거의 소통하지 않는다고 주장한다. 하지만 어릴 때에 비해 그렇다는 말이지, 둘 다 까다로운 아버지를 대하며 단합한 덕분에 사실 꽤 친하다. 어쨌든 아직 한 집에 사는 것만 봐도 그렇다. 다락에는 욕실이 없으므로 브라이트비저와 앤 캐서린은 아래층에 자주 내려간다. 이틀에 한 번꼴로는 세 사람이 함께 저녁을 먹고 일주일에 한 번은 다 같이 할아버지 집에 간다. 이번 여행에도 어머니가 동행했고, 그 덕에 운전하는 내내 도둑질에 관해 대화할 기회가 전혀 없었다. 브라이트비저의 삶에서 가장 중요한 일인데도 말이다. 차 안에 분명 어색한 기류가 흘렀을 것이다.

하지만 브라이트비저는 그 부분은 어머니에게 완벽히 숨겼다고 단언한다. 그의 어머니 미레유 스텐겔은 앤 캐서린과 마찬가지로 외부와 일절 인터뷰를 하지 않는다. 그러다 보니 브라이트비저가 찍은 영상에 잠깐씩 등장하는 모

---

* 영국에서 창립했으며 세계에서 가장 큰 경매 회사 중 하나다.

습을 빼면 알려진 바가 없다. 다만 장시간에 걸쳐 사법 당국에 진술한 적이 여러 차례 있으며 그때의 진술 내용을 기록한 자료는 있다.

어머니는 궁전 안으로는 들어가지 않는다. 개의 출입이 금지되어 있기 때문에 브라이트비저와 앤 캐서린이 궁전에 들어간 동안 정원에서 닥스훈트를 산책시킨다. 브라이트비저와 앤 캐서린은 커다란 사슴 머리가 걸린 방을 지나고 흑단 가구와 뻐꾸기 시계가 있는 방도 지나쳐 3층 전시실로 올라가 물품 번호 1118 앞에 선다. 드디어 그동안 머릿속을 꽉 채웠던 이미지의 실물을 마주한다. 〈클레브의 시빌Sibylle of Cleves〉은 16세기 공주의 초상화로 루카스 크라나흐Lucas Cranach의 작품이다. 크라나흐 부자(아버지와 동명이다)는 독일 르네상스 시대의 가장 위대한 화가로 꼽힌다.

브라이트비저는 그림이 너무 강렬한 나머지 일순 최면에 걸린 느낌이었다고 말한다. “드레스에 있는 실 한 오라기까지 세세히 볼 수 있었는데, 혈관을 흐르는 푸른 피도 보이는 듯했죠.” 나무 화판에 직접 그렸고 액자도 없는 데다 책 한 권 정도로 작은 크기다. 완벽한 상태로 보존된 크라나흐의 작품인 만큼 수백만 달러(수십억 원)의 가치가 있다. 1744년부터 귀중품을 거래해온 소더비는 보안에 돈을 아끼지 않는다. 거의 군단에 가까운 보안 인력을 궁전 전체에 배치하고 방마다 한 명 이상의 경비원을 두었다. 게다가 일요일이다 보니 관람객 수도 어마어마하다. 〈클레브의 시빌〉은 테이블 이젤에 놓여 있다. 플렉시글라스 돔에 덮인 채 방 중앙에서 마치 태양처럼 빛난다. 이 그림을 훔치는 것은 단지 어려운 정도가 아니라 자살 행위나 마찬가지다. "바보같이 굴지 마." 앤 캐서린이 중얼거린다.

브라이트비저도 이번 일이 마치 '가미카제 임무'* 같았다고 인정한다. 훔치지 말아야 할 때를 아는 것 역시 도둑의 필수 자질이며, 그래야 오래갈 수 있다. 이렇게 유명한 작품을 훔치면 분명 소란이 일어나고 경찰의 감시도 훨씬 심해진다. 그동안 읽은 신문 기사를 참고하면 두 사람은 경찰보다 몇 걸음 앞서가는 중이다. 이런 작품을 건드리면 경찰 역시 수사에 박차를 가할 것이 분명하다. 크라나흐 작품은 건너뛰는 게 좋겠다. 어쩌면 자제심이야말로 이번 생일에 브라이트비저에게 진짜 필요한 선물일 수 있다. 두 사람은 초상화를 그대로 지나친다.

브라이트비저는 무거운 발걸음으로 다른 방을 둘러보지만 마음은 여전히 한 곳에 머물러 있다. 시빌의 드레스에 박힌 정교한 보석이 별처럼 반짝이던 장면이다. 작품 아래쪽에는 크라나흐 가문의 휘장인 날개 달린 작은 뱀이 기어간다. 작품을 덮은 플렉시글라스 돔은 잠금 장치도 없이 테이블에 올려져 있다. 집어 들기만 하면 된다. 작품 근처에서 잠복하고 기다리면 눈 깜짝할 사이에 들키지 않고 조용히 일을 마칠 수 있을 것 같다. 그러고는 열두 명의 경비원을 지나 2층 계단을 내려가면 바로 바깥이다. 단계별로 어

---

* 태평양 전쟁 말기 일본군이 연합군에 시도한 비행기 자폭 테러 전술.

떻게 움직일지 생각해보면 모두 가능한 일이다. 브라이트비저는 각 단계의 움직임을 잘 이어 붙여 성공할 수 있다고 확신한다. 생일은 능력을 발휘하기에 적당한 때가 아닌가.

어머니를 너무 오래 밖에 둘 수는 없다. 그럼에도 앤 캐서린은 브라이트비저가 〈클레브의 시빌〉로 다시 가는 것을 묵인한다. 날이 저물면서 사람도 줄어들고 삼엄하던 경비도 한층 누그러졌다. 보안 요원은 문가에 서서 다른 직원과 이야기 중이다. 기회는 이미 눈앞에 와 있는 듯하다. 전시실이 작은 만큼 관람객도 경비원도 누가 어디 있는지 훤히 보인다. 모두의 위치를 살피던 브라이트비저는 마침내 누구의 주목도 받지 않을 몇 초의 틈을 발견하고 앤 캐서린을 쳐다본다. 경비원을 주시하던 앤 캐서린이 고개를 끄덕인다. 지금이다, 브라이트비저가 행동을 개시한다.

일단 플렉시글라스 돔을 들어 올려 크라나흐의 작품을 꺼낸 뒤 경매 책자 사이에 끼운다. 그런데 돔을 다시 내려놓는 중에 그림이 놓여 있던 이젤을 넘어뜨리고 만다. 엄청난 실수다. 플라스틱 이젤이 원목 테이블에 내려앉는 소리가 브라이트비저의 귀에는 마치 우레와 같다. 이 상황에서 할 수 있는 일은 이미 시작한 작업을 마무리하는 것뿐이다. 뒤집힌 채 넘어져 있는 이젤 위에 돔을 올리고 운명을 마주하기 위해 뒤를 돈다.

다행히 방 안이 시끄럽기에 들키지 않을 수도 있다. 아직 아무도 알아채지 못한 것 같다. 브라이트비저와 앤 캐서린은 즉시 계단을 내려가 출구 쪽으로 향한다. 문 앞에 있는 보안 요원들은 정장 차림에 넥타이를 매고 무선으로 연결된 이어폰을 끼고 있다. 벌써 연락을 받았을지 모른다. 브라이트비저는 걸음을 멈추지도, 방향을 바꾸지도 않는다. 그건 앤 캐서린도 마찬가지다. '모 아니면 도'인 상황으로, 여기서 나가거나 감옥에 가거나 둘 중 하나다. 아무도 막아서는 사람이 없고 두 사람은 밖으로 빠져나온다.

개를 데리고 기다리고 있던 어머니가 두 사람이 늦게 나왔다고 불평을 한다. 다들 서둘러 도개교를 건너 차로 가고, 브라이트비저는 트렁크를 열어 초상화를 끼운 경매 책자를 내려놓는다. 모두 차에 타 자기 자리에 앉고 어머니는 아무런 눈치도 못 챈 듯하다. "나는 스물네 살에 크라나흐를 가졌다, 스물네 살에 크라나흐를 가졌다!" 생일 저녁을 먹으러 할아버지 농가에 가는 길, 브라이트비저의 귓가에 이런 노래가 울려 퍼진다.

11

브라이트비저는 대체 왜 이러는 걸까? 도벽은 아니다. 스탕달 증후군이 설사 공인된 질환이라고 해도 브라이트비저의 범죄를 설명하기에는 역부족이다. 스탕달 증후군을 명명했던 이탈리아 의사의 환자 중에도 예술품을 훔친 경우는 없다. 범죄를 저지를 수밖에 없는 광기나 어떤 심각한 정신질환이 브라이트비저를 짓누르는 게 아닐까 하는 생각도 한다. 지난 6개월간 네 번의 주말 중 세 번은 도둑질을 했고 그 수는 점점 늘어나고 있다. 미쳤다고밖에 볼 수 없다. 정작 브라이트비저는 이 정도 속도면 양호하다고 느끼며 앞으로도 이대로 더 훔칠 수 있다고 말한다. 결코 정상이 아니다. 치료를 받으면 나을 수 있을까.

심리 치료사 슈미트는 범죄를 저지르는 정신 이상자를 치료하거나 낫게 할 방법은 없다고 잘라 말한다. 다른 심리

치료사들 역시 같은 생각이다. 여러 명의 심리학자가 브라이트비저의 심리를 연구해 보고했다. 브라이트비저는 법원 명령을 받아 강제로 이들과 만나야 했다. 슈미트 역시 이 중 한 사람이었고, 심리학자들은 모두 브라이트의 범죄에 대해 사전에 알고 있었다. "그 사람들은 나를 신기한 연구 대상으로 여겨요. 전부 개자식들이죠."

2002년 슈미트는 브라이트비저와 만나 미네소타 다면적 인성검사MMPI, 스필버거의 상태-특성 불안검사STAI, 레이븐 누진 행렬검사Raven's Progressive Matrices 등 여러 심리학 검사를 실시했다. 슈미트는 브라이트비저를 자기 도취에 빠진 나르시시스트라고 결론 내린다. 그는 스스로 선견지명이 있다고 믿으며 사물의 진정한 아름다움을 알아볼 수 있는 몇 안 되는 선택받은 자라고 생각한다. 그러므로 불법이든 아니든 원하는 것을 가질 자격이 있다는 논리다. 슈미트에 따르면 그는 예의나 배려, 법을 무시하며 다른 사람을 생각하지 않고 양심의 가책도 없다. 브라이트비저는 개인 소장품은 훔친 적이 없는 데다 폭력을 행사한 적도 없다는 이유를 들며 자신의 행동이 누구에게도 피해를 입히지 않았다고 주장한다.

"모든 사람이 그런 식이라면 이 사회가 어떻게 될지 한번이라도 생각해본 적이 있는가?" 슈미트가 묻는다.

스트라스부르 출신의 심리학자 앙리 브루너Henri Brunner 역시 2004년에 브라이트비저의 심리 상태를 검사한 후 다음과 같이 보고했다. "무뚝뚝하고 불만투성이에 바라는 것만 많고 사람을 짜증나게 한다. 한마디로 미성숙한 인간이다." 정신과 의사 파버히스 듀발Fabrice Duval은 1999년에 브라이트비저를 만나고 나서 "결과를 생각하지 않고 충동적으로 행동하는 모습을 보였다"고 기록했다.

슈미트 역시 브라이트비저를 관찰한 후 어머니가 응석받이로 키운 덕에 "현실에서 마주하는 좌절을 이겨내는 법을 배우지 못했다"고 말한다. 버릇없는 어린아이와 같다고 볼 수 있다. 이러한 성격적 특징은 웬만해서 고치기 힘들다는 게 슈미트의 소견이다. 브라이트비저 스스로 사회 시스템을 존중하고, 다른 사람과 관계를 맺고자 노력해야 하며, 도둑질을 멈추고 강도 높은 치료를 받아야 한다. 그리고 이 중 하나라도 일어날 가능성은 거의 없다.

앤 캐서린 역시 법원 명령에 따라 2002년 프랑스 심리학자 세자르 레돈도César Redondo를 만났다. 레돈도는 앤 캐서린의 "지적 능력에는 문제가 없으며"(언뜻 모욕적으로 들리지만 그저 심리학에서 사용하는 관용어일 뿐이다) 타인이 통제하기 쉬운 "유약한 성격을 가졌다"고 보고했다. 또한 브라이트비저가 앤 캐서린의 심리를 조종해 자신의 도착적 예술품 절도 행위에 가담시켰고 앤 캐서린은 거절할 힘이 없었을 수 있다는 의견을 내놓기도 했다. 레돈도에 따르면 앤 캐서린은 아무런 심리적 결핍이나 결함이 없고 혼자서는 범죄를 저지를 유형이 아니다. 그럼에도 빠른 시일 안에 심리 치료를 받으라고 권했다.

심리 치료사들은 브라이트비저가 현실에서 아예 동떨어

진 인물은 아니라고 입을 모은다. 그는 옳고 그름을 구분한다. 지적 능력에도 문제가 없다. 우울증 증상과 변덕 역시 의학적으로 장애라고 할 만한 수준에는 미치지 않는다. 가끔이긴 하지만 웨이터로 일하기도 했던 걸 보면 진짜로 사회불안장애*를 겪지는 않았다. 브루너 역시 브라이트비저가 판단력이 흐려질 정도로 심리적 또는 신경학적 이상 소견을 보이지는 않는다고 말한다. 스스로 행동을 통제할 능력이 충분한 데다 절도 자체가 어떤 질환의 증상은 아니라고 강조한다. 이런 근거로 심리학자들은 브라이트비저가 범죄와 관련해 사이코패스의 성향을 갖지 않는다고 결론 내린다.

슈미트의 주장에 따르면 브라이트비저에게서 자기애성 인격장애**와 반사회적 인격장애***의 징후를 볼 수 있다. 두 가지 모두 흉악범에게 흔히 보이는 특징이지만, 그가 저지른 범죄의 원인을 설명하기에는 역부족이다. 브루너는 브라이트비저가 어떤 심리적 이유로 유혹을 참지 못할 가능성도 있다고 추측한다. 사실 박물관에서는 누구나 브라이트비저와 같은 생각을 한다. '아, 이 그림을 내 방에 걸고 싶다.' 차이가 있다면 브라이트비저는 이 비합리적인 생각을 떨치지 못한다. 다른 사람들에게는 잠깐 스치는 바람

---

* 사회적 관계 또는 상황을 마주하면 공포나 불안을 느끼는 장애.

** 자신이 타인보다 우월하다고 생각해 일상생활에 적응하지 못하는 장애.

*** 타인의 권리를 무시하고 침해하며 반복적으로 범법 행위나 거짓말을 하고 공격성, 무책임함을 보이는 인격장애.

같은 생각이 그의 머릿속에서는 거대한 암벽처럼 버티고 있다.

아버지에게 앙갚음하려 했다는 변명은 더는 말이 되지 않는다. 이미 아버지가 소유했던 양을 훌쩍 뛰어넘었다. 다락에 있는 작품만으로 루브르 박물관의 전시실 하나는 충분히 채울 정도다. 앤 캐서린은 긴장감과 흥분을 즐겼던 듯한데, 늘 그렇지는 않았다고 하더라도 최소한 그런 순간이 존재하긴 했을 것이다. 남자친구를 기쁘게 해주려는 마음도 작용했다고 본다. 정작 자신은 다락에 미술품이 부족하다거나 새로운 작품으로 채우고 싶다는 생각을 한 적이 없음에도 자발적으로 브라이트비저를 도와 세계 신기록 수준으로 작품을 훔쳤던 걸 보면 말이다. 브라이트비저는 언제나처럼, 아니 어느 때보다 왕성하게 도둑질을 벌이고 있으며 여전히 그 이유는 설명이 불가능하다.

브라이트비저는 자신의 도둑질에 이유가 있다고 주장한다. 미술사 연구를 위해 도서관에 틀어박혀 있을 때면 자신이 벌인 사건들을 되짚어본다. 〈산마르코의 말The Horses of Saint Mark〉은 결코 훔칠 수 있는 물건이 아니었지만 그렇기에 더더욱 훔쳐야 했다. 구리로 만든 실물 크기의 네 마리 말이다. 역동적인 느낌을 주는 이 작품은 기원전 4세기 그리스의 유명한 조각가 리시푸스Lysippus가 만든 것으로 추정되지만 초반의 역사는 알려진 바가 많지 않다. 이 네 마리 말은 약 400년 후 네로 황제의 군대가 약탈해 로마로 옮겨갔다.

그리고 300년이 지나 콘스탄티누스 1세가 콘스탄티노

플Constantinople*의 히포드롬 전차 경기장으로 옮겨 전시했다. 네 마리의 말은 이후 900년 동안 한 자세로 그 자리에 서 있었다. 그러다 1202년 무자비하기 이를 데 없던 제4차 십자군 전쟁에서 다시 약탈당해 베네치아의 산마르코 대성당 앞으로 옮겨졌다. 그 후 베네치아에서 가장 유명한 광장을 600년간 굳건히 지켰다. 1797년 나폴레옹이 이탈리아 원정에서 다시 강탈해 사방이 뚫린 마차에 싣고 파리 시내를 행진한 뒤 루브르 박물관 앞 개선문 위에 고정했다. 이후 워털루 전쟁에서 승리한 영국군이 조각상을 압수해 원래 있던 곳으로 돌려놓기로 결정한다. 그리스가 될 수도 있고 튀르키예나 로마가 될 수도 있었지만 〈산마르코의 말〉은 결국 베네치아로 돌아갔다.

이처럼 예술의 역사는 절도의 역사와 맥을 함께한다고 브라이트비저는 이야기한다. 인류가 기록을 시작한 초창기 이집트 파피루스에도 도굴꾼을 조심하라는 문구가 있다. 신바빌로니아 제국의 네부카드네자르 2세 역시 예루살렘에서 언약궤Ark of the Covenant를 빼앗고 페르시아는 바빌로니아를, 그리스는 페르시아를, 또 로마는 그리스를 약탈했다. 반달족은 로마의 부를 탐했다. 16세기 초 에스파냐의 정복자 프란시스코 피사로와 에르난 코르테스는 각각 잉카와 아스테카를 파괴하고 강탈하지 않았는가. 스웨덴의 크리스티나 여왕은 1648년 프라하에서 그림 1,000점을 빼앗아 전쟁에서

* 튀르키예 이스탄불의 옛 이름.

공을 세운 장군들에게 하사했다.

나폴레옹은 루브르 박물관에 기증하기 위해 훔쳤고 스탈린은 에르미타주 미술관The State Hermitage Museum을 채우기 위해 훔쳤다. 히틀러는 야심만만한 수채화가였으나 비엔나 미술아카데미Academy of Fine Arts에서 두 번이나 입학을 거절당했고 나중에는 고향인 오스트리아 린츠에 직접 박물관을 지어 세계에서 가장 중요한 작품을 모두 모아놓고자 했다. 1759년 계몽 시대에 개관한 세계 최초의 국립 미술관인 영국 박물관British Museum은 어떠한가. 영국 박물관에서 가장 중요한 품목인 베닌 브론즈Benin Bronzes*와 로제타석Rosetta stone**은 각각 나이지리아와 이집트에서 약탈했고 엘긴 마블스Elgin Marbles***는 그리스 파르테논 신전에서 떼어왔다.

브라이트비저는 미술상과 경매 회사들이 최악이라고 주장하며 그들 모두 먼지보다 못한 존재라고 비난한다. 기원후 1세기 로마 시대 역사학자였던 플리니우스가 로마 제국 미술품 판매상들의 부정직한 상술에 대해 묘사한 바 있고

---

* 1897년 서아프리카 베닌 왕국에서 영국인 사절단이 살해당하는 사건이 발생하자 영국은 이를 응징하기 위해 대규모 학살을 자행하고 16~18세기 베닌 왕국을 장식했던 청동 유물 5,000여 점을 약탈했다.

** 고대 이집트어 법령이 신성문자(사제용)와 속용문자(신하용), 고대 그리스어 세 가지 문자로 번역되어 쓰여 있는 비석으로, 고대 이집트 상형문자 해독의 중요한 자료이다. 프랑스 나폴레옹의 이집트 원정 중 취득했다 이후 영국군에 다시 빼앗겼다.

*** 그리스 아테네 파르테논 신전을 장식했던 대리석 조각으로, 영국 외교관이었던 토머스 브루스 엘긴이 신전의 벽면 부조 및 기둥 조각품 등 대리석 조각을 뜯어내 1802년부터 10여 년에 걸쳐 영국으로 가져갔다.

크리스티Christie's*와 소더비는 가격 담합으로 구매자와 판매자를 속여 2000년 9월에 5억 1,200만 달러(약 6,800억 원)의 벌금을 부과받았다. 지난 2,000년간 음침한 사람들이 훌륭한 작품을 내다 팔아왔다.

브라이트비저가 훔친 작품은 그에게는 그저 물건이 아니라 또 다른 도둑질의 이유가 된다. 그리고 어차피 예술계에 종사하는 모든 사람이 도둑이나 마찬가지라는 게 그의 생각이다. 원하는 것을 내가 갖지 않으면 누군가 다른 사람이 가져간다. 미술상에게 돈을 내고 작품을 취하는 사람이 있는가 하면, 브라이트비저는 스위스 아미 나이프를 사용한다. 적어도 그는 예술계의 끝이 보이지 않는 악의 소굴에서도 만만치 않은 악당이다. 그리고 모든 것이 끝나고 나면, 아마도 이게 브라이트비저의 꿈이겠지만, 예술의 역사에 영웅으로 기록될 것이다.

---

* 소더비와 양대 산맥을 이루는 세계적인 경매 회사.

12

소더비 경매에서 크라나흐를 훔치고 할아버지 집에서 생일 저녁을 먹은 후 세 사람은 집에 돌아온다. 밤이 늦었다. 어머니는 자러 들어가고 브라이트비저와 앤 캐서린도 경매 책자를 들고 위층으로 올라간다. 잠긴 방문을 열고 들어가 안에서 다시 잠근다. 둘은 침대에 나란히 앉아 책자에서 〈클레브의 시빌〉을 꺼내 소중하게 손바닥으로 받쳐 든다. 액자도, 유리도, 관람객도, 경비원도 없다.

그림의 뒷면은 그동안 이 초상화를 소유했던 가문의 밀랍 인장이 여러 개 찍혀 있어 오돌토돌하다. 그림이 지나온 450년의 역사를 말해준다. 세상에 하나밖에 없는 작품을 손에 들고 있자니 만족감이 스멀스멀 올라오고 모든 스트레스가 사라지는 듯하다. 마침내 누구에게도 보여줄 수 없는 생일 선물을 온전히 맛보게 되는 순간이다.

다락에 다른 사람은 들어올 수 없다. 친척이든 수리공이든 지금까지 단 한 번도 들여놓은 적이 없다. 어딘가 고장이 나면 그냥 그대로 두거나 직접 고친다. "비밀스러운 삶이 가장 이상적인 삶이에요." 브라이트비저의 어머니는 집에 커다란 공구 세트를 갖춰 놓고 능숙하게 이 벽 저 벽 고치곤 해 그는 어머니를 '스패클*의 여왕'이라고 부른다. 이런 어머니를 보고 자란 브라이트비저 역시 숙련된 수리공이다.

작품을 훔쳐 간직하다 보니 한때는 꾹 참고 이어가기도 했던 불필요한 사회생활로부터 자유로워졌다. 지인을 만나고 맥주를 마시고 다른 사람 이야기를 하는 등 소소한 삶의 기쁨이 브라이트비저에게는 모두 부질없는 일로 여겨진다. 슈미트는 "그의 사회는 예술로 대체되었다"고 말한다. 브라이트비저에게 사람들은 대부분 흥미롭지 않거나 신뢰할 수 없는 존재다. 또는 둘 다이거나.

"나는 천성적으로 혼자인 사람이에요." 브라이트비저는 자신과 앤 캐서린, 그리고 예술이 만나 정삼각형의 형태를 띤다고 생각한다. 모든 면이 균형을 이루고 그 밖의 다른 것은 필요치 않다. 훔친 작품을 갖고 연인과 달아나 로빈슨 크루소처럼 외딴 섬에 정착해 사는 꿈을 꾼다.

앤 캐서린은 그보다는 외향적인 성격이다. 병원 동료들

---

* 벽이나 천장의 작은 구멍이나 균열을 메우기 위해 사용하는 합성 석고를 의미하는데, 특정 브랜드 이름이지만 이 용어가 일반적으로 사용된다.

과 곧잘 어울리고 브라이트비저와 함께 만나는 친구도 한 두 명 있다. 그렇다 해도 집에는 절대, 1층에조차 아무도 데려오지 않는다. 삐끗 한 번의 눈길만으로 모든 것이 끝날 수 있다. 그래서 친구는 밖에서 만난다. 친구를 만나도 두 사람은 내가 누구인지, 뭐 하는 사람인지 솔직하게 말할 수가 없다. 다른 사람에게 자신의 모습을 온전히 드러낼 수 없다 보니 진정한 우정이라는 개념이 들어설 수도 없다.

"우리 둘만의 우주가 따로 존재하죠." 브라이트비저는 예술 관련 소식이나 자신이 훔친 작품에 대한 기사 말고는 외부 세계에 거의 관심이 없다. 역사책은 많이 읽지만 동시대 뉴스는 보지 않는다. 밀폐된 다락에 봉인된 삶처럼 보인다. 온갖 색채로 뒤덮이고 흥분이 가득한 삶이지만 동시에 단조롭기 짝이 없다. 앤 캐서린의 지인들은 그녀가 때로 이런 삶에 지쳐 보였다고 전한다. 법 없이 살기 위해서는 오히려 엄격한 규율이 필요하다.

그들의 우주에는 어쩌다 보니 함께 궤도를 돌게 된 제3의 생명체가 존재한다. 바로 그의 어머니, 미레유 스텐겔이다. 스텐겔은 매우 활발한 성격으로 친구들이 집에 자주 찾아온다. 〈클레브의 시빌〉을 훔치고 나서 3개월이 지난 1995년 크리스마스, 브라이트비저는 거실에 있는 어머니를 영상으로 촬영 중이다. 빨간색 블라우스에 검은색 레깅스를 입고 옅은 금발 머리를 동그랗게 말아 올린 어머니는 화려한 은 촛대에 꽂힌 기다란 초에 불을 붙이며 손님들이 도착하길 기다리고 있다.

집 안에 크리스마스 캐럴이 흐르고 유리 화병에는 꽃이 꽂혀 있다. 크리스마스 트리에는 불빛이 반짝이고 각종 치즈가 담긴 접시와 케이크가 식탁 위에 가득하다. 영상에는 앤 캐서린도 등장한다. 어깨가 드러나는 검은색 상의에 마찬가지로 검은색 재킷을 걸치고 금색 고리 모양의 귀걸이를 하고 있다. 브라이트비저의 손에 들린 비디오카메라를 잡아당겨 그를 향해 돌리는 앤 캐서린의 볼에 보조개가 패인다.

앤 캐서린이 새해 계획을 묻는다. "자, 말해봐. 올해는 또 어떤 아름다운 일을 할 예정인가요?" 브라이트비저는 회색 폴로 셔츠의 단추를 목 아래까지 채우고 머리는 가운데 가르마를 갈라 뒤로 넘겼다. 손가락을 깍지 낀 채 위엄에 찬 표정을 지으려는 듯 입술을 납작하게 한다.

"코를 파려고요." 스탕달처럼 예술에 열중하고 능숙하게 도둑질을 하지만 일상에서 브라이트비저는 어린애처럼 굴기 일쑤다. "그러면 됐지, 뭘 더 해야 하나요?" 그러고는 한 손을 들어 올려 코를 파는 시늉을 한다. "다른 건 하면 감옥 가요."

브라이트비저는 커다란 사슴 눈을 하고 렌즈를 빤히 쳐다보다 이를 드러내며 웃고는 연극을 끝낸다. 앤 캐서린은 촬영을 멈추지 않고 브라이트비저는 오른손으로 머리를 받친 채 잠시 침묵한다. 그러다 눈썹을 치켜올리며 말한다. "할 수만 있다면 계속 훔칠 생각이야."

카메라 너머에서 앤 캐서린이 더 말해보라고 부추긴다.

"그림이랑 무기, 오래된 것들." 그는 왼쪽 손목을 가볍게 흔들며 수백만 달러어치의 예술품을 훔치는 것이 새해 계획이라고 말한다. 유로든 프랑이든, 돈의 단위야 무엇이든 상관없다. 수백만의 수백만만큼 훔치고 싶다. 성공하지 못하면 울어버리겠다고 한다. "마음이 편치 않을 거야. 나 자신을 잃어버린 느낌이겠지."

거실도 작고, 아니 집 전체가 작은 데다 어머니도 아직 옆에 있다. 비밀은 그것을 담을 수 있는 공간을 필요로 한다. 스텐겔은 브라이트비저가 물건을 위층으로 옮기는 것을 본 적이 있다고 인정한다. 그러나 그게 전부였다. 훗날 공식적으로 증언한 바에 따르면, 아들은 여행에서 돌아오면 재빨리 물건을 다락으로 옮기고 문을 잠가버렸다.

하지만 아무리 잘 잠그고 다녀도 마음만 먹으면 열쇠 하나로 집 안의 모든 문을 다 열 수 있다. 그리고 그 열쇠는 어머니의 열쇠고리에도 달려 있다. 스텐겔은 아들 방 근처에는 얼씬도 하지 않았던 것으로 보인다. 브라이트비저와 앤 캐서린이 물건을 사 들고 와도 그냥 골동품 가게에서 샀으려니 생각하고 넘어갔으리라. 의심할 만큼 자세히 들여다보지 않았을 수도 있다. 브라이트비저는 예술을 알아보는 안목이 없다면, 아니 설사 있다고 해도 그냥 보고 진품인지 아닌지 알기는 힘들다면서 아버지나 자신과 달리 어머니는 작품을 수집하고자 하는 욕구나 새로운 물건에 대한 욕심이 없다고 말한다. 평생을 같은 시계 하나만 차고 다닌 어머니다. 그러나 브라이트비저가 찍은 영상을 보면 집에서 일어나는 일에 대해 어머니가 대충은 알고 있었던 게 분명하다.

브라이트비저는 앤 캐서린이 들고 있던 카메라를 낚아채 마침 거실로 들어오는 어머니를 비추며 렌즈를 가까이 당긴다. 턱을 치켜들고 척추를 곧게 편 채 우아하고 침착한 모습이다. "방금 내가 한 말 들었어요?" 새해 목표가 수백만 달러어치의 예술품을 훔치는 거라고 한 말을 어머니가 들었는지 대놓고 묻는다. 브라이트비저는 이미 대답을 안다.

스텐겔은 아무 말도 하지 않는다. 아들을 바라보다 몸을 돌려 밝은 빨간색과 흰색 줄무늬 천을 씌운 소파를 지나 오디오 쪽으로 간다. 허리를 굽혀 볼륨을 높인다. "못 들은 척하는 거예요?" 브라이트비저가 도발하듯 소리친다.

어머니의 얼굴이 굳는다. 카메라에서 더 물러서며 아들 쪽을 힐끗 본다. 미소를 짓지만 불편한 기색이 역력하다. 그러더니 잠시 목소리 톤을 높여 웃는다. 언짢지만 억지로 크게 웃는 느낌이다.

여기서 촬영이 멈춘다. 브라이트비저는 어머니가 일부러 모르는 척함으로써 공범이 되는 상황을 모면했다고 말한다. "어머니는 알면서도 모릅니다. 모래에 머리를 박고 있는 거죠." 파리의 출판사에서 편집자로 일하는 스텐겔의 지인에 따르면 그녀는 지식 수준이 높고 교양도 있다. "아들이 하는 멍청한 짓을 전부 용서해주죠. 사랑하니까, 아무리 어처구니없는 짓을 해도 눈감아주고 보호해주려 해요."

브라이트비저는 자기 때문에 어머니가 아들과 법, 둘 중 하나를 선택해야 하는 기로에 놓였다는 점을 잘 안다. 스텐겔이 하나뿐인 아들과의 관계를 끊는 것은 불가능해 보인다. 집에서 브라이트비저를 내보낼 생각도 없고 그보다 더한 것도 넘어가준다. "어머니가 뭘 할 수 있는데요? 신고라도 하게요?"

13

브라이트비저는 다락에 새로운 그림을 가져올 때마다(크라나흐의 작품은 지난 6개월 사이에 가져온 여섯 번째 작품이다) 아무리 훌륭한 작품이라도 액자가 없으면 마치 옷을 벗은 것처럼 품위가 떨어진다고 느낀다. 그래서 액자를 만들어주고 싶지만 작품의 격에 맞아야 한다.

어느 한가한 오후, 뮐루즈의 오래된 자갈길을 걷다 전에는 본 적이 없는 작은 가게를 발견한다. 눈에 잘 띄지 않는 회색 간판에 '액자 맞춤 세공'이라고 써 있고 창가 진열장에는 그림과 액자 부품이 어수선하게 놓여 있다. 브라이트비저는 가게 안으로 들어간다. 이 가게의 주인이자 유일한 직원인 크리스티앙 메쉴르Christian Meichler가 검은 곱슬머리를 헝클어뜨린 채 인사를 건넨다.

호기심이 발동한 브라이트비저가 자기소개를 한다. 브

라이트비저라는 성을 듣자 메쉴르가 세일 중인 작품 하나를 가리킨다. 바로 로베르 브라이트비저의 그림이다. 이렇게 두 사람 사이에 연결 고리가 생긴다. 브라이트는 쉽게 친구를 사귀는 편이 아니다. 사실 전혀 사귀지 않는다. 그러나 어떤 일에나 예외는 있는 법으로 메쉴르가 그중 하나다. 브라이트비저보다 여섯 살 많은 이 액자 세공업자 역시 예술품 중독자였다. "훌륭한 그림은 우리를 빛과 기억의 장소로 데려가요. 그림 속에 또 다른 고향이 있는 거죠."

메쉴르는 오랜 시간 인터뷰에 기꺼이 응해주었다. 앤 캐서린과 어머니, 외조부모를 제외하고 브라이트비저를 개인적으로 아는 사람은 메쉴르가 거의 유일하다. "예민한 사람이에요. 감상적이고 날카로우며 안목을 지닌 진정한 미술품 수집가죠." 이 점은 심리 치료사 슈미트도 동의한다. 그에 대해 대체로 냉정한 평가를 내리지만, "뛰어난 심미안이 있다"고 보고서에 적기도 했다. "어떤 면에서는 공감 능력이 크고 아름다운 것을 사랑한다."

2004년에는 프랑스 심리학자 루시엔느 슈나이더Lucienne Schneider가 브라이트비저를 만났다. 슈나이더는 그가 자기도취적이고 망상에 빠진 데다 좌절이나 분노 같은 감정을 잘 통제하지 못한다고 하면서도 유난히 민감하고 쉽게 상처받는 사람이라고 이야기한다. 감정을 숨기지 못하면 그만큼 감당해야 하는 일도 많아진다. 슈나이더에 따르면 부모님의 이혼이 그에게 깊은 마음의 상처를 남겼고, 그러다 보니 예술 작품에 빠져들게 되어 그 안에서 위안과 평화를 찾았을 가능성이 높다. "예술에 갖는 애착이 크다 보니 그만큼 심리적 고통이 따르고 결국 위법 행위로까지 이어졌다고 볼 수 있다." 브라이트비저는 유일하게 '개자식'이 아니었던 심리학자로 슈나이더를 꼽는다.

메쉴르는 르네상스에서 바로크로 넘어가는 시기의 활기찬 느낌을 주는 유화를 특히 좋아하는데 브라이트비저 또한 마찬가지다. 메쉴르는 이 그림들이 "꿈과 시를 농축해 정수만 뽑아낸 듯하다"고 이야기한다. 두 사람이 처음 만났을 때 브라이트비저는 조용하고 내성적이었다. "말이 거의 없었어요. 그런데 한번 입을 열면 열정이 흘러넘쳤죠. 예술의 값어치보다는 아름다움 자체를 좋아했어요. 그 나이에 그런 사람은 찾기가 쉽지 않아요. 전문가나 마찬가지예요. 예술에 대해 이야기할 때면 참 교양 있고 지적이에요. 그리고 정직하죠."

브라이트비저는 메쉴르에게 자신이 화가 로베르 브라이트비저의 손자라고 말한다. 실제로는 증손주 조카로, 훨씬 먼 친척이다. 이전에도 한 적이 있는 거짓말이지만 메쉴르에게는 처음으로 한 거짓말이다. 두 번째 거짓말은 미술품을 수집하는 방법에 대해서였는데, 경매를 통해 작품을 사 모은다고 말했다. 브라이트비저는 이 두 가지를 빼면 메쉴르에게 언제나 솔직했다. 앤 캐서린 말고는 누구에게도 보인 적 없는 모습이다.

액자 세공업자들은 고객에게 이것저것 따져 묻는 법이 없다. 유명한 가문과 거래하며 다시없이 귀한 물건을 다루는 일이 많다 보니, 입이 무거운 게 생명이다. 브라이트비저는 유명 화가와 성이 같고 돈도 있어 보인다. 1,000달러(약 130만 원)가 넘는 액자를 고르기도 한다. 그는 아무리 생활이 빠듯해도 이 정도 가격의 액자를 구입했는데, 앤 캐서린도 이를 알고 있다. 메쉴르는 두 사람이 같이 와서 그녀가 액자 고르는 데 조언을 한 적도 있다고 말한다.

메쉴르가 액자를 만들어준 첫 번째 작품은 브라이트비저가 처음으로 훔쳤던 그림으로, 스키 여행 길에 앤 캐서린과 함께 들고 나온 나이 든 여인의 초상이다. 결과물은 훌륭했다. 메쉴르에게 두 번째로 의뢰한 작품은 성 히에로니무스 이콘이다. 액자가 완성되어 가게에 들르자 성 히에로니무스가 금색과 검은색이 어우러진 멋진 액자에 담겨 가게 앞을 지나는 사람들이 볼 수 있도록 쇼윈도에 진열되어 있었다. 며칠이나 그 상태로 있었다.

이런 식으로 꼬리가 길어 잡히는 것이다. 친구를 만들다니 얼마나 정신이 해이해진 것인가. 브라이트비저는 식겁했지만 그렇다고 메쉴르와의 관계를 끝내고 싶지는 않았다. 지난 몇 주간 메쉴르의 가게에 와서 시간을 보내며 조금씩 액자 세공하는 법을 배웠다. 액자를 조일 때 쓰는 무두정無頭釘*을 종류별로 어떻게 액자에 끼우고 빼는지 알게 되었다. 성 히에로니무스 사건 이후 브라이트비저는 메쉴르에게 또 한 번의 거짓말을 한다. 가게까지 가지고 오다

---

* 못 머리가 없는 재래 못.

작품이 망가질까 걱정되니 이제부터 그림은 집에 두고 오겠다고 말한다. 메쉴르에게 어떤 그림이고 어떤 크기인지 자세히 알려주고 나서 액자 세공이 끝나면, 브라이트비저가 집에서 직접 무두정을 박아 완성한다.

이렇게 유별나게 주의를 기울이는데도 메쉴르는 새로 사귄 친구가 역사에 남을 예술품 대도라는 사실을 눈치채지 못했던 듯하다. 마르고 신경질적이며 유난히 과거에 집착하는 나이 어린 청년에게서 메쉴르 자신의 모습을 발견했을 뿐이다. 메쉴르는 브라이트비저와 세대를 초월한 관계였다고 설명한다. 두 사람 사이를 '엥템포헬intemporel'이라는 예쁜 소리가 나는 프랑스 단어로 묘사한다. 함께 있으면 두 사람 모두 시간 가는 줄 몰랐다. "서로에게서 배울 게 참 많았어요. 함께 경매 목록을 연구하고, 서로가 꿈꾸는 작품에 대해 이야기를 나누었죠."

메쉴르는 브라이트비저가 도둑인 줄은 몰랐지만 문제를 일으킬 상이라는 느낌은 있었다. 그의 말마따나 "예술은 영혼의 식량"이지만 소유하고자 하는 욕망이 과하면 탐욕이 된다. "예술을 향한 브라이트비저의 열정은 모든 것을 넘어섰어요. 트리스탄과 이졸데Tristan and Isolde*처럼 이루어지지도 않고 잊을 수도 없는 고통스러운 사랑이지요."

---

* 12세기 중세 기사도 문학으로, 콘월 출신 기사 트리스탄과 아일랜드 공주의 이루어질 수 없는 사랑 이야기를 그린다.

14

"도둑이야!"

네덜란드 남부 마스트리흐트에서 유럽 아트 페어European Fine Art Fair가 열렸다. 작품을 사러 온 사람들이 도란도란 이야기를 나누는 사이 누군가 비명을 지른다. 도둑이라면 절대 듣고 싶지 않을 말이다.

"도둑이야!"

브라이트비저는 도둑질을 하던 중이 아니었는데도 이 소리에 괜히 움츠러든다. 그러다 금세 다른 도둑을 향한 비명임을 알아차린다. 카펫이 깔린 복도를 경비원들이 우르르 달려 내려간다. 전시장에 있는 사람들이 모두 그쪽을 쳐다본다.

누군가 쿵 소리와 함께 넘어지고 곧이어 주먹으로 마구 때리는 소리가 나자 각 전시실의 작품 주인들까지 복도로 나와 무슨 일인지 본다. 도둑이 끌려 나가고 훔치려던 물건이 제자리로 돌아갈 때쯤 런던에서 온 유명 딜러인 리처드 그린Richard Green도 입에 시가를 물고 모습을 드러낸다. 아트 페어에서 언제나 제일 좋은 자리를 차지하는 인물이다. 소동이 어느 정도 정리되고 그린도 원래 자리로 돌아온다. 진열대에는 르네상스 시대 유화가 여러 점 놓여 있으며 가격은 수백만 달러(수십억 원)부터 시작한다. 그 순간, 그린은 진열대에 커다란 빈 자리가 생겼다는 사실을 깨닫는다.

몇 분 후 앤 캐서린과 주차장을 빠져나오며 브라이트비저는 조금 전 지나친 람보르기니보다 자신의 차가 더 값어치가 나간다는 생각에 정신이 아득해진다. 물론 트렁크에 실은 물건까지 합치면 그렇다는 말이다. 상황이 상황이니만큼 평소의 절도 원칙을 깨고 액자채로 가지고 나왔다.

이번에 훔친 작품은 얀 반 케셀Jan van Kessel the Elder의 1676년 정물화다. 나비가 꽃다발 주변을 날아다니는 장면을 묘사한 그림으로, 정물화인데도 전혀 정적이지 않은 획기적인 작품이다. 브라이트비저와 앤 캐서린은 그린의 전시실에 들어가기도 전에 이미 복도에서부터 이 그림에 마음을 빼앗겼다. 어디에서도 본 적 없는, 마치 백열등을 켠 듯한 색채였다. 두 사람은 신기루처럼 빛나는 색조에 이끌려 전시실로 들어갔다. 가까이서 보니 이해할 수 없던 색감의 비밀이 풀렸다. 얇은 구리 화판에 그려져 있다.

두 사람은 전에 다른 아트 페어에서 리처드 그린을 만난 적이 있는데, 17세기 풍경화의 가격을 물었지만 제대로 된 답변을 받지 못하고 쫓겨났다. 브라이트비저는 그들이 입고 갔던 중고 아르마니와 에르메스 때문에 그린이 무시했다고 생각한다. 아마도 잘 차려 입으려고 너무 애쓴 듯 보였기 때문일 것이다.

"리처드 그린? 엿이나 먹으라 그래요. 몬테크리스토 시가며 롤렉스 시계까지 죄다 엿 먹으라고 해요."

유럽 아트 페어는 여러 작품을 감상하기에는 좋은 장소이지만 도둑질하기에는 적당하지 않다. 보안이 워낙 철저하고, 브라이트비저의 말에 따르면 사복을 입은 비밀 보안 요원도 돌아다닌다. 게다가 출구에서 몸수색을 할 때도 있고 구매 서류를 보여달라고 요청하기도 하기에 브라이트비저에게는 불리한 환경이다. 아무리 구리 화판 그림이 브라이트비저에게 손짓을 하고 그린은 벌을 받아 마땅하다 해도 성공 확률이 거의 '제로'에 가까운 상황에서 도둑질을 시도하는 것은 바보 같은 짓이다.

그런데 때맞춰 운명처럼 '바보'가 하나 나타났다. 두 번의 비명으로 아트 페어의 분위기가 완전히 바뀌었다. 모두 목을 빼고 밖을 내다보느라 정신이 팔려 전시실이 전부 텅 비다시피 했다. 다른 사람들만큼 브라이트비저도 깜짝 놀랐다. 소란이 일자 그는 도둑질의 열반 같은 것에 올라 모든 상황을 위에서 훤히 내려다보는 듯한 느낌을 받았다. 도둑을 진압하느라 출구 보안 요원들이 자리를 이탈했으리라는 느낌이 강하게 들었고, 무모하지만 감옥행을 걸고 작업을 시도해보기로 했다.

브라이트비저가 앤 캐서린에게 귓속말을 하자 그녀는

그린의 전시실에 남아 있던 직원 한 명에게 빠르게 다가가 질문을 퍼부으며 시야를 가리고 섰다. 필요한 조치는 그게 전부였다. 그림은 한순간에 진열대에서 자유의 몸이 되었다. 액자에 못이 너무 많이 박혀 있어서 시간 안에 액자까지 제거하지는 못했다. 그림을 완전히 숨길 수 없었지만 브라이트비저와 앤 캐서린은 일단 문으로 직행했고 역시 그의 감이 맞았다. 두 사람이 출구를 당당히 걸어 나오는 동안 아무도 눈치채지 못했다.

국경을 건널 때까지는 아직 끝난 게 아니다. 유럽연합 내에서도 나라 간 공식 국경은 존재하고 자동차 검문 단계가 있다. 프랑스로 들어갈 때는 늘 해왔던 대로 잠시 여행을 다녀오는 스타일 좋은 젊은 연인 행세를 한다. 이민국 직원이 지나가라고 손을 흔든다. 어머니 집 주차장에 차를 세우고는 구리 화판 정물화를 들고 위층으로 올라가 다락 문턱을 넘는다.

브라이트비저가 최근에 시작한 의식이 하나 있다. 훔친 그림 뒤에 붙어 있는 박물관 스티커나 가문의 문장, 밀랍 봉인, 스텐실로 찍은 품목 번호 등에 자기만의 메모를 적어 두기로 했다. "나의 사랑, 예술과 앤 캐서린을 위해." 메시지를 종이에 적고 서명해서 그림 뒤에 테이프로 붙인다.

구리에 그린 그림은 황홀하리만큼 아름다웠지만 브라이트비저가 그것을 훔친 방식은 그렇지 못했다. 아름다움과는 거리가 멀었다. 브라이트비저는 예술을 수집하는 사람이지 모험가는 아니다. 가장 따분한 방식이 그에게는 가장 완벽한 범죄다. 천장에서 줄을 매달고 내려온다든가 적외선 센서를 통과해 들어오는 장면을 원한다면 차라리 영화를 보는 편이 낫다. 그게 아니라 미술품을 훔치는 게 목적이라면, 브라이트비저의 '실리콘 가르기' 기술을 본받아야 한다.

박물관 진열장은 강화 유리나 플렉시글라스, 또는 루사이트Lucite* 같은 투명 아크릴로 제작하고 보통 실리콘 접착제로 가장자리를 녹여 마무리한다. 브라이트비저는 이 실리콘 봉합 부분을 마치 외과 의사처럼 정교하게 가른다. 그리고 스위스 아미 나이프에서 가장 날카로운 칼을 꺼내 모서리를 작업한다. 얇은 머리카락 한 올 정도의 절개면이 가로세로로 만나면 마침내 진열장의 한 면이 느슨해진다. 아크릴은 꽤 잘 휘고 심지어 유리조차 한 손을 밀어 넣을 만큼은 휘어진다.

직원이 한 명뿐이었던 프랑스 서해안의 한 박물관에서는 정육면체 형태의 진열장을 샅샅이 뜯어본 후 틈을 벌려 상아 조각상 세 개와 담뱃갑 하나를 빼냈다. 그런 후 펜을 넣어 진열장 안에 있는 나머지 작품들 사이의 간격을 고르게 재배치하고 진열장 판을 원래대로 돌려놓았다. 실리콘 작업으로 물건을 빼낸 후에는 마치 아무도 건드리지 않은 것처럼 다시 돌려놓아야 한다. 물건을 훔치는 내내 진열장은 한 번도 열린 적이 없다.

---

* 투명 합성수지의 상표명.

독일 라인강에 있는 한 성에서도 비슷한 방법으로 금과 은으로 된 1689년 트로피를 '해방'시켰다. 이 지방에서 프랑스 군에 저항했던 역사를 기리는 트로피였는데, 지역의 문화적 자부심이기도 했으므로 트로피가 사라지자마자 경찰에서 사진과 함께 수배지를 배포했다. 몇 시간 후 브라이트비저는 독일 국경을 건너 프랑스로 다시 넘어오는 길에 세관 검문소에 수배지가 붙은 것을 보았다. 트로피가 차 안에 있었지만 무사히 통과했다.

1996년 5월 스위스의 한 성에 갔을 때는 청동으로 만든 사냥칼을 훔치다가 유리가 너무 많이 휘면 어떻게 되는지 똑똑히 보았다. 유리판이 치솟으면서 마치 총소리 같은 굉음이 났다. 손이 유리 파편에 찔리고 피가 사방으로 튀자 브라이트비저도 당황해 어쩔 줄을 몰랐다. 마치 차 사고라도 난 듯한 현장에 칼을 버려두고 앤 캐서린과 도망쳤다. 그러다 1분이 채 지나지 않아 타고난 평정심이 되돌아왔다. 성은 엄청나게 크고 보안도 부실하기에 유리가 박살났어도 그 소리를 들은 사람은 아무도 없을 것이 분명하다. 브라이트비저는 왔던 길을 되돌아가 유리 조각 사이에서 칼을 되찾아온다.

따분한 방식과는 아주 거리가 먼 이 난리 이후, 브라이트비저와 앤 캐서린은 당분간 주말 절도를 멈추고 조용히 지내는 듯했다. 하이킹을 가서 자연 경관을 즐기거나 시내를 산책하고 쇼핑을 한다. 건축물을 둘러보거나 박물관 단체 가이드 투어에 참여한다. 투어 중에는 당연히 아무것도 훔치지 않는다. 박물관 직원이 따라다니며 안내를 하고 얼굴도 노출되기 때문이다.

상황이 자연스럽고 간단할 때만 브라이트비저에게 예술품 절도의 계시가 내린다. '일을 복잡하게 만들지 말 것'이 그의 신조다. "스스로의 움직임과 목소리 톤, 반사 신경, 두려움을 제어하지 못하면 아무리 장비가 좋아도 소용없습니다. 그리고 어마어마하게 긴장되는 순간이 올 거예요. 모든 일이 작은 움직임 하나에 달려 있고 앞으로 어떻게 될지 알 수 없는 그런 순간 말이죠."

한번은 800년 된 성에서 관광객 무리에 섞여 투어를 하던 중 테라코타로 빚은 알바렐로albarello 항아리를 발견한다. 옛날에는 약병으로 썼는데, 마치 코카콜라 병처럼 관능적으로 굴곡진 모양이며 보호 장치 없이 홀로 선반 위 높은 곳에 진열되어 있다. 그때 브라이트비저의 눈앞에 섬광이 번쩍인다. 도둑이라면 절대 하지 않을 일이야말로 '진짜' 도둑이 해야 하는 일이 아닐까. 투어 가이드와 무리의 다른 사람들이 다음 전시실로 줄지어 들어가고 앤 캐서린도 함께 따라 들어가는데 브라이트비저는 그 자리에 잠시 더 머물렀다. 모두들 다음 방에 있는 물건에 정신을 빼앗긴 듯하다. 성에는 보안 카메라나 경비원도 거의 없고 입구에서 배낭을 맡기고 가라는 말도 없었다.

사람의 눈과 카메라는 비슷한 한계를 지닌다. 브라이트비저는 카메라 렌즈의 시야와 사람이 육안으로 관찰할 수 있는 범위가 얼마큼인지 잘 안다. 알바렐로 항아리가 없어져도 방 전체 모습에는 큰 변화가 없고 빈 자리 역시 눈에 띄지 않을 것이다. 최소한 몇 시간은 지나야 알려질 것이라고 확신한다. 항아리를 가방 안에 쓸어 넣는다. 평소라면 물건을 훔치자마자 앤 캐서린과 출구로 이동한다. 서두르지는 않지만 차분히 문 쪽을 향한다. 훔친 물건을 들고 일부러 박물관 안에 남아 서성대는 도둑은 없다. 더군다나 탈출하는 길에 박물관 직원과 어울려 이야기를 나누는 것은 더욱 말이 안 된다.

브라이트비저와 앤 캐서린은 투어를 끝까지 마치고 가이드와 즐겁게 대화를 나누기까지 한다. 도둑맞은 사실이 금방 발각되더라도 아는 얼굴이기 때문에 용의선상에서 제외될 가능성이 높고 가방을 뒤져볼 생각도 안 할 것이다. 본능적으로 알 수 있는 일이라 굳이 따로 시험해볼 필요도 없다. 항아리가 없어졌다는 사실은 두 사람이 성을 떠나고 나서도 한참 후까지 아무도 알아채지 못했다. 브라이트비저는 그 뒤로도 여섯 차례에 걸쳐 투어 중에, 가이드가 있는데도 작품을 훔쳤다. 알바렐로 사건 이후 두 사람은 입장권을 살 때 예전보다 친절하게 인사하고 경비원에게도 길을 더 자주 묻는다. 박물관을 떠날 때도 같은 이유로 상냥하게 작별 인사를 건넨다. 예술품을 훔치러 온 도둑이 하는 행동은 아니다.

한번은 프랑스 남부에 있는 한 박물관에서 토기로 만든 입상을 훔치고 나서 직접 경찰을 부른 적도 있다. 주차한 곳에 돌아와 보니 누군가 열쇠로 자동차를 긁어 놓았다. 브라이트비저는 다른 사람이 자기 물건에 손을 댔다는 사실에 격분해서 지역 경찰에 신고를 넣는다. 경찰이 도착해서 피해 상황을 조사하고 사건을 접수하는 동안 입상은 트렁크에 얌전히 놓여 있었다.

이런 일도 있다. 박물관에서 16세기 제단화 한 쌍을 훔쳐서 나왔는데 경찰관 한 명이 차 옆에 와 있어 깜짝 놀랐다. 60센티미터 정도 되는 길이에 너비는 30센티미터 정도인 제단화를 브라이트비저의 외투 아래 양쪽에 하나씩 숨겨 갖고 있던 채였다. 그림이 떨어질까 봐 양팔을 어색하게 몸에 붙이고 있으므로 어디 앉을 수도 없다. 매우 위험한 상황이지만 두 사람은 평온한 모습을 유지하며 공손하게 무슨 일인지 묻는다. 경찰은 주차 위반으로 접수 중이라고 설명한다. 브라이트비저는 이 와중에도 돈을 아끼려고 주차비를 내지 않고 다녀왔다. 보통의 도둑이라면 이 상황에서 안심하고 과태료를 내겠지만 브라이트비저는 다르다. 무모하게도 한껏 어정쩡한 자세로 이미 발부된 주차 딱지를 취소해달라고 그 자리에서 경찰과 언쟁을 벌인다.

1996년 7월, 프랑스 북부의 한적한 박물관을 찾았다. 철제 공예품을 전문적으로 다루며 문 손잡이나 향신료 그라인더 같은 물건을 전시하는 곳이다. 브라이트비저는 유리문이 달린 진열장 자체가 아름다운 골동품임을 알아본다. 그중 하나가 유독 눈에 띄었는데, 안에는 정교하게 장식한 자선함이 진열되어 있다. 조부모님이 사준 루이 15세 시대 옷장(지금은 다락에서 진열장으로 쓰는 중이다)을 생각나게 하는 물건이다. 진열장의 세세한 부분이 브라이트비저의 눈에 익었다. 나뭇결이나 줄로 다듬은 자국도 마찬가지여서 집에 있는 진열장과 같은 곳에서 만든 게 아닌가 의문이 든다. 열쇠 구멍 모양까지 비슷하다.

다락에 있는 진열장은 늘 잠가두는데, 그건 여기 이 박물관 진열장도 마찬가지다. 브라이트비저는 주위에 아무도 없을 때 지갑 안주머니에서 늘 가지고 다니는 진열장 열쇠를 꺼낸다. 몇백 년 전에는 자물쇠가 요즘처럼 정밀하지도 않았고, 종류가 많지도 않았다. 열쇠 구멍에 넣고 왼쪽으로 45도 정도 돌린다. 딸깍, 빗장이 풀리는 소리가 난다. "미쳤네. 이건 말도 안 되는 기적이야." 브라이트비저는 자선함을 꺼내고 진열장 문을 다시 잠근다.

나사는 브라이트비저에게 평생 풀어야 할 숙제다. 벽난로 선반에 매달린 부속품을 얻으려면 나사 하나를 풀어야 한다. 깃털 달린 모자를 쓴 총사銃士의 초상화에는 나사가 두 개 달려 있다. 16세기 촛대를 가지려면 나사를 세 개는 풀어야 한다. 자기로 된 튜린 그릇*을 훔치려고 일단 나사 두 개를 먼저 풀어놓고 일주일 뒤에 다시 가서 나머지 두 개를 푼 적도 있다. 어떤 일요일에는 금장을 입힌 기념 메달을 얻기 위해 나사 열두 개를 풀기도 했다. 물건을 훔치는 동안은 나사를 주머니에 넣고 있다가 밖에 나오면 던져버린다.

---

* 채소나 수프 등을 낼 때 쓰는 뚜껑이 있는 깊은 그릇.

브라이트비저의 나사 빼기 '신공'은 스위스 제네바 근처에 위치한 알렉시 포렐 박물관Alexis Forel Museum에서 빛을 발한다. 이곳에서 브라이트비저를 유혹한 작품은 네덜란드 도예가 샤를 프랑수아 하농Charles-François Hannong의 작업실에 놓여 있던 300년 된 접시다. 접시는 나사가 여기저기 박힌 채 플렉시글라스 상자 안에 갇혀 있다. 고정 나사가 너무 많다 싶지만 브라이트비저가 무척 고대하던 물건이므로 작업에 집중할 수 있도록 앤 캐서린이 나서서 망을 본다. 스위스 아미 나이프가 브라이트비저의 손바닥에서 빙글 돌고 나사가 풀린다. 다섯 개, 열 개, 열다섯 개. 이쯤에서 그만두어야 한다는 생각을 떨쳐낼 수 없지만 그래도 나사는 계속 돌아간다. 이렇게 나사가 많은 일은 이제 다시는 안 하겠다고 다짐하면서도 손은 멈추지 않고 움직인다. 스무 개, 스물다섯 개.

스물여섯 개, 스물일곱 개, 스물여덟 개, 스물아홉 개. 아, 드디어, 서른 개. 상자가 열리고 접시는 브라이트비저의 외투 아래로 사라진다. 박물관을 나서며 무언가 정체를 알 수 없는 위기감이 날카롭게 스치는 느낌을 받는다. 언제나 그렇듯, 그의 직감은 틀리지 않는다.

15

한 지방 경찰서 위층 사무실에서 알렉상드르 폰데어뮐Alexandre Von der Mühll이 구부정한 자세로 컴퓨터를 들여다본다. 그는 스위스에 두 명뿐인 예술품 범죄 전문 경찰이다. 알렉시 포렐 박물관에서 가져온 보안 카메라 화면을 돌려보는 중이다. 화질이 낮아 범인의 얼굴을 알아보기는 힘들지만 움직임은 잘 보인다. 남녀 한 쌍이 대담하게도 한낮에 절도 행각을 벌이고 있다. 나이가 젊고 옷을 잘 차려 입었으며 곳곳에 숨겨진 보안 카메라의 존재는 모르고 있는 게 분명하다. 커다란 접시 하나를 훔치려고 나사 서른 개를 풀었다.

최근 스위스에서 교묘한 박물관 절도 사건이 잇따라 발생하자 폰데어뮐은 사건 대부분에 비슷한 연결 고리가 있다고 확신한다. 그는 예민한 성격에 덩치가 크고 악행을 보면 그냥 넘기지 못하는, 전형적인 경찰이다. 말하기를 좋아하고 태도가 당당하며 저렴한 19세기 미술품을 열렬히 수집한다. 폰데어뮐에 따르면 박물관은 속세의 교회나 마찬가지라서 이런 곳에서 물건을 훔치는 일은 신성 모독이나 다름없다.

폰데어뮐은 여러 절도 사건 사이에서 공통적인 특징을 발견한다. 바로 깔끔하고 치밀하며 대낮에 이루어진다는 점이다. 도난품은 청동 저울부터 전투용 도끼, 유화 초상화에 이르기까지 대부분 후기 르네상스 작품이며 도둑은 특히 플랑드르 지방을 선호하는 듯하다. 행동에 거침이 없는 점이나 절도의 빈도와 근접성으로 미루어 보아 범인들은 유력한 증거나 증인이 없다고 확신하는 것이 분명하다. 그림이 사라진 자리에는 마치 모두를 비웃듯 빈 액자가 남아 있다. 자신들이 잡힐 리 없다고 믿고 있다. 폰데어뮐은 바로 이런 자만과 거만함 때문에 목덜미가 잡힐 거라고 생각한다.

이 도둑들은 박물관에서 가장 유명한 작품에는 손을 대지 않는다. 그보다 덜 유명한 명작, 장물로 팔기 수월한 작품을 선택한다. 폰데어뮐은 범인이 예술에 대해 어느 정도 지식이 있다고 추측한다. 그렇다고 해도 미술품을 훔치는 일이 간단하지는 않으며 필연적으로 실수가 따를 수밖에 없다. 티 나지 않게 숨겨둔 카메라 하나를 보지 못해 발을 헛디디기도 한다. 알렉시 포렐 박물관의 카메라 역시 솜씨 좋게 숨겨져 있었고, 폰데어뮐은 사건 이후 인터뷰에서도 카메라의 위치는 공개하지 않았다. 영상을 열심히 들여다보면 사건의 실마리를 풀 수 있지 않을까 희망을 품는다.

폰데어뮐이 생각하기에 도둑들은 당연히 돈 때문에 물건을 훔친다. 지난 수십년 동안 미술품 가격은 멈출 줄 모르고 치솟는 중이고 그에 발맞춰 도난 사건도 계속해서 늘어나는 추세다. 물론 미술품 시장이 대체로 투명하지 않은데다 명확한 규제도 부족해 정확한 데이터를 구축하는 일이 쉽지는 않다. 예술품 범죄 연구 협회Association for Research into Crimes Against Art 보고에 따르면 미술품과 골동품 절도는 세계에서 가장 수익률 높은 범죄 거래 중 하나다. 이 기관은 대학 교수와 보안 전문가로 이루어졌으며 〈예술품 범죄 저널The Journal of Art Crime〉을 1년에 두 차례 출판한다. 전 세계적으로 매년 5만 건 이상의 예술품 도난 사건이 일어나는데, 대부분은 박물관 소장품이 아닌 개인 소유 작품이고 가치로는 수십억 달러(수조 원)에 이른다.

파블로 피카소는 이 세계에서 가히 챔피언이라고 볼 수 있다. 역사상 작품을 가장 많이 도난당한 화가이지만 사실 그래도 할 말이 없다. 그는 1911년 〈모나리자〉 도난 사건의 용의자 중 한 명이었다. 피카소는 당시 29세로 파리에 살고 있었는데, 벨기에 출신 사기꾼이자 연쇄 절도범이던 제리 피에헤Géry Pieret와 알고 지내는 사이였다. 두 사람이 함께 〈모나리자〉 절도를 공모한 혐의로 중앙 경찰서로 끌려가 기소되자 피카소는 겁에 질렸다. 〈모나리자〉를 훔치지는 않았지만 사실 몇 년 전 피에헤에게 루브르 박물관에서 작은 석상을 훔쳐달라고 의뢰한 적이 있기 때문이다.

1907년 피카소는 루브르 박물관에서 고향인 이베리아 지역의 유물 석상 한 쌍을 훔쳐달라고 주문하며 50프랑(약 1만 3,000원)을 건넸다. 피에헤는 의뢰를 받고 조각상을 훔친 뒤 외투 밑에 숨겨서 들고 나왔다. 훗날 자서전에서 고백하기를, 피카소는 뒤틀린 얼굴을 한 이 석상을 작업실에 두고 입체파의 시초가 된 획기적인 그림 〈아비뇽의 여인들〉의 모델로 썼다.

경찰은 피카소와 피에헤가 〈모나리자〉 사건과 관계가 없다고 판단했고 피카소는 구속된 지 반나절 만에 풀려났다. 피카소는 이때 석상에 대한 이야기는 하지 않았다. 하지만 너무 놀란 나머지 며칠 뒤 친구를 시켜 〈파리 저널Paris-Journal〉 신문사에 익명으로 석상을 갖다 놓았다. 신문사의 편집자가 작품을 루브르 박물관에 돌려주었고 피카소와 피에헤는 처벌을 피할 수 있었다.

도난 작품 수로 피카소의 뒤를 잇는 예술가로는 살바도르 달리Salvador Dalí, 앤디 워홀Andy Warhol, 호안 미로Joan Miró 등을 꼽을 수 있지만 1,000점 이상의 작품을 도난당한 피카소에 견줄 수는 없다. 1976년 프랑스 아비뇽 교황궁에서 열린 전시회에서 한번에 118점을 도둑맞기도 했다. 전시가 끝난 시간, 무장한 패거리가 스키 마스크를 쓰고 침입해 야간 보안 요원들을 공격한 뒤 재갈을 물리고 그림을 훔쳐 배달용 트럭을 타고 도망쳤다. 그로부터 8개월 후 도둑들은 암거래상인 줄 알고 그림을 판매하려다 비밀 경찰에 체포되었다. 그림은 전량 회수했다.

아비뇽에서 한 경찰이 지하시장에 잠입해 작품을 성공적으로 회수한 이후 현대적 개념의 예술품 전담 수사팀 설립에 박차가 가해졌다. 이탈리아는 1969년 국가에서 관리하는 예술품 전담 수사대를 최초로 설립했는데, 카라비니에리 문화유산 보호 사령부Carabinieri Command for the Protection of Cultural Heritage는 세계에서 규모가 가장 큰 기관으로 약 300명의 수사관이 근무한다. 다른 20여 개 국가에서도 전담팀을 설립했지만 스위스를 비롯해 대부분 한두 명의 수사관만으로 운영되고 있다. 미국은 FBI 산하 예술품 범죄 전담반FBI Art Crime Team에 20명의 특수 요원을 두고 있으며 도난당한 작품 중 가장 중요한 가치를 지닌 10점을 지정해 수사를 진행한다.

프랑스에는 30명의 수사관으로 구성된 OCBC(번역하자면 '문화재 밀매 방지 위원회'의 앞 글자를 딴 이름이다)라는 기관이 있으며 실력과 성과 면에서 이탈리아에 이어 세계 2위를 달린다. 1996년 여름 알렉상드르 폰데어뮐이 스위스에서 조용히 수사에 착수하고 있을 때 OCBC에서도 지휘 계통 2인자인 베르나르 다르티스Bernard Darties가 내부용 메모를 작성하는 중이었다. 사건 사이에 관련성이 있어 보이는 14건의 도난 미술품 목록을 적어 넣었다. 그러니까 현재 두 나라에서 브라이트비저와 앤 캐서린을 추적하고 있다는 뜻이다.

16

베르나르 다르티스의 메모 속 사건 목록에는 1996년 8월 브리타뉴 지방의 소규모 박물관에서 사라진 상아 조각상이 있다. 목격자는 이 16세기 조각상이 사라지기 직전 남자와 여자 한 명이 근처를 맴도는 것을 봤다고 진술했다. 몇 달 전에는 프랑스 동부의 작은 마을에서 비단으로 수놓은 융단이 사라졌는데 역시나 16세기 물건이었으며 남녀 한 쌍이 범인으로 지목되었다.

가느다란 안경을 코끝에 걸친 다르티스는 최근 프랑스에서 일어난 예술품 범죄를 모조리 조사하던 중 12건 이상의 사건에서 유사한 패턴을 발견했다. 범인은 부부일 것이며, 문화생활을 즐기고, 교육 수준이 높을 것이다. 대학 교수일 가능성도 있다. 예술을 보는 안목이 있고 박물관에서 물건을 훔치는 데 상당한 재주가 있다. 메모에 적힌 도난 사건 중 절반 정도를 이들의 행각이라고 친다면, 범인은 놀랄 만큼 활발하게 도둑질 중이다.

다르티스는 예술품 범죄 전담 부서에 오기 전 테러 대책반에서 10년간 근무했다. 예술품 도둑과 테러리스트 사이에는 공통점이 있다. 사회를 심리적으로 불안하게 흔든다. 다르티스가 테러와 가장 가깝다고 느끼는 사건은 1996년에 있었던 코르네이유 드 리옹Corneille de Lyon 초상화 도난 사건이다. 드 리옹은 프랑수아 1세 통치기의 궁정 화가였는데, 프랑수아 1세는 예술을 매우 중시했던 왕으로 유명하다. 그는 레오나르도 다빈치에게 직접 금화 4,000개를 지불하고 〈모나리자〉를 구매했고, 이것이 다빈치가 이탈리아 화가인데도 〈모나리자〉가 프랑스에 걸려 있는 이유다.

1536년 드 리옹은 당시 프랑수아 왕의 딸 마들렌Madeleine의 초상화를 그렸다. 절제미가 돋보이는 이 작품은 단순한 녹색 배경에, 장식은 진주와 루비 한 가닥씩뿐이며 무표정한 얼굴로 있는 그대로의 슬픔을 드러낸다. 당시 마들렌은 건강 문제로 고통받고 있었는데 드 리옹은 이 점을 놓치지 않고 그림에 인생 무상을 담았다. 초상화가 완성된 지 1년 후, 마들렌은 열여섯 살의 나이에 결핵으로 사망했다.

프랑스의 미술사학 위원회에서는 〈프랑스 왕녀 마들렌Madeleine de France〉을 프랑스 역사상 가장 중요한 그림 중 하나로 꼽았으며 블루아성에 있는 미술관에서 간판 작품으로 주목받기도 했다. 블루아는 루아르강 근처에 자리한 도시로, 파리에서 지내던 마들렌은 요양을 위해 이곳에서 지내곤 했다. 초상화는 작은 생일 카드만 한 크기였지만 이를 둘러싼 액자가 거창했다. 사실상 커다란 액자 안쪽에 금박을 입힌 원목 액자가 이중으로 들어 있는 형태다.

이 작품은 박물관의 첫 번째 전시실에 진열되어 있었는데, 건물 전체에서 사람이 가장 많은 곳이다. 7월의 어느 늦은 오후, 박물관은 평소와 다름없이 관람객으로 붐비고 경비원들은 순찰을 돌고 있었다. 뛰는 사람도, 무기나 특별한 장비를 든 사람도 없었고 수상한 모양의 짐 꾸러미를 들고 가는 사람도 없었다. 창문도 모두 닫혀 있고 옆문 또한 멀쩡하다. 이렇다 할 소란스러운 일도 없었다.

〈프랑스 왕녀 마들렌〉은 제자리에 있었지만, 사라졌다. 커다란 액자의 바깥 부분은 그대로 있지만 갑자기 가운데에 구멍이 생겼다. 놀랍고도 불가해한 일이었다. 이전 소유주가 기부한 이래 138년간 누구도 건드리지 않고 한 자리에 걸려 있던 그림이었는데 마치 비누 방울처럼 공기 중으로 사라져버렸다.

다르티스는 골머리를 앓는다. 범인의 얼굴이 제대로 나온 사진도 없고 이름을 알 만한 단서도 없다. 확실한 게 아무것도 없는 상황에서 그가 가진 것은 직감뿐이다. 이 시점에서 사건을 공개하면 도둑에게 모든 걸 알려주는 셈이기에 작품을 안전하게 회수하기 힘들 수 있다. 그러므로 프랑스에서 일어난 사건에 한정해 비밀리에 수사를 진행하는 방법 말고는 달리 대안이 없다. 다르티스는 알렉상드르 폰데어뮐 역시 이 사건을 쫓고 있다는 사실을 모른다. 그래도 필요한 함정은 이미 파두었다. 스위스와 프랑스 경찰은 서로 같은 일을 하고 있다는 사실을 모른 채 각자 수사를 진행 중이며 어느 나라에서건 새로운 미술품 도난 사건이 있을 때마다 면밀히 조사해 추가 증거를 수집하고 있다.

같은 범인의 소행으로 보이는 사건이 몇 건 있다. 1996년 스위스 바젤 역사 박물관Historical Museum of Basel에서 17세기 바이올린이 사라진 후 한 커플을 목격했다는 증언이 나왔다. 1997년에는 프랑스 생트의 박물관에서 플랑드르 정물화가 증발했고 역시 한 커플이 목격되었다. 낭트에 있는 박물관에서도 청동 멧돼지 조각상이 사라지기 전에 비슷한 커플을 봤다는 사람이 있다. 방돔에서도, 오를레앙과 바일뢸에서도 마찬가지다. 비슷한 목격담이 하도 많아서 프랑스의 다른 지방에서도 따로 수사가 들어간 상태다.

프랑스 경찰 두 팀이 쫓고 있고 스위스 경찰 역시 수사를 좁혀가고 있으니 이제 시간 문제일 뿐이다. 이토록 뻔뻔하게 범죄를 저지르고 아무 일이 없을 수는 없다. 운은 언젠가 바닥나기 마련이다. 두 사람은 조만간 잡힐 것이다.

17

〈프랑스 왕녀 마들렌〉을 훔치기는 거의 불가능한 일이었다. 누구라도 그렇게 생각할 것이다. 블루아성에서 그 초상화를 봤을 때 브라이트비저와 앤 캐서린 둘 다 그렇게 느꼈다. 경비원도 많고 관람객도 많았다. 이 그림이 오랫동안 브라이트비저의 마음속 목록에 올라 있긴 했지만 두 사람 모두 이걸 훔치는 일은 미친 짓이라는 데 동의했다. 포기하고 다른 방으로 이동한 지 얼마 지나지 않아 브라이트비저는 앤 캐서린에게 다시 한번 생각해보자고 제안했다. 거부할 수 없는 강력한 힘으로 브라이트비저를 끌어당기는 그림이었다.

게다가 이 그림을 보기 위해 프랑스의 절반가량을 하루 만에 운전해서 왔다. 이 정도면 속도와 상관없이 먼 거리다. 앤 캐서린은 운전 면허가 없어 브라이트비저 혼자 운전해야 했다. 두 사람은 루아르 계곡에도 갔다. 지난 수 세기 동안 프랑스 귀족들의 놀이터였으며 동화 속 배경이었고 구불구불한 강을 따라 포도밭과 고성이 줄지어 늘어선 곳이다. 블루아성에는 1429년 잔다르크가 머물기도 했다. 결국 그날 브라이트비저와 앤 캐서린은 박물관이 문 닫기 직전 〈프랑스 왕녀 마들렌〉이 있는 방으로 돌아갔다.

전시관은 여전히 관람객과 경비원으로 분주했고, 이는 충분히 예상했던 일이다. 그러나 생각지 못한 문제도 있었다. 이중 액자가 한 예이다. 어떤 원리일까? 그림이 끼워져 있는 안쪽 액자는 바깥 테두리에 단단히 붙어 있을까? 직접 만져보기 전까지는 모를 일이다. 게다가 여름이라 외투를 입기에는 너무 더웠고, 입었다 한들 다른 사람 눈에도 띈다. 브라이트비저는 셔츠 차림인 데다 오늘은 배낭도 없다. 안쪽 액자까지 제거하기에는 시간이 부족할 것이다. 가로세로 각각 30센티미터도 안 되지만 이 정도 크기도 부담이다. 만약 초상화를 손에 넣는다고 해도 어디에 담아 간단 말인가?

하지만 이런 질문을 던지고 있을 시간이 없다. 그저 본능에 맡겨야 한다. 갑자기 경비원 여러 명이 모인다. 보아하니 미리 계획된 일은 아니고 급하게 상의할 일이 생긴 듯하다. 아마도 문 닫을 시간이 다가오니 정리할 때 각자 할 일을 정하려는 것 같다. 분명 금방 끝날 것이다. 그렇기는 해도 지금 당장은 자기들끼리 이야기하는 데 정신이 팔려 〈프랑스 왕녀 마들렌〉은 쳐다보지도 않고 있다. 다행히 방문객도 줄어들었다. 상황을 지켜보던 앤 캐서린이 '오케이'

신호를 보낸다.

브라이트비저가 내부 액자를 한번 잡아당겨 보니 벨크로 몇 개로 고정한 게 전부다. 벨크로를 뜯어내는 소리가 커다란 전시관에 울려 퍼졌지만 그림은 금세 느슨해졌다. 브라이트비저는 망설임 없이 액자채로 바지 안에 밀어 넣고 셔츠로 덮어 가린다. 바지 앞쪽이 툭 튀어나와 어색하지만 경비원이 이쪽을 쳐다본다 해도 브라이트비저의 뒷모습이 눈에 들어올 뿐이다. 처음부터 작정하고 그쪽으로 등을 돌리고 서 있었다. 이제 재빠르게 몇 걸음만 걸어 타일 바닥을 지나면 마법처럼 바로 문이 나온다.

이렇게 변수가 많아 한 번이라도 발을 헛디디면 안 되는 상황에서 보통 사람들은 결정을 못 해 고민에 빠지겠지만 브라이트비저는 그렇지 않다. 그는 〈프랑스 왕녀 마들렌〉을 훔치는 것이 바늘에 실을 꿰는 일과 비슷했다고 말한다. 작은 틈을 통과하기 위해서는 동요하지 않고 집중해야 한다. 그 무렵 브라이트비저는 약 100번째 절도를 앞두고 있을 만큼 이 일에 꽤 능숙해져 있었다. 앤 캐서린과 함께 '한 달에 세 번' 스케줄을 꾸준히 유지해왔다. 〈프랑스 왕녀 마들렌〉은 프랑스에서 손꼽히는 명작이다. 미술품 도둑의 세계에서 이 작품을 훔친다는 것은 엄청난 계획을 필요로 하는 일이며 성공한다면 절도 경력에 한 획을 그을 만한 업적이다. 브라이트비저와 앤 캐서린은 바로 그 일을 해냈을 뿐만 아니라 심지어 그날 훔친 작품이 〈프랑스 왕녀 마들렌〉 하나만도 아니었다.

〈마들렌〉을 따라 블루아성에 오기 전에 이미 그들은 상보르성에 들렀다. 이 성은 1971년에 개장한 플로리다 디즈니월드 신데렐라성의 모태가 된 16세기 궁전이다. 참고로 신데렐라성은 지구상에 존재하는 성 중 가장 많은 사람들이 찾았다는 기록을 갖고 있다. 상보르성 박물관의 진열장은 성 전체 장식과 조화를 이루는, 그 자체로 귀한 골동품이었고 브라이트비저는 여기서 또 한 번 특유의 스위스 아미 나이프 신공을 펼쳤다.

진열장 미닫이 문틀 아래로 칼날의 끝부분을 밀어 넣고 (오래된 진열장은 이 부분이 느슨한 경우가 많다) 칼을 지렛대 삼아 문을 조심스럽게 바닥 레일에서 들어 올렸다. 진열장은 여전히 잠겨 있지만 문은 우편함 뚜껑처럼 한쪽이 들린 채 매달려 있었고 브라이트비저는 진열장 안으로 손을 쑥 넣어 부채 하나와 담뱃갑 두 개를 꺼냈다. 그러고는 진열장 안에 남은 물건들을 다시 고르게 배치하고 문을 원래대로 끼우고 나와 20분을 운전해 블루아성에 가서 〈프랑스 왕녀 마들렌〉을 훔쳤다.

18

브라이트비저와 앤 캐서린은 경찰이 자신들을 쫓는 상황을 알고 있다. 때때로 목격자가 있다는 신문 기사를 볼 때도 있다. 다르티스가 있는 연방 미술품 범죄팀과 달리 지방 경찰은 비밀리에 사건을 조사하는 게 아니다 보니, 신문 기사를 통해 어느 정도 힌트를 얻을 수 있다. 물건을 훔치는 걸 본 사람이 있는지, 목격자 증언은 정확한지 등을 확인한다.

일부 신문은 사법 기관을 취재원으로 언급하며 이들 미술품 도난 사건에 국제적인 밀매상이 조직적으로 연관되어 있다고 보도한다. 이탈리아 마피아나 러시아 카르텔일 수도 있다는 것이다. 한 커플이 용의자로 의심받고 있다면서, 그중 남자는 50세에서 60세 사이라고 추정하는 기사도 있다. "그 기사를 보고 엄청 웃었죠." 브라이트비저는 서른 살도 안 됐다. 그림을 가지고 나올 때 들킬 위험이 있어 액자를 버리는데 그 습관 때문에 수사 당국이 비웃음을 산다고 한다. 신문을 보고 알았다. 그 뒤로는 보란 듯이 액자를 두고 오기 시작했다. 안락의자 위에 두고 오기도 하고 커튼 뒤에 숨기기도 하고, 다른 진열장 안에 놓고 온 적도 있다. "한마디로 제 명함 같은 거예요." 브라이트비저는 훔치는 행위 자체를 좋아하지는 않는다고 언제나 주장해왔지만, 이 정도면 거의 무대를 즐기는 수준이다.

그는 집 주변을 순찰하는 경찰차를 보면 두려운 마음이 들었다고 말한다. 당연한 일이다. 그렇지 않은 게 더 이상하지 않은가? 두 사람은 범죄를 저질렀다. 그것도 너무나 많은. 그러나 경찰차는 매번 그냥 지나갔다. 브라이트비저 생각에 모든 경찰이 공통으로 갖는 치명적 결함이 있다. 일관되게 논리적이라서 속이기 쉽다는 점이다. 예술품 범죄 사건을 연구하다 알게 되었는데, 경찰의 논리로는 일단 작품을 훔치고 나면 도둑에게는 세 가지 선택지밖에 남지 않는다.

첫째, 훔친 작품을 불법적인 경로로 판매한다. 부정한 방법으로 작품을 사고파는 사람들은 어디에나 있다. 오슬로 대학교는 43개국에서 거래된 불법 미술품이나 유물을 조사해 정리했다. 통상적으로 도난 작품의 가격은 소매가의 3~10퍼센트 정도이고, 유명한 작품일수록 가격이 내려간다. 3퍼센트라고 했을 때, 100만 달러(약 13억 원) 가치의 작품을 팔면 3만 달러(약 4,000만 원)가 남는다. 훔칠 때 감수하는 위험 부담을 생각하면 썩 좋은 가격이 아니다. 어떤 작품은 이 사람 저 사람의 손을 건너 여러 국가를 전전하고 전당포와 골동품 가게, 화랑 등을 거치면서 매매 증서와 진품 감정서를 갖기도 한다. 몇 년 후에는 주로 소규모 경매장을 통해 다시 합법적인 시장에 등장한다.

둘째, 작품을 도난당한 박물관이나 개인 소유주 또는 보험 회사에 돈을 요구한다. '예술품 납치art-napping'라고 한다. 유명한 작품일 경우 장물로 팔기 어려워 이 방법이 가장 최선이지만 합법과 불법 사이를 오가며 오작교 역할을 할 브로커가 필요하다. 먼 거리는 아니지만 현실적으로 위험한 일이다. 추가 범죄를 조장할 수 있기에 박물관 측에서 도난품에 배상금을 지불하는 것은 금지되어 있으며, 보통 '정보 제공에 대한 보상'이라는 명목으로 은밀하게 거래가 이루어진다. 이런 식의 거래는 최소 1688년부터 찾아볼 수 있다. 에드워드 로이드Edward Lloyd는 〈런던 가제트The London Gazette〉*에 훔쳐간 회중시계 다섯 개를 돌려주면 1기니**를 보상하겠다는 광고를 실었다. 로이드는 나중에 세계적인 예술품 보험 회사인 '런던 로이즈Lloyd's of London'를 설립한다.

셋째, 훔친 작품을 지하시장에서 화폐로 사용하는 방법이다. 서류함만 한 작은 그림(도둑들이 제일 많이 훔치는 크기다)이라도 상당한 금액과 맞먹는다. 현금이 가득 든 여행가방보다 그림 한 점을 들고 다니는 편이 공항에서나 국경

---

* 영국 정부 관보.

** 영국의 구금화로, 약 2,000원이다.

을 넘을 때 유용하다. 러시아 정보국 발표에 따르면 미술품을 담보로 받는 범죄 조직이 러시아에만 40개 이상 있다. 1999년 사우디 왕자의 요트에서 사라진 피카소 작품은 추적 결과 지하시장에서 열 번이나 무기와 마약 거래에 이용되었던 것으로 밝혀졌다.

이상 세 가지 전략(장물로 팔기, 협박해서 돈 뜯어내기, 현금처럼 쓰기)을 위해서는 미술품이 어딘가로 이동해야만 하고, 바로 이때 경찰이 개입할 틈이 생긴다. 예술품 범죄에서는 다른 사건과 달리 범인 체포보다 작품 회수가 더 중요하다. "렘브란트와 쓰레기 도둑 중 누가 더 중요한지 생각해보면 됩니다." 다르티스의 설명이다.

예술품 수사대 요원들은 도난 작품 데이터베이스를 갖고 지하세계 인맥과 도청, 경매 목록 등을 동원해 추적에 나선다. '아트 로스 레지스터Art Loss Register'는 런던에 본부를 둔 세계 최대 규모의 도난 작품 데이터베이스로, 50만 건이 넘는 품목이 등록돼 있다. 이 총계는 매일 늘어나는 중이며 이를 통해 얼마나 많은 예술품이 사라지고 다시는 돌아오지 않는지 알 수 있다. 작품 회수율은 전체 도난 작품 중 10퍼센트 미만이라고 한다. 사건을 완벽하게 해결하여 범인도 잡고 작품도 회수하는 일은 극히 드물다. 박물관에서 도난당한 경우는 그래도 회수율이 상당히 높다. 대략 잡아 약 50퍼센트 정도이며 일부 수사대는 열 건 중 아홉 건을 회수할 때도 있다고 주장한다. 유명 작품일 경우 정예팀이 위장 첩보 작전을 펼치기도 한다.

1994년 노르웨이 동계올림픽이 열리는 첫날 새벽, 두 명의 남자가 오슬로 국립 미술관Oslo National Gallery 외벽에 사다리를 걸친 후 2층 창문을 깼다. 경보음이 울렸지만 보안 요원은 오작동이라고 생각하고 그냥 꺼버렸다. 범인은 전선을 자르고 에드바르트 뭉크Edvard Munch의 〈절규The Scream〉를 훔쳐 도주했다. 사다리와 가위는 그대로 두고 갔는데 노르웨이어로 "보안이 엉망이라 감사합니다"라고 적힌 쪽지도 함께 남겼다. 노르웨이에는 예술품 범죄 전담 수사팀이 없었지만 노르웨이 정부에서 영국 경찰 본부Art and Antiques Unit, AAU 소속 찰리 힐Charley Hell을 영입해 사건을 맡겼다.

힐은 말이 빠르고 입에 욕을 달고 살며 윤리 의식 따위는 찾아볼 수 없는 미술품 딜러로 위장했다. 그는 위장 첩보 작전이 연극을 하는 것과 비슷하다고 말한다. 다른 점은 한마디만 실수해도 머리에 총을 맞을 수 있다는 것 정도다. 힐은 작전 중에 도청 장치나 무기를 소지하지 않는다. 그랬다가는 총 맞기 딱 좋기 때문이다. 그보다는 화려한 옷차림을 하고, 작전 중 쓰는 이름으로 된 아메리칸 익스프레스 신용 카드를 가지고 다니는 편이 낫다. 3개월에 걸쳐 접촉한 끝에 노르웨이 도둑들은 의심을 거두었고 힐은 작품을 현금으로 구매하겠다는 미끼를 던졌다. 피오르fjord*가 내려다보이는 한 외딴 오두막에서 〈절규〉를 회수했고 네 명의 공범은 노르웨이 경찰에 체포되었다.

---

* 빙하가 침식해 형성된 계곡에 바닷물이 차면서 만들어진 좁고 긴 만.

대부분의 예술품 도둑이 가지 않는 길이긴 하지만 이 외에 한 가지 선택지가 더 있다. 훔친 작품을 벽에 걸어두고 감상하는 것이다. 영화나 소설에 등장하는 예술품 도둑은 고급스러운 취향의 심미안을 가진 경우가 많지만 실제 예술품 범죄 수사관이 들으면 말도 안 되는 농담이다. 스위스에서 브라이트비저를 쫓고 있는 알렉상드르 폰데어뮐은 〈제임스 본드〉 주제곡을 핸드폰 벨소리로 해놓았다. 시리즈의 첫 편 〈007 살인번호〉를 장난스레 오마주해보았다. 영화 속 악당의 은신처는 예술 작품으로 가득 차 있고 그중에는 프란시스코 고야Francisco Goya의 〈웰링턴 공작의 초상Duke of Wellington〉도 있다.

숀 코네리 주연의 〈007 살인번호〉는 1962년에 개봉했는데 그 전년도에 고야의 그림이 실제로 런던 내셔널 갤러리National Gallery에서 도난당했다. 영화가 개봉할 때까지도 분실 상태였던 그림을 영화 속 장면에 재미 요소로 집어넣은 것이다. 전직 택시 기사였던 범인은 무직에 몸집이 큰 남자로, 밤중에 내셔널 갤러리 벽을 기어올라 화장실 창문으로 드나들었다. 〈웰링턴 공작의 초상〉을 갈색 종이에 싸서 자신의 집 침대 밑에 숨겨두었지만 돈으로 바꾸기 힘들어 아내에게도 말하지 못했다. 범인은 4년간 작품을 갖고 있다가 결국 포기하고 대가 없이 인도했다.

언뜻 상당히 무능력한 도둑처럼 보이지만 〈절규〉를 회수한 찰리 힐에 따르면 대부분의 미술품 도둑이 이렇다. 예술품 범죄 경찰들은 하나같이 "현실에 노 박사*는 없다"고

입을 모은다. 예술품 범죄 연구 협회의 창립자 노아 차니 Noah Charney는 "예술을 이해하거나 최소한 신경이라도 쓰는 범인은 이제껏 없었다"고 말한다. 그러므로 폰데어뮐이나 다르티스 같은 경찰이 자신들이 쫓는 범인이 돈이 아니라 예술을 사랑해서 작품을 훔친다고 생각하기는 현실적으로 어려운 일이다. 곧 작품을 돈으로 바꾸려는 시도가 있을 거라고 예측하고 기다리지만 그런 날은 오지 않는다.

브라이트비저는 이런 점이 자신에게 유리하다는 사실을 잘 알고 있으면서도 경찰 수사에 한층 혼선을 주고자 가능한 한 불규칙하게 움직인다. 프랑스와 스위스, 독일, 오스트리아를 오가고 도시인지 작은 마을인지도 가리지 않으며 박물관과 경매장, 박람회 할 것 없이 들러 은제품이나 조각상, 그림 등을 무작위로 훔친다. 브라이트비저는 결코 잡힐 일이 없다고 굳게 믿는다.

---

* 〈007 살인번호〉에 등장하는 악역.

19

초반에는 마구잡이로 박물관을 돌아다니며 중세 시대부터 초기 모더니즘, 현대 미술 전반에 걸쳐 다양하게 손을 댔다. 그렇다고 아무 작품이나 훔치지는 않았고 강렬히 마음을 끄는 것만 골랐음에도 시간이 지나면 처음만큼 좋아하지 않게 되는 경우가 있었다. 특히 무기류가 그랬고, 청동으로 만든 물건과 한 시대가 시작하고 끝나는 무렵의 작품 등이 그런 예였다. 마치 보통의 연애처럼 진정한 사랑으로 무르익지 못하고 끝나버렸다.

다락이 점점 차면서 브라이트비저와 앤 캐서린은 침대에서 빈둥대며 훔쳐온 작품의 어떤 면에 끌렸는지 이야기할 때가 많았다. 메쉴르와도 액자 공방에서 비슷한 대화를 나누었고 시간이 날 때마다 도서관에 틀어박혀 공부하며 자신이 좋아하는 것에 대한 감각을 연마했다. 브라이트비저는 스스로를 잘 안다. 16세기와 17세기 북유럽 작품에 특히 매력을 느낀다. 그리고 이제 그쪽 취향에 아예 정착한 듯 훔치는 작품마다 일관성이 있다.

그렇다고 브라이트비저의 취향을 정확히 파악할 수 있을까? 어려운 일이다. 그의 취향은커녕 최근까지도 우리는 예술의 존재 이유조차 설명하지 못하고 있다. 예술은 찰스 다윈의 자연선택 이론에 반하는 것처럼 보인다. 이 이론에 따르면 자연계의 혹독한 생존 경쟁에서 살아남으려면 비효율성과 낭비를 없애야 한다. 그런데 예술은 기본적인 의식주와 관련 없는 부분에 시간과 노력, 자원을 소비한다.

그럼에도 지구상의 어느 문화에나 예술이 존재하며, 그 형태는 실로 다양하나 말로 표현할 수 없는 무언가를 드러낸다는 공통점이 있다. 예술 이론가들은 예술이 이토록 널리 퍼진 것이 인류가 자연선택을 극복했기 때문이라고 믿지만, 사실 예술은 짝을 유혹하는 수단이 된다는 점에서 다윈주의에 부합한다. 예술은 생존의 압박과는 거의 무관하며 여가 시간에 나오는 부산물이다. 인간이 더는 포식자를 피해 도망 다니고 먹을 것을 찾아 헤매지 않게 되면서 우리는 세상에서 가장 복잡한 도구라고 알려진 대뇌를 이용해 상상력을 펼치고 탐구하며 깨어 있는 동안에도 꿈을 꿀 수 있게 되었고 신의 생각을 나눠 가질 수 있게 되었다. 예술은 인간의 자유를 상징하고, 진화 전쟁에서 인간이 승리했음을 의미한다.

사회학자들이 세계적인 규모로 진행한 예술에 대한 일반적 선호도 조사를 살펴보면 사람들은 대체로 나무와 물,

동물이 등장하는 풍경화를 좋아한다. 가장 선호하는 색깔은 파란색이다. 들쭉날쭉한 모양과 주황색은 썩 인기가 없다. 그러나 색이란 어떤 물체에 흡수되지 못하고 반사된 빛의 파장이 눈에 비치는 것이다. 다시 말하면 노란색은 바나나와 가장 어울릴 수 없는 색이라는 뜻이다. 게다가 우리 눈은 세상 모든 것을 거꾸로 보기 때문에 뇌는 망막에 거꾸로 맺힌 세상을 똑바로 돌리는 데 많은 에너지를 쏟는다. 문화적 배경 또한 취향에 영향을 미친다. 이란의 카펫, 중국의 서예, 수단의 야자수 잎 바구니를 떠올려보자. 이러한 사회적 요인을 제외하면 결국 어떤 예술 작품에 마음이 끌리는지는 그 사람 자체의 본질과 연결된다. 아름다움이란 보는 사람의 눈에 달려 있다.

정말 그럴까? 유니버시티칼리지 런던 신경과학 교수 세미르 제키Semir Zeki는 MRI 촬영을 이용해 실험 참가자들이 화면에 비친 예술 작품을 보는 동안 뇌에서 일어나는 신경 활동을 추적했다. 그 결과 뇌에서 미적 반응이 일어나는 정확한 지점을 알아냈다. 눈 뒤에 위치한 콩알만 한 크기의 엽葉이었다. 그러므로 아름다움이란, 그다지 시적이진 않지만 정확하게 말하자면, 보는 사람의 내측 안와전두피질 medial orbital-frontal cortex에 달려 있다.

브라이트비저는 아마씨를 압착해 만든 물감으로 그린 유화를 특히 좋아한다. 물감의 반투명한 속성이 빛이 나는 듯한 색감을 만들어낸다. 르네상스 시대에 북유럽은 주로 유화로 전환한 데 반해 피렌체 같은 남부 지역에서는 여전히 템페라화를 고수했다. 템페라는 달걀 노른자를 안료 고착제로 사용하는 기법으로 좀 더 차분하고 가라앉은 색감을 표현할 수 있다. 색감 외에도 브라이트비저가 훔친 그림 중에서는 시골 마을에서의 삶처럼 자유롭고 해방감을 불러일으키는 작품이 많다. 또한 유럽 예술가들이 교회의 통제에서 벗어나 자신만의 형상과 스타일을 표방하기 시작한 개인주의 작품에도 마음이 이끌렸다. 화가가 처음으로 자신의 서명을 그림에 넣은 시기다.

많은 도둑이 눈독 들이는 피카소의 작품에는 관심이 없다. 현대 미술은 예술을 느끼기보다는 분석하기 위해 만들어졌다는 생각에 그다지 마음이 동하지 않는다. 티치아노Titian와 보티첼리Botticelli 같은 르네상스 시대 '슈퍼스타'들의 작품 역시 훌륭하고 강렬하긴 하지만 브라이트비저에게는 큰 의미를 갖지 않는다. 심지어 다빈치의 작품조차 그저 그렇다. 브라이트비저는 예술가들이 돈 많은 후원자에게 종속되어 그들이 원하는 작품 스타일과 구도, 색감을 구현한다는 느낌을 지울 수 없다. 그는 이 위대한 화가들이 자신의 감각을 완전히 일깨우지 않고 재능에만 의지하는 바람에 작품을 망치는 일이 많다고 생각한다. 차라리 재능은 좀 덜하더라도 감정적으로 깊이가 있고 진정성을 보여주는 예술가들이 더 눈에 들어온다.

그뿐 아니라 이런 작품들은 상대적으로 훔치기에도 용이하다. 브라이트비저는 '캐비닛 페인팅cabinet paintings'*을 주로 훔치는데, 재킷 아래 숨길 수 있고 다락에 두기에도 적당하기 때문이다. 르네상스 시기에는 당시 새롭게 등장한 중산층 가정에 맞는 크기의 캐비닛 페인팅을 거리에서 판매했다. 이들 작품에는 귀족을 위해 그린 거대하고 형식적인 그림에서는 찾아볼 수 없는 자연스러운 느낌과 열망이 깃들어 있다.

브라이트비저가 훔치는 담뱃갑과 포도주잔, 그리고 여타 가정용 물건은 실용적인 형태에 아름다움을 간직한 것들로 대부분 1800년대 초기 유럽 산업혁명 직전에 만들어졌다. 그때까지는 모든 물건을 수작업으로 만들었고 거기에는 정교한 솜씨와 막대한 노동력이 들었다. 브라이트비저는 산업혁명 이후 엔진과 전기의 발명, 그리고 대량 생산 시스템 덕분에 사람들의 삶이 수월해졌을지 몰라도 세상은 점차 보기 흉해졌고, 이전으로 돌아갈 수 없다고 말한다. 예전에는 장인이 제자에게 지식과 기술을 전수하고 한 세대에서 다음 세대로 이어지며 서서히 독창적 스타일을 구축해갔다. 요즘은 공장에서 값싸고 하나같이 똑같은 일회용 제품을 찍어낸다. 브라이트비저는 기계가 세상을 점령하기 직전의 시기에 인류 문명이 이미 아름다움과 기술 면에서 최대 정점을 찍었다고 생각한다. 그래서 이 시기의 물건과 작품을 훔친다. 시간은 무자비하게 흘러가지만, 한적한 마을의 작은 다락에서만은 멈추기를 희망한다.

---

* 각 면의 길이가 60센티미터 이하의 작은 그림을 말하며, 정물화나 초상화보다는 풍경화나 전신화를 작게 축소해 그린 그림이 많다.

20

두 사람은 여전히 네 번의 주말 중 세 번은 도둑질을 했다. 1997년 초, 앤 캐서린의 겨울 휴가가 다가올 무렵에는 그런 일상이 계속된 지도 2년 가까이 되어가고 있었다. 한 번에 여러 작품을 훔친 적도 몇 번 있다. 게다가 한 달에 한두 번 브라이트비저 혼자 한 도둑질까지 생각하면 횟수는 더 늘어난다. 다락에는 이제 200여 점의 작품이 모였다.

두 사람의 관계는 더욱 단단해졌다. 날이 좋을 때는 똑같은 디자인의 울 스웨터를 입고 함께 산책을 한다. "마치 쌍둥이처럼 똑같은 옷을 입고요." 브라이트비저가 미소를 띠며 말한다. 먼 길을 다녀오는 차 안에서 앤 캐서린은 브라이트비저의 어깨에 머리를 기대고 잠들곤 하는데, 그러면 장거리 운전도 아무렇지 않아진다. 두 사람이 함께한 지는 이제 5년이나 되었다.

하지만 앤 캐서린의 지인들 말을 들어보면 그녀는 둘의 관계를 그렇게 장밋빛으로만 보지는 않는다. 연인 관계는 맞지만 계속되는 '보니와 클라이드' 상황에 꽤 지쳤던 듯하다. 아직 경찰이 문 앞에 당도하지는 않았지만 신문 기사를 보면 당국에서 냄새를 맡은 것이 분명하다. 6개월 전에는 앤 캐서린의 휴가를 노르망디에서 도둑질하는 데 전부 써 버렸다. 두 사람이 아직 그곳에 있는 동안 〈웨스트 프랑스Ouest-France〉라는 지역 신문에 도난품 사진과 함께 '박물관 습격 사건!'이라는 헤드라인이 걸렸다. 앤 캐서린은 겁에 질렸고, 둘은 여행을 중단하고 곧장 집으로 돌아갔다.

브라이트비저가 보기에 곧 다가올 앤 캐서린의 다음 휴가는 경찰을 따돌리기에 더없이 좋은 기회다. 도둑질을 멈추기보다는(브라이트비저는 쉴 생각이 전혀 없다) 오히려 집에서 멀리 떨어진 곳으로 탐험을 나서야 한다고 생각한다. 아무리 국경이 개방된 유럽연합이라 하더라도 각 나라의 경찰이 서로 원활하게 정보를 교환하지는 않는 듯하다. 아마도 언어의 장벽 때문에 속도가 더디지 않나 싶다. 한 나라에서 대담하게 절도 행각을 벌이다가도 더는 안전하지 않다고 느끼면 잠시 다른 나라에 가 있는다. 그 기준은 앤 캐서린이 정한다. 둘의 다락이 있는 프랑스에서 하루 안에 차를 몰아 갈 수 있는 나라는 열두 군데 정도 된다.

브라이트비저는 안내 책자와 가이드북을 참고해 머릿속 절도 목록을 훑고는 이번 주말에는 벨기에에 가기로 결정한다. 지금까지 벨기에에서는 도둑질을 한 적이 없다. 이번에는 잠깐 가서 보안 상황이 어떤지만 살펴보고 나중에 앤 캐서린이 2주간 휴가를 받으면 다시 가서 길게 있어도 된다. 1997년 1월 어느 토요일 새벽, 두 사람은 벨기에로 떠난다.

다락에 이미 200여 점의 작품이 있는데도 도둑질이 더 필요하다니, 이게 무슨 의미일까? 독일 심리 분석학자 베르너 뮌스터버거Werner Muensterberger가 저술한 《수집: 통제할 수 없는 열정Collecting: An Unruly Passion》은 '충동적 수집 강박'에 있어 교과서나 다름없는 책이다. 2011년에 사망한 뮌스터버거는 의학과 인류학, 예술사학 세 분야에서 박사 학위를 받았는데, 그에 따르면 건강하지 않은 수집 강박(침실 책장에 널브러져 있는 스노우 볼 몇 개 정도와는 차원이 다르다)은 한 사람의 삶 전체를 지배하며 보통은 사회에 설 자리가 없다고 느껴 우울증 경향이 있는 사람에게서 주로 찾아볼 수 있다. 사회로부터 거부당한 이들은 의미 있는 수집을 통해 '세상과 분리된 자기만의 세계로 마법처럼 탈출하는' 느낌을 받는다고 한다. '수렵과 채집' 활동은 인간의 원초적 본능이기도 해 수집만이 삶에서 유일하게 가치 있는 일이 되는 경우도 종종 있다.

뉴욕 시립 대학교에 소속된 존제이 칼리지의 에린 톰슨Erin Thompson은 미국에서 유일한 예술 범죄학 교수다. 그는 2016년 출판한 저서 《소유Possession》에서 다음과 같이 설명한다. 수집가들 중 예술품을 훔치는 부류는 이 행위를 부도덕하다고 느끼지 않는다. 법적으로 작품을 소유한 박물관이나 개인보다 자신이 해당 작품에 더 깊은 감정적 애착을 갖는다고 믿기 때문이다. 이들은 박물관에 가서 작품을 보는 것만으로는 성에 차지 않는다. 과거와 교류하기 위해서는 직접 손을 대고 만져볼 수 있어야 하는데 박물관에서는 허용되지 않는 일이다.

뮌스터버거는 "진정한 수집가라면 누구나 갖는 공통점이 하나 있다. 그들은 모두 포화점이 없다"고 말한다. 더 많이 갖고자 하는 열망은 식지 않으며 브라이트비저 같은 사람이 충분하다고 느끼는 순간 따위는 결코 오지 않는다. 뇌과학자들 역시 동의한다. 스탠퍼드 대학교 신경과학 연구에 따르면 신경화학적 불균형으로 인한 충동조절장애 때문에 강박적 수집이 일어날 수 있다. 스스로 멈출 수 있는 일이 아니며 때로는 이 때문에 범죄자로 전락하기도 한다. 그리고 연구자들은 쾌락을 유발하는 뇌 화학 물질이 쏟아져 나와 최고조에 달하는 순간은 수집 대상을 포획했을 때가 아니라, 추적 과정이라는 사실을 발견했다. 보물 자체보다 찾아가는 여정이 더 좋으면 보물 찾기를 멈출 수 없다. 이는 끝나지 않는 수집 중독을 설명하는 데 어느 정도 도움이 된다. 브라이트비저는 공식적으로 뇌 검사를 받은 적이 없어 실제로 그의 뇌 상태가 어떤지는 알 수 없다.

그렇다면 멈출 수 없는 이들을 멈추게 하는 것은 무엇일까? 실수, 불운, 그리고 경찰이다. 브라이트비저는 이제껏 운이 좋아 위태로운 행보에도 불구하고 무사할 수 있었고 실수 때문에 딱히 화를 입은 적도 없다. 도둑질을 시작한 지 얼마 안 됐을 때 스위스에서 있었던 일이다. 유화 한 점을 바지 속으로 밀어 넣다가 피에르 가르뎅 벨트에 달려 있던 커다란 버클이 떨어져 나가며 바닥에 부딪혀 큰 소리가 났다. 보안 요원도 가까이에 있었다. 그가 한 번 힐끗 보기만 했어도 바로 들켰을 텐데 그런 일은 일어나지 않았다. 브라이트비저는 그 뒤로 큰 버클이 있는 벨트를 착용하지 않는다.

벨기에에서는 먼저 수도인 브뤼셀에 가기로 한다. 이번에도 고속도로 요금을 내지 않기 위해 구불구불한 길을 따라 여섯 시간을 운전한다. 여행 경비는 각자 절반씩 부담하며 하루에 100달러(약 13만 원) 정도로 빠듯하게 잡았다. 고속도로로 갔다가는 예산의 대부분을 도로에 뿌리게 된다. 브라이트비저는 설사 돈이 많다고 해도 고속도로 요금은 내지 않을 거라고 말한다. 땅을 마구잡이로 밀어 만든 고속도로에 이용료를 내는 것은 추악함에 돈을 지불하는 것이나 마찬가지다. 우회로는 주변 환경과 조화롭게 어우러진다. 두 사람은 창문을 내리고 경치를 만끽한다. 농장의 흙냄새와 동네 빵집 냄새도 들이마신다. 때로 오래된 마을의 오솔길을 지나려면 사이드 미러를 접어야 할 때도 있다.

이른 시간에 출발했으므로 브뤼셀에 점심시간까지는 도착할 예정이다. 이번에는 주차 자리에 크게 개의치 않는다. 박물관 주변이기만 하면 된다. 오늘은 서둘러 차로 도망가야 하는 도둑 신분이 아니다. 예술역사 박물관Art & History Museum 주차장에 자리가 한 군데 났다. 유럽에서 가장 큰 박물관으로, 대리석 기둥과 웅장한 원형 홀이 있는 신고전주의 양식 건축물이다. 벨기에의 루브르 박물관이라고 할 수 있다. 브라이트비저는 파리 루브르 박물관에서는 도둑질을 한 적이 없다. 너무 위험하다는 이유로 앤 캐서린이 허락하지 않기 때문이다. 그러나 브뤼셀의 거대한 국립 박물관 정도면 거의 루브르에서 훔친 것이나 다름없다고 봐도 된다. 브라이트비저는 이곳에서의 도둑질이 지금까지 그가 벌인 범죄 중 가장 완벽에 가까웠다고 생각한다.

21

진열장(오늘의 사건은 전부 이 진열장에서 시작된다)에는 눈이 가지만, 안에 전시한 작품들은 마음에 들지 않는다. 중세 시대 작품은 때로 지나치게 종교적 색채가 강하다 보니 무언가 판단하고 정죄하는 느낌이다. 브라이트비저는 앤 캐서린과 함께 광대한 예술역사 박물관에서 르네상스 전시실 쪽으로 걸어가던 중에 이 진열장을 보고는 걸음을 멈춘다. 그의 눈길을 끈 것은 다름 아닌 물건이 배열된 방식이다.

방금 전에 누군가 와서 무언가를 훔쳐간 듯 보인다. 도둑은 진열장 안에 남은 작품을 재배치하려는 시도도 하지 않았다. 들키지 않으려는 생각 자체가 없었던 것 같다. 그러다 브라이트비저는 작품 설명 카드 한 장이 반으로 접혀 마치 작은 텐트처럼 놓여 있는 것을 발견한다. 진열장에 몸을 기대고 자세히 들여다보니 프랑스어로 이렇게 적혀 있다. 연구 목적으로 이동. 훔쳐간 게 아니었구나! 브라이트비저는 자신의 스위스 아미 나이프를 만지작거린다.

전시실을 몇 군데 더 지나니 눈길을 사로잡는 진열장이 또 나타난다. 이번 진열장 안에는 브라이트비저가 두 번째로 좋아하는 소재가 반짝인다. 작품 소재 가운데 그가 꼽는 '열정 순위' 1위는 유화, 3위는 상아다. 대망의 은메달은 역시 '은'이지만 브라이트비저는 그중에서도 특정한 종류의 은을 좋아한다. 16세기 후반 남부 독일, 엄격한 신교도 마을이었던 아우크스부르크와 뉘른베르크 부근에서 은 세공 장인들 간에 누가 가장 화려한 작품을 만드는지를 둘러싸고 열띤 경쟁이 벌어졌다. 새로운 디자인이 나올 때마다 경쟁은 더 치열해졌다. 그렇게 제작된 작품들은 그 당시의 파베르제의 달걀Fabergé eggs*이나 마찬가지였으며, 유럽 전역의 왕족이 앞다투어 탐낼 정도였고, 지금도 현존하는 은 세공품 중 가장 가치가 높다.

용과 천사, 악마가 세공된 성배, 포도주잔, 맥주잔 등의 보물이 열두 점도 넘게 한 진열장에 모여 있고, 가운데 놓인 단상에는 호화로운 군함이 한 척 있다. 당시에는 연회 테이블 중앙에 두었을 것이다. 은으로 만든 돛이 출렁이고 은으로 만든 군인들이 은으로 된 갑판에서 은 대포를 쏘고

---

* 러시아의 황실 전용 보석 세공사 파베르제가 만든 화려하고 정교한 달걀 모양 보석으로, 유럽 각국의 왕족과 귀족에게 사랑받는 수집품으로 떠올랐다.

있다. 진열장에 있는 모든 작품이 브라이트비저의 다락에 두기에 손색이 없다.

전시실에 보안 카메라가 한 대 있지만 브라이트비저는 그 시야가 진열장까지는 닿지 않는다고 판단한다. 하지만 진열장으로 걸어갈 때 카메라에 잡히지 않게 조심해야 한다. 경비원이 교대할 때가 작업에 적당한 시간이다. 가장 큰 난관은 진열장인데, 평소처럼 입구 판을 들어 올려 실리콘을 벌리는 작전으로는 안 된다. 이 중 한 작품이라도 빼내기에는 틈이 충분하지 않다. 진열장 문을 완전히 밀어 열어야 하는데 현대적 잠금 장치가 달려 있어 사실상 불가능하다.

브라이트비저는 최근에 프랑스 대형 공구상 체인 라페르에서 잠시 일했는데, 우연히도 문과 잠금 장치를 전문으로 다루는 부서에 배정되었다. 이곳에서 일하면서 상당수의 잠금 장치가 제대로 설치되어 있지 않다는 점을 알게 되었고, 이 진열장 역시 마찬가지다. 잠금 장치에 스위스 아미 나이프 끝을 대고 손바닥으로 칼의 반대편을 내려친다. 잠금 장치 내부의 원통이 통째로 빠져나와 진열장 안으로 굴러 떨어지면서 문에 난 구멍이 온전히 드러난다.

최고의 보상은 군함이겠지만 멀리 떨어진 출구까지 가지고 가기에는 크기가 너무 크다. 컵에 집중하는 편이 낫다. 은 세공사들이 경쟁하던 시기는 유럽의 대항해 시대와 맞물리는데 브라이트비저는 타조 알이나 코코넛 같은 새로운 재료를 접목한 작품들이 미학적으로 가장 뛰어나다고 여긴다. 그중 최고는 앵무조개 껍질에서 포도주가 흘러나오도록 만든 성배다. 인간의 상상력과 자연의 기하학적 완벽함이 만난 작품이라고 생각한다. 브라이트비저는 문가에 있는 앤 캐서린에게 망보기를 멈추고 이쪽으로 오라는 신호를 보낸다. 두 사람은 진열장 안을 들여다본다. 브라이트비저는 앵무조개 성배 두 개 중 어떤 것을 가져갈지 결정을 내리지 못하고 있다.

"둘 다 가져가자." 앤 캐서린이 핸드백을 내밀며 말한다. 은제품은 앤 캐서린의 열정 순위에서도 상위를 차지하는 데다 이 진열장에 있는 작품들은 그야말로 걸작이므로 보통 때보다 허용치를 늘린다. 브라이트비저는 앵무조개 성배 하나를 앤 캐서린의 핸드백에 넣고 다른 하나는 재킷 아래 숨긴다. 코코넛 맥주잔을 숨길 자리도 남겨둔다. 그리고 처음 지나온 진열장에서 훔친 유일한 물건을 주머니에서 꺼낸다. '연구 목적으로 이동'이라고 적힌 카드다. 다른 작품들 사이에 이 카드를 내려놓고 진열장 문을 밀어 닫은 후 다시 잠금 장치를 끼운다.

브라이트비저는 차에 도착해서야 코코넛 맥주잔의 뚜껑을 두고 온 것을 깨닫는다. 이런. 부품이 빠지거나 복원 흔적이 있으면 참을 수 없이 불쾌하다. 다락의 작품들은 진품이어야 하며 완전한 상태여야 한다. 앤 캐서린은 브라이트비저가 뚜껑 없는 잔을 제대로 좋아할 수 없으리라는 것을 안다. 박물관을 방금 빠져나왔지만 상관없다. 앤 캐서린은 귀걸이 한쪽을 빼더니 왔던 길을 다시 돌아간다. 브라이트비저도 따라간다. 그녀는 입구에 있는 경비원에게 다가가 귀걸이 한쪽이 빠졌다면서 어디서 잃어버렸을지 대충 알 것 같다고 말한다. 경비원은 두 사람을 다시 들여보낸다. 진열장으로 돌아가 뚜껑을 챙긴다. 그리고 이왕 다시 간 김에 포도주잔도 두 개 더 챙겨 나온다.

프랑스로 돌아오는 길에는 새로운 계획을 짠다. "카멜레온이 되어야 할 것 같아." 브라이트비저가 말한다. 특별히 많이 바꿀 것도 없다. 앞으로 2주간 면도를 안 하면 된다. 앤 캐서린은 머리 스타일을 바꾼다. 그리고 휴가가 시작되면 브라이트비저는 다시 여섯 시간을 운전해 프랑스에서 독일로, 룩셈부르크에서 벨기에로 간다. 두 사람은 도수 없는 알을 끼운 동그란 안경을 쓰고 예술역사 박물관에 다시 들어간다. 이번이 두 번째 방문이다.

'연구 목적으로 이동' 카드는 아직 그 자리에 있다. 예술품 절도에서 반으로 접은 카드만큼 유용한 도구가 세상에 또 있을까. 자신감이 생긴 브라이트비저는 군함을 잡아 든다. 지난번에 왔다 간 이후 내내 이 군함에 대해 생각했다. 은으로 만든 커다란 배를 앤 캐서린의 가방에 집어넣는다. 배는 생일 풍선만 한 크기에 다루기도 풍선만큼이나 까다롭다. 가방이 불룩해졌다. 길이가 60센티미터 정도 되는 포도주잔 하나도 집어 코트 왼쪽 소매에 넣는다. 걸음걸이가 부자연스럽고 팔은 행진하는 군인처럼 뻣뻣하게 흔들린다.

출구로 가는 길에 경비원이 둘을 불러 세운다. 아무리

완벽한 범죄라도 위기의 순간은 있다. 그럴 때 어떻게 대응하는지에 따라 범죄의 완성도가 달라진다. 경비원은 두 사람이 박물관에 입장하는 것을 못 봤다면서 티켓을 보여달라고 요청한다. 앤 캐서린의 티켓은 가방 맨 아래에 있다. 브라이트비저의 티켓은 코트 왼쪽 주머니에 있지만 왼쪽 소매에 포도주잔이 있어 왼팔을 움직일 수가 없다. 매우 어색한 모습으로 오른손을 왼쪽 주머니에 넣어 티켓을 꺼낸다.

엄청난 위기에 봉착했음을 느낀다. 브라이트비저는 경비원의 눈을 보며 가만히 말한다. "점심을 먹으려고 박물관 카페에 가는 길입니다만." 말하자마자 대처가 괜찮았다는 느낌이 든다. 경비원은 바로 의심을 거둔다. 도둑이라면 밥 먹으려고 중간에 도둑질을 멈추지는 않는다. 두 사람이 박물관 카페에서 점심을 먹는 내내 앤 캐서린의 가방은 불룩하고 브라이트비저의 팔은 딱딱하게 경직된 상태다.

브뤼셀 공항 근처에 있는 포뮬 1 호텔에서 하룻밤에 40달러(약 5만 3,000원)를 내고 방을 빌린다. 두 사람이 애용하는 저렴한 호텔 체인이다. 침대 옆 탁자에 훔친 포도주잔과 군함을 올려놓는다. 브라이트비저는 은행 계좌가 있긴 하지만 수표나 신용 카드를 쓰지 않아 움직임을 추적하기 어렵다. 웬만하면 현금을 쓰는 편이며 보증금을 카드로 결제해야 할 때는 앤 캐서린의 카드를 사용한다. 여행 중에는 싸고 배부른 음식으로 저녁을 때우는데, 대부분은 피자다. 자기 전에는 전화를 한 통 건다. 세상에서 가장 위대한 예술품 도둑도 매일 엄마에게 전화해 안부를 알린다. 그렇게 하지 않으면 어머니가 걱정할 것이다. 어머니에게 이번 여행에 대해 말하긴 했지만 도둑질 부분은 뺐다.

다음 날도 그다음 날도 두 사람은 박물관에 가지 않고 대신 영화를 보러 간다. 브라이트비저는 텔레비전은 좋아하지 않지만, 어두운 극장에 앤 캐서린과 나란히 앉아 영화를 볼 때면 머리를 비우고 현실에서 잠시 빠져나올 수 있다. 장르는 중요하지 않다. 브라이트비저는 영화에 까다롭지 않다. 제일 좋아하는 영화는 피어스 브로스넌이 나오는 〈토마스 크라운 어페어〉라고 훗날 밝혔다.

이틀간 쉬고 나서는 다시 살짝 변장을 한다. 앤 캐서린은 호텔 방 세면대에서 머리를 염색하고 브라이트비저는 야구 모자를 쓴다. 도수 없는 안경은 버린다. 예술역사 박물관에 세 번째로 가서 은제품을 더 가지고 나온다. 3주가 채 안 되는 동안 같은 박물관에서 열한 점의 작품을 훔쳤다. '연구 목적으로 이동' 카드가 있는 진열장은 이제 거의 텅 비다시피 했다. 집으로 운전해 돌아오는 길, 온 세상을 다스리는 왕이 된 듯한 도취감에 마음이 진정되지 않는다. 그러다 쇼윈도에 은과 금으로 된 커다란 항아리를 진열한 어느 골동품 가게 앞에 멈춘다.

브라이트비저는 가게에 들어가고 앤 캐서린은 입구에서 기다린다. 가게 주인이 계단 위에서 금방 내려간다고 소리친다. 그러나 계단을 내려왔을 땐 이미 아무도 없다. 항아리도 사라졌다. 두 사람은 성공의 기쁨에 취해 프랑스로 돌아온다. 앤 캐서린은 재미 삼아 골동품 가게에 전화해 쇼윈도에 진열된 17세기 항아리의 가격이 얼마인지 묻는다. 10만 달러(약 1억 3,000만 원) 정도 된다는 답변이 돌아온다. "사모님, 일단 직접 보셔야 합니다." 주인이 덧붙인다. 그는 항아리가 사라진 사실을 아직 모른다.

22

브뤼셀에서 은으로 만든 작품을 쓸어 오다시피 한 지 네 달이 지났다. 두 사람은 스위스 알프스의 중세 도시 루체른을 여행하던 중 한 개인 화랑에 들른다. 보통 상업 갤러리에서 작품을 훔치는 일은 거의 없는 데다 앤 캐서린 역시 지금은 때가 아니라는 신호를 던진다. 작은 화랑에 손님은 브라이트비저와 앤 캐서린 두 사람뿐이다. 직원 두 명이 자기 할 일을 하다 이따금 눈길을 보낸다. "하지 마. 왠지 느낌이 안 좋아." 앤 캐서린이 주의를 준다.

그녀의 판단은 현명하고 브라이트비저도 그 점은 알고 있다. 게다가 더운 날이라서 재킷도 입지 않았고 화랑은 루체른 중앙 경찰서 바로 맞은편에 있다. 주변에 경찰서가 있을 경우를 대비해 만들어둔 규칙이 있는 건 아니지만, 확실히 안 좋은 징조다.

그러나 네덜란드의 마법사라고 불리는 빌렘 반 앨스트 Willem van Aelst의 찬란한 정물화가 아무런 보안 장치도 없이 전시된 채 제발 가져가달라고 애원하는 듯하다. 반 앨스트의 그림 없이는 다락 왕국이 완성되지 않는다. 위험 요소 역시 감당할 수 있는 수준이다. 직원들은 두 사람에게 크게 신경 쓰지 않고 있으며 몇 걸음만 걸으면 바로 문이다. 액자도 함께 가져가면 된다. 재킷도 필요 없다.

"나한테 맡겨." 브라이트비저가 부드럽게 말한다. "나에게 다 생각이 있어. 사랑해." 앤 캐서린에게 가볍게 키스한 뒤 벽에서 반 앨스트의 그림을 떼어내 마치 바게트처럼 팔에 끼우고는 화랑을 나선다. 아무 일도 없다. 스무 걸음 정도 걸었나, 뒤에서 누군가 손을 뻗어 브라이트비저의 어깨를 거칠게 잡아챈다. 조금 전 화랑에 있던 직원이다.

"지금 뭐하는 거지?" 남자가 묻는다.

브라이트비저는 놀라서 어설픈 변명을 더듬거릴 뿐이다. 이때 자신이 뭐라고 말했는지는 기억이 나지 않지만, 그 남자의 말은 기억난다. "거짓말 마! 경찰서로 따라와." 그는 브라이트비저의 어깨를 더욱 꽉 움켜쥐었다.

앤 캐서린은 도망칠 수 있었지만 곁에 남아 브라이트비저를 놓아달라고 사정한다. "그냥 가게 해주세요. 제발."

경찰서가 그렇게 가까이 있지 않았다면 어떻게 이야기를 잘해서 빠져나갈 수도 있었을 테고, 화랑 직원을 뿌리칠 수 있었을지도 모른다. 하지만 둘은 체포되었고 경찰서에서 각각 다른 유치장에 갇힌다.

〈프랑스 왕녀 마들렌〉, 코르네이유 드 리옹, 1536년, 나무 화판 유화.
프랑스 블루아성 미술관에서 절도.

담뱃갑, 장-밥티스티 이사비, 1805년,
금, 에나멜, 상아.
스위스 시옹, 발레 역사 박물관Valais History Museum에서 절도.

〈아담과 이브〉, 게오르크 페텔, 1627년, 상아 조각상.
벨기에 앤트워프, 루벤스의 집에서 절도.

정물화, 얀 반 케셀, 1676년, 구리 화판 유화.
네덜란드 마스트리흐트, 유럽 아트 페어에서 절도.

〈클레브의 시빌〉, 루카스 크라나흐(아들), 1540년, 나무 화판 유화.
독일 바덴바덴, 슈투트가르트 신궁전에서 절도.

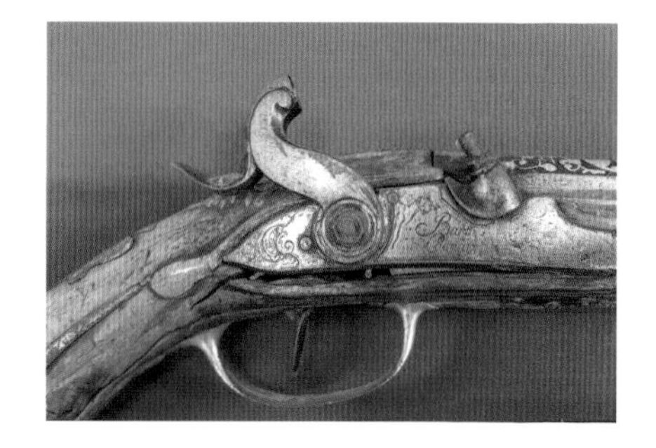

수발총, 바르트 콜마르Barth á Colmar, 1720년, 호두나무에 은 상감 세공.
프랑스 탄, 탄의 친구들 박물관Museum of the Friends of Thann에서 절도.

〈원숭이들의 축제Festival of Monkeys〉, 다비드 테니르스David Teniers, 1630년, 구리 화판 유화.
프랑스 코탕탱, 셰르부르 토마 앙리 미술관Thomas Henry Museum에서 절도.

〈가을의 우화〉, 얀 브뤼헐, 1625년, 구리 화판 유화.
프랑스, 앙제 미술관Museum of Fine Arts, Angers에서 절도.

〈잠자는 목동Sleeping Shepherd〉, 프랑수아 부셰, 1750년, 나무 화판 유화.
프랑스, 샤르트르 미술관Museum of Fine Arts, Chartres에서 절도.

〈여인과 군인Soldier with a Woman〉, 피테르 코데Pieter Jacobsz Codde, 1640년, 나무 화판 유화.
프랑스 벨포르, 시타델 박물관Museum of the Citadel에서 절도.

〈피에타〉, 크리스토프 슈바르츠Christoph Schwarz, 1550년, 구리 판화 유화.
스위스, 그뤼예르성에서 절도.

〈주교The Bishop〉, 외스타슈 르 쉬외르Eustache Le Sueur, 1640년, 목탄화.
프랑스 벨포르, 시타델 박물관에서 절도.

〈약제상〉, 빌렘 반 미리스, 1720년, 나무 화판 유화.
스위스, 바젤 대학교 약국 박물관Pharmacy Museum에서 절도.

〈마을 입구Village Entrance〉, 피터 게이셀스Pieter Gijsels, 1650년, 구리 화판 유화.
프랑스, 발랑스 미술관Museum of Fine Arts, Valence에서 절도.

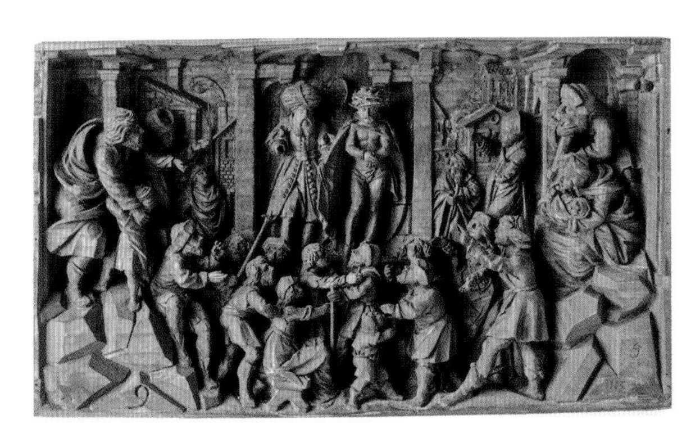

〈그리스도 삶의 장면Scene from the life of Christ〉, 1620년, 참피나무 부조 조각.
스위스, 프리부르 예술역사 박물관Art and History Museum, Fribourg에서 절도.

〈대포가 있는 풍경Landscape with a Cannon〉, 알브레히트 뒤러, 1518년, 종이 판화.
스위스, 툰 미술관Fine Arts Museum, Thun에서 절도.

성찬용 성배, I.D. 클로트베이크I.D. Clootwijck, 1588년, 은과 코코넛.

성찬용 성배, 1602년, 은과 타조알.
두 작품 모두 벨기에, 브뤼셀 예술역사 박물관에서 절도.

전함, 1700년, 은.
벨기에, 브뤼셀 예술역사 박물관에서 절도.

알바렐로 항아리, 1700년, 테라코타.
스위스 모리켄 빌데크, 빌데크성Schloss Wildegg에서 절도.

기념 메달, 1845년, 금장을 입힌 은.
스위스, 루체른 역사 박물관History Museum, Lucerne에서 절도.

〈사자와 어린 양〉, 1650년, 참나무.
프랑스 모옌무티에, 모옌무티에 수도원Abbey of Moyenmoutier에서 절도.

성찬용 성배, 1590년, 금장을 입힌 은과 앵무조개 껍질.

〈삼미신Three Graces〉, 제라드 반 옵스탈Gérard van Opstal, 1650년, 상아.
두 작품 모두 벨기에, 브뤼셀 예술역사 박물관에서 절도.

〈공원의 음악가와 산책하는 사람들Musicians and Walkers in a Park〉, 루이스 드 콜러리Louise de Caullery, 1600년, 나무 판화 유화.
프랑스, 바이얼 시립 박물관City Museum, Bailleul에서 절도.

브라이트비저는 지하 유치장이 마치 물속처럼 느껴져 숨 쉬기가 힘들다. 광대처럼 보란 듯이 도둑질을 하다니, 너무 멍청했다고 뼈아픈 후회를 한다. 앤 캐서린의 말을 들었어야 했다. 경찰의 신문을 못 이긴 그녀가 지금까지의 범죄를 전부 자백할지 모른다. 경찰은 어머니 집도 뒤질 것이다. 이미 집으로 가는 중일 수도 있다. 나이 스물여섯도 채 안 된 1997년 5월 28일, 브라이트비저의 인생은 끝났다. 그 밤은 비참할 만큼 천천히 기어간다.

아침이 되자 철창으로 자리가 막힌 경찰 호송차에 태워져 법정으로 이송된다. 앤 캐서린 역시 차에 올랐고, 두 사람은 몰래 몇 마디를 나눌 수 있었다. 그녀는 다른 절도 사건에 대해서는 입을 열지 않았다고 말한다. 다락은 아직 안전하다. 희망이 있을지 모른다.

“이거 하나는 꼭 지켜야 돼.” 브라이트비저가 속삭인다. “이번이 처음인 거야. 다른 이야기는 절대 해서는 안 돼.” 앤 캐서린은 고개를 끄덕인다.

법정 안, 판사 앞에 선 브라이트비저는 눈물 어린 눈으로 거짓 자백을 한다. 살면서 이런 일은 결코 한 적이 없으며 어쩌다 이렇게 됐는지 알 수 없다. 여자친구는 아무 관련이 없다. 깊이 뉘우쳤으며 다시는 이런 일이 없을 것이다. 그림 값도 지불하겠다.

판사는 브라이트비저의 말을 믿는 듯하다. 두 사람 모두 스위스에서 범죄를 저지른 기록이 없으며 경찰 역시 예술품 범죄 수사관(알렉상드르 폰데어뮐이다)에 자문을 구할 생각은 하지 못한다. 폰데어뮐은 이런 일이 흔하다고, 예술품 범죄 수사대의 존재조차 모르는 경우도 허다하다고 말한다. 다음 재판에서 두 사람의 처벌이 결정 나겠지만 우선은 보석으로 석방이 가능하다.

경찰은 이미 브라이트비저의 어머니에게 연락해 아들이 그림을 훔치다 체포된 사실을 알렸다. 스텐겔은 이제 더는 브라이트비저가 무엇을 하고 다니는지 모른다고 말할 수 없게 되었다. 하지만 앤 캐서린과 마찬가지로 다른 절도에 대해서는 함구한다. 스텐겔은 두 사람의 보석금도 지불한다. 브라이트비저와 앤 캐서린은 큰 충격을 받은 채 집으로 돌아온다.

스텐겔은 언제나 아들에게 관대했다. 어릴 때 가게에서 물건을 훔치다 잡혔을 때도, 경찰과 다투다 두 번이나 체포되었을 때도, 여자친구와 돈 한 푼 내지 않고 얹혀 살고 있을 때도 그랬다. 그러나 브라이트비저가 루체른에서 구속되자 인내심이 한계에 다다랐다. 집 안에 분노의 기운이 가득하다. 어머니는 그동안 마음속에 품고 있던 답이 없는 질문들을 퍼부으며 브라이트비저를 마구 때린다. "미쳤니? 대체 뭘 하고 다니는 거야? 이게 어떤 짓인지 알고나 있니?" 그녀는 마치 힌덴부르크Hindenburg호*처럼 폭발하더니 10분쯤 지나 잠잠해진다.

언제나 조건 없이 브라이트비저를 감싸 안던 모성애를

---

* 최후의 대서양 횡단 호화 비행선으로 1937년 갑자기 폭발했다.

다시 발휘한다. 비싼 스위스 변호사를 선임한다. 변호사는 젊은 치기에 벌인 실수였으며 폭력성이 없는 데다 처음이었다고 포장했고, 브라이트비저나 앤 캐서린은 법정에 출석하지 않아도 된다. 두 사람 모두 집행 유예를 선고받고 벌금은 2,000달러(약 260만 원)가 채 안 되지만 향후 3년간 스위스에 입국할 수 없다. 그러나 그게 전부다. 사건은 그렇게 덮이고 아무도 크게 상처받지는 않은 채 빠르게 종결된다.

법적으로는 그랬다. 감정적으로는 그보다 조금 더 복잡하다. 체포되었던 경험 이후 지금까지 억눌러왔던 앤 캐서린의 공포가 되살아난다. 두려웠다. 무엇보다 미래를 망칠까 봐 무섭다. 브라이트비저와 6년을 만났지만 아직도 어머니 집 다락에 얹혀 산다. 브라이트비저는 금방 나가서 따로 집을 구하겠다고 하지만 실제로는 일어나지 않을 환상에 불과하다. 버는 돈이 하나도 없는데 어떻게 집을 구해 나간다는 말인가. 설사 이 집에서 나갈 수 있다고 해도 훔친 예술품을 모두 지고 사는 한 진정한 자유는 누릴 수 없다. 평생 경찰에 쫓기며 살 수는 없다. 이 작품들을 다 어떻게 처리할 것인가? 두 사람은 마지막에 어떤 모습일까?

루체른에서 체포되기 몇 달 전 앤 캐서린은 임신한 사실을 알았다. 가정을 꾸린다면, 지금처럼 범죄자로 사는 생활이나 화려한 그림으로 채운 방보다는 훨씬 만족스러운 인생이 될 것이다. 하지만 이런 식으로 옴짝달싹할 수 없는 상태로는 아이를 키울 수 없다. 감옥에 갈지 모른다는 두려움이 언제나 그림자처럼 따라다닌다. 집에 손님을 초대할 수도 없다.

브라이트비저에게는 임신 사실을 알리지 않았고 그 역시 눈치채지 못한 듯하다. 브라이트비저의 어머니에게는 털어놓았다. 아들에게 헌신하는 마음은 일단 제쳐두고 스텐겔 역시 앤 캐서린 생각에 동의한다. 브라이트비저는 아버지가 되기에 적당한 사람이 아니다. 두 여인은 독일과 네덜란드로 자동차 여행을 계획했다. 한 번쯤 다 같이 휴가를 보내면 좋지 않겠느냐고 앤 캐서린이 브라이트비저를 설득했다. 셋이 함께 여행을 떠났다고 해서 브라이트비저의 도둑질을 막을 수는 없었다. 앤 캐서린은 셋이 함께 방문했던 성에서 브라이트비저가 은 세공품 하나를 훔치는 것을 보았다. 어머니는 보지 못했다.

성에 다녀온 다음 날 앤 캐서린은 브라이트비저에게 몸에 조금 이상이 있어 근처 병원 부인과에 약속을 잡았다고 말했다. 그는 앤 캐서린과 어머니를 병원에 데려다주었다. 사실 미리 계획한 일이었다. 알자스의 작은 동네보다 멀리 나와 중절 수술을 하는 편이 사생활 보호 측면에서 낫다고 판단했다.

브라이트비저에게는 그냥 낭종일 뿐이라고 설명했다. 어머니와 앤 캐서린은 이 중대한 사실을 몇 달간 비밀에 부쳤고 브라이트비저에게는 아무 말도 하지 않았다. 앤 캐서린 입장에서는 스위스에서 체포된 게 오히려 잘된 일이었을지 모른다. 화랑 사건에서 극도의 공포를 겪었지만 어쨌든 별일 없이 잘 해결되었으니 이제 앞으로 어떻게 할지 진지하게 생각해봐야 할 때가 되었다.

브라이트비저는 중절 수술에 대해서는 모르지만 아이를 키우는 일을 두고 앤 캐서린과 이야기를 나눈 적이 있다. 그는 아버지가 되고 싶다고 했고 앤 캐서린은 훔친 예술품들을 갖고 있는 한 아기를 가질 일은 없다고 단호히 이야기했다. "이건 아이에게는 독배나 마찬가지야." 그녀의 말은 브라이트비저의 마음속을 날카롭게 파고들었다. 그도 앤 캐서린이 맞다고 생각한다. 누구에게도 피해가 가지 않게 다락을 비울 깔끔한 방법이 있을까 고심한다. 한밤중에 경찰서에 전부 놓고 올 수도 있다. 그러면 두 사람은 더는 도둑질을 하지 않고 새로운 삶을 시작할 수 있다. 어른이 될 수 있다.

"그래도 지금 당장은 아니야." 브라이트비저가 덧붙인다. 지난 사건을 통해 새로 알게 된 게 있어서다. 최악의 사태가 발생했다. 값비싼 미술품을 훔치다가 현행범으로 잡혔다. 그랬는데도 큰 벌을 받지 않았다! 스위스에 못 가게 된 일은 사실 아무것도 아니다. 스위스가 아니어도 갈 곳은 얼마든지 있다. 두 사람은 아직 젊으니 어른이 되는 일이나 미래에 대해서는 나중에 생각해도 된다. 당장 급한 일이 아니다. 이번 일로 앤 캐서린은 두려움과 압박감을 느꼈지만, 브라이트비저는 천하무적이 된 듯한 기분이었다.

23

앤 캐서린은 브라이트비저를 사랑한다. 하지만 미래를 함께할 사람은 아니라서 몰래 중절 수술을 했다. 법을 어기는 일이 다반사고, 자신도 그 일을 돕는다. 브라이트비저 역시 앤 캐서린을 사랑한다. 두 사람이 함께하는 이유다. 사랑, 그리고 이어지는 범죄 행각. 여기서 앤 캐서린의 딜레마가 시작된다. 계속 함께해도 될까? 아니면 그만 헤어질까? 브라이트비저는 미래 따위 생각하지 않으므로 앤 캐서린은 최후 통첩을 하며 강하게 나간다.

"나와 예술 중에서 당신이 선택해."

브라이트비저에게 세상의 아름다움이란 앤 캐서린과 두 사람이 함께 모은 예술품으로 완성된다. 그는 이 사실을 그림 뒤에 적어 넣는다. 브라이트비저가 느끼기에 지금 앤 캐서린의 요청은 행복의 절반을 희생하라는 명령으로 들린다. 그는 대답하지 않는다.

브라이트비저의 침묵은 많은 이야기를 담는다. 심리 치료사 미셸 슈미트는 만약 계속해서 선택을 강요했다면 브라이트비저의 답변은 명백했을 것이라고 보고서에서 밝혔다. "당연히 예술이다. 그에게 작품은 무엇보다 우선이다. 상대가 여자친구나 어머니라 해도 마찬가지다."

브라이트비저는 결국 선택하지 않아도 되었다. 앤 캐서린은 자신의 딜레마에 대한 답을 이미 알고 있던 모양이다. 그녀는 브라이트비저를 떠날 생각이 없었다. 예술보다 자신이 더 중요하다는 사실을 확인하고 싶었을 뿐이다. 슈미트에 따르면 브라이트비저가 절대 해줄 수 없는 약속이다. 아마도 앤 캐서린은 생각을 조금 바꿔 어차피 살아 있는 대상도 아닌데 사랑을 조금 나눠 가져도 문제없다고 결정한 게 아닌가 한다. 비록 그 무생물이 불법 장물이라도 말이다. 두 사람이 만나기 시작한 이래로 브라이트비저는 변함없이 앤 캐서린에게 충실했다. 그 점은 확신할 수 있지만, 그럼에도 그는 끝없이 새로운 예술품을 갈망한다.

사랑을 이어가려면 타협할 수밖에 없다. 앤 캐서린은 최후 통첩을 거두고 그 대신 아주 후한 대안을 제시한다. 지금보다 훨씬 덜 훔치고 또 훨씬 조심할 것. 딱히 무엇을 어떻게 하라고 정해주지도 않는다. 다만 스위스는 절대 출입 금지다. 스위스 경찰이 지문을 채취했고 이미 유럽 전체에 퍼졌을지도 모른다. 그리고 이제부터는 수술용 장갑을 끼기로 한다. 앤 캐서린이 병원에서 장갑을 갖다주기로 했다.

브라이트비저는 이 제안에 기꺼이 응하고 체포 사건이 있은 후 거의 한 달 동안은 박물관이나 미술관 근처에 얼씬도 하지 않는다. 그러다 1997년 6월 말, 두 사람은 파리로 주말 여행을 떠나고 거기서 경매 회사 드루오-몽테이냐Drouot-Montaigne의 사전 관람 행사에 참석한다. 사람이 별로 없는 전시실에서 네덜란드의 풍경화 대가 다비드 빈크본스David Vinckboons의 작품을 발견한다. 포도를 수확하는 장면을 구리 화판에 그린 작품이다.

파리까지 가져온 수술 장갑을 꺼내서 몰래 낀다. 앤 캐서린은 이 상황을 원치 않았다. 하지만 브라이트비저를 막을 명분이 없다. 경매장에서 이쪽 구석의 보안이 허술하다는 점은 두 사람 모두 잘 알고 있다. 앤 캐서린이 망을 보지 않는다면 브라이트비저가 잡힐 가능성이 높아진다. 브라이트비저에게 문제가 생기면 앤 캐서린도 위험해진다. 어쩔 수 없이 또 보초를 선다.

앤 캐서린의 심리를 분석한 프랑스 심리학자 세자르 레돈도는 앤 캐서린이 관계 초기부터 도둑질을 도우라는 압박을 받아왔던 것 같다고 말한다. 또한 브라이트비저의 강압이 나중에는 정신적 학대로 이어졌을 가능성이 있다면서 나아가 물리적 학대에 대해서도 의문을 제기한다. "지배와 복종 관계였다고 볼 수 있습니다." 레돈도의 보고서에는 앤 캐서린이 포로처럼 잡혀 있었고 자신의 의지와 상관없이 브라이트비저의 도둑질을 돕도록 강요당했다고 되어 있다. 공범이 아니라 피해자라는 뜻이다.

레돈도가 맞을지도 모른다. 앤 캐서린을 아는 사람들은 그녀가 브라이트비저와 심리적으로 어떻게 얽혀 있는지에 대해 말하기를 꺼리며 전문가에게 물어보라고 떠넘긴다. 언론에서 브라이트비저에게 학대당한 적이 있는지 물을 때마다 앤 캐서린은 다른 주제에 대해서와 마찬가지로 답변을 회피한다. 레돈도는 두 사람이 집에서 찍은 영상을 본 적이 없다. 앤 캐서린이 다락을 가득 채운 예술품 사이에서 얼마나 행복하고 편안해 보였는지, 자신의 범죄 행각에 축배라도 들 듯 장난기 어린 모습이었는지 보지 못했다. 베르나르 다르티스 역시 처음에는 앤 캐서린을 브라이트비저의 볼모 정도로 생각했지만 그 영상들을 본 후에는 생각을 바꾼다. 앤 캐서린은 고통스러워 보이지도, 핍박을 받는 듯 보이지도 않는다. "아주 활기가 넘치고 반짝이더라고요." 볼모보다는 오히려 여왕에 가깝다고 다르티스는 말한다. 앤 캐서린은 의지가 강한 사람이며 둘의 관계에서 경제적으로 안정적인 쪽이기도 하다. 브라이트비저와 함께 있기로 한 결정은 앤 캐서린 본인의 선택이었다.

다시 파리 경매장, 앤 캐서린이 망을 보고는 있지만 브라이트비저는 왠지 자신이 없다. 체포된 적도 있고 한 달 넘게 도둑질을 쉬기도 했다. 마치 영원처럼 느껴진 한 달이다. 장갑을 끼고 있어 손도 자유롭지 않다. 이렇듯 자신 없는 상태로는 평소처럼 할 수 없겠다는 생각이 들지만, 일단 도둑질을 시작하면 몸이 기억하길 바라며 염려를 애써 떨쳐버린다. 익숙한 동작으로 17세기 구리 화판을 집어 들고 뒤집는다. 좋다. 음료수 캔을 따듯 손쉽게 액자의 무두정을 뽑는다. 방에 액자를 버리고 앤 캐서린과 경매장을 빠져나와 파리의 거리를 걷는다. 따라와 어깨를 움켜쥐는 손 같은 건 없다.

얼마 안 있어 앤 캐서린의 여름 휴가가 시작된다. 1997년 7월, 두 사람은 파리 서쪽의 루아르 계곡을 다시 찾는다. 브라이트비저는 일주일 내내 법을 어기지 않고 모범 시민으로 지냈다. 솔직히 말하면 7일 전부는 아니고 '거의' 그랬다. 휴가 마지막 날 들른 박물관에서 그는 또 한 번 구리 화판 그림 한 점을 마주한다. 마을 사람들과 사슴이 늪지림에서 여유롭게 노니는 장면을 그린 〈가을의 우화Allegory of Autumn〉라는 작품이다. 화가의 서명은 없지만 얀 브뤼헐Jan Brueghel the Elder의 작품으로 알려져 있다.

브뤼헐이라니, 플랑드르 예술을 논할 때 가장 위대한 성씨로 꼽히는 이름이다. 독일로 치면 크라나흐나 마찬가지다. 다락에 아직 브뤼헐의 작품은 한 점도 없다. 이 그림이 다락에 입성하면 그야말로 일격逸格일 것이다. 만만찮게 높이 매달려 있지만 박물관 전체에 사람이라고는 계산대 직원과 경비원 한 명뿐이며 그나마 둘이 두 층 아래에서 키스를 나누는 중이다. 앤 캐서린이 계단으로 가 선다. 경비원이 계산대 직원에게서 눈을 떼는 순간 기침을 하기로 한다. 브라이트비저는 의자를 놓고 올라가 장갑을 낀 뒤 작품을 내린다. 액자를 진열대 아래로 밀어 넣자 앤 캐서린이 다가와 손수건으로 의자를 닦으면서 신발 자국도 지운다. 재킷 아래 구리 화판을 끼고 계단을 내려와 박물관을 나가며 사랑에 빠진 연인에게 인사를 건넨다.

그로부터 몇 주 후 프랑스 서부의 한 작은 박물관에서 도자기로 된 조각상 한 쌍을 들고 나온다. 독일과 벨기에에서도 각각 유화 한 점씩을 훔친다. 그리고 1998년 1월 다시 독일로 가서 트럼펫을 하나 훔친다. 루체른에서의 사고는 마치 없었던 일처럼 느껴진다.

앤 캐서린은 바로 이런 상황을 원치 않았다. 타협안을 통해 브라이트비저의 도둑질이 줄어들기를 바랐지, 더 심해지기를 원하지는 않았다. 최근에는 브라이트비저의 도둑질을 제지했음에도 소용이 없었던 적도 있다. 그는 앤 캐서린의 인내심을 악용했다고 인정한다. 조금이라도 틈이 보이면 브라이트비저는 기회를 놓치지 않는다. 명백한 위험 요소가 있는 게 아닌 이상 도둑질을 강행한다. 앤 캐서린에게는 싫으면 밖에서 기다리라고 한다. 그렇게 말하면 그녀가 결국 망을 볼 수밖에 없다는 걸 너무나 잘 알고 하는 말이다. 일이 끝나고 다락으로 돌아오면 앤 캐서린의 걱정도 누그러진다. 실제로 어땠는지는 모른다. 이는 브라이트비저의 주장일 뿐이다. 집에 오면 아무 일도 없었던 듯 느껴지고 도둑질을 그만하라는 말도 더는 나오지 않는다. 두 사람은 한 팀으로 이 세상에 대항하고, 심지어 승리하는 중이다. 브라이트비저가 생각하기에는 그렇다.

그러던 어느 날, 브라이트비저는 집 안에 흩어져 있던 광고 전단지와 찢어진 봉투 사이에서 우연히 네덜란드 병원 이름으로 된 청구서 한 장을 발견한다. 명세서에는 중절 수술이 명시되어 있다. 날짜를 확인하고 기억을 더듬는다. 어머니와 여행 중이었다. 앤 캐서린이 몸이 안 좋다고 했고 두 여인을 병원 앞에 내려주었다. 빠르게 모든 게 분명해진다. 그녀가 어머니와 짜고서 두 사람 사이에 생긴 아기의 생명을 끝장 낸 것이다. 앤 캐서린, 브라이트비저가 온전히 자신을 내보일 수 있는 유일한 사람이자 한 점의 비밀도 없이 완전하게 믿는 여자. 그런 사람이 지금까지 거짓말을 하고 있었다.

곧장 차를 몰아 병원으로 가서 앤 캐서린이 일하는 병동으로 올라간다. 두 사람의 아이다. 훗날 앤 캐서린은 이날이 정말 끔찍했다고 증언했다. 브라이트비저는 어머니만큼이나 불같은 성격이다. 앤 캐서린을 만났지만 분노로 이성을 잃고 배신감에 상처받아 대화가 불가능한 상태다. 그는 손을 들어 올려 앤 캐서린의 얼굴을 손바닥으로 세게 내리치고는 그대로 뒤돌아 나간다.

앤 캐서린은 병원을 나와 버스를 타고(아니면 동료에게 차를 얻어 탔을지도 모른다) 집으로 돌아온다. 도착했을 때 브라이트비저는 집에 없다. 화를 식히려고 드라이브 중인 모양이다. 계단을 올라가 다락에서 자기 물건을 챙겨 택시를 부른다. 이 부분은 브라이트비저의 상상이다. 어쩌면 자기 어머니에게 전화했을지도 모른다. 그 길로 뮐루즈 반대편에 있는 부모님 아파트로 들어간다. 브라이트비저에게서, 다락에서, 그리고 예술에서, 그 모두로부터 탈출한다.

24

앤 캐서린은 운전 면허를 따고 딸기색에 젤리 모양을 한 포드 카Ford Ka*를 사서 출퇴근한다. 부모님과 몇 주를 같이 지내다 밀루즈 외곽에 원룸 아파트를 월세로 얻어서 나간다. 1998년 봄, 여름이 가까이 와 날이 따뜻해질 무렵 브라이트비저가 어머니 집 전화로 연락을 시도한다. 한동안은 번호를 보고 전화를 받지 않았다. 그러다 다락을 나온 지 4개월이 되었을 때 마침내 전화를 받는다.

네 달 동안 브라이트비저는 한 번도 도둑질을 하지 않았다. 커다란 포스터 침대에서 혼자 자면서 여전히 삐쳐 있었지만 앤 캐서린이 없어지자 삶의 중심을 잃은 느낌이었다. 도둑질에 대한 열정도 완전히 식었다. 무어라도 할 일이 필

---

* 미국 자동차 회사 포드에서 나온 소형 해치백 차량.

요했기에 선물 포장이나 모피 옷 판매 같은 아르바이트를 하기도 했지만, 그 외에는 다락에 틀어박혀 그날의 일에 대해 골똘히 생각했다. 그의 삶과 예술에서 빛이 사라져버렸다. 앤 캐서린의 새로운 번호는 공개된 정보라 쉽게 찾을 수 있었다. 받을 때까지 매일 전화를 걸었다.

브라이트비저는 번드르르하게 말을 잘한다. 박물관에서 도둑질을 할 때도 통했고 앤 캐서린과의 통화에서도 진가를 발휘한다. 집착으로 눈이 멀어 감정을 자제하지 못하고 있는 대로 쏟아내버렸다. 늘 새 장난감을 사 달라고 조르는 미운 아이처럼 굴었다. 중절 수술을 해야 했던 이유를 이해하고 받아들이며 더는 그 문제에 대해 화내지 않겠다고 맹세한다. 아무리 여러 번 말해도 부족할 만큼 사랑한다. 나에게 여자는 당신뿐이다. 늘 한결같이 충실했다. 당신이 없어지자 예술이고 뭐고 도둑질 중독도 사라져버렸다.

앤 캐서린은 이제 차도 있고 집도 있으며 매일 출근할 직장도 있다. 브라이트비저만 없으면 특별한 변수 없는 무난한 삶이다. 하지만 앤 캐서린의 지인들은 지속적인 흥분감이 그녀에게 마약 같은 존재였다고 말한다. 브라이트비저와 함께라면 비밀스러운 보물 창고도 있고 매주 떠나는 예술품 절도 여행도 있다. 브라이트비저의 광기 어린 열정, 아니 어쩌면 그냥 그의 푸른 눈동자 때문일지도 모르겠다. 앤 캐서린은 그 모든 것을 이대로 끊어낼 수 없다. "한 번만 더 내 앞에서 손을 올리면 그때는 영원히 나를 못 볼 줄 알아." 도둑질을 하지 말라고는 말하지 않는다. 그게 불가능하다는 걸 앤 캐서린도 이제는 안다. 하지만 자신이 적극적으로 도둑질을 돕고 싶지도 않다. 지금 사는 아파트는 그대로 두고 예술로부터 피난처가 필요할 때 쓰기로 한다. 그리고 다시 브라이트비저의 다락으로 들어간다.

앤 캐서린이 돌아오자 침대가 따뜻해지고 벽에 걸린 유화들도 빛이 난다. 한없이 처졌던 기분도 다시 살아난다. 브라이트비저는 마치 환생이라도 한 기분이다. 갑자기 한동안 잊고 있던 미학적 열망이 솟구친다. 앤 캐서린이 출근하고 나면 혼자 지역 박물관을 여기저기 돌아다니며 어떤 주에는 목탄화 한 점을, 또 다른 주에는 원목 기념품 상자를 훔쳐온다.

1990년 후반까지 250여 점의 물건을 훔쳤지만 초창기 몇 건을 제외하면 교회에서 도둑질을 한 적은 거의 없다. 처음 교회에서 물건을 훔쳤을 때 앤 캐서린이 무척 화를 냈고 브라이트비저 자신도 마음이 편치 않았다. 그는 종교가 없지만 어머니가 천주교 신자다. 교회에서 도둑질한 사실을 어머니가 알면 지금까지 자신이 지은 어떤 죄보다 더 크게 여기고 괴로워할 것 같았다. 그런 이유로 교회에서 물건을 훔치는 일은 진작에 포기했다.

그러나 이제 앤 캐서린 없이 혼자 작업하는 상황에서는 교회만큼 도둑질에 적당한 곳이 없다. 집에서 가까운 데다가 이제껏 도둑질을 한 적이 없고 보안도 엉망이라 따로 망볼 사람도 필요치 않다. 한 군데서는 날개 달린 원목 천사를 슬쩍하고 다른 데서는 예수 흉상을 훔친다. 세 번째 교회에서는 나무로 만든 막달라 마리아의 박육조薄肉彫*를 훔친다. 교회에서는 그다지 특별한 일이 일어나지 않는다. 훌륭한 예술품을 그물로 건져 올리는 것이나 마찬가지라, 촛대와 대리석 성수聖水 대야, 천사 석조물 등 닥치는 대로 훔친다.

다락의 벽과 선반은 가득 차서 이제 바닥에 물건을 쌓기 시작한다. 옷장 안에 있는 신발 상자는 청동 작품 받침대로 쓰고 있다. 달력이 2000년으로 넘어간다. 브라이트비저와 앤 캐서린은 늘 그렇듯 집에서 하는 일 없이 새해 전야를 맞이한다. 이제 3년의 스위스 입국 금지 기간이 만료된다. 스위스는 임금이 높다. 브라이트비저는 인생에서 월급을 가장 많이 주는 일을 찾아낸다. 고급 레스토랑 웨이터 일이고 월급은 4,000달러(약 540만 원)가 넘으며 집에서는 한 시간 반 정도 거리다.

이제 돈도 충분하니 브라이트비저는 합법적인 방법으로 앤 캐서린이 원하는 것을 들어주려고 노력한다. 대서양을 건너는 비행기 표를 사고 두 사람 모두 휴가를 내 도미니카공화국으로 2주간 낭만적인 여행을 떠난다. 이 여행으로 둘 사이에 이상이 없음을 확인할 수 있을 거라 기대한다. 휴가 기간 동안은 한 번도 도둑질을 하지 않는다. 이번 휴가가 끝나고는 또 다른 둘만의 여행을 계획한다.

---

* 두께가 얇은 판에 얕게 새기는 조각 기법으로, 메달이나 주화 등에 주로 사용된다. '돋을새김'이라고도 한다.

앤 캐서린은 브라이트비저가 일하는 나라가 마음에 걸려 단단히 주의를 준다. 스위스에 다시 갈 수 있게 되었지만, 절대로 도둑질을 해서는 안 된다고 경고한다. 한 번은 운이 좋아 그냥 넘어갔지만 두 번째는 정말 큰일이 날 것이다. 이론적으로는 브라이트비저도 이 부분에 동의한다. 하지만 실제로는 레스토랑에 출근하기 위해 스위스로 넘어갈 때마다 가는 길에 있는 박물관을 모조리 머릿속에 떠올린다.

25

당연히 브라이트비저는 오래 버티지 못한다. 은제 설탕통 하나, 성찬용 성배 두 개, 스테인드글라스 유리창, 튜린 그릇 하나, 기념 메달 하나를 연이어 집에 들고 온다. 스위스에서 훔쳤다는 사실은 앤 캐서린에게도 말하지 않는다. 브라이트비저는 언젠가부터 스크랩북에 신문 기사를 모으지 않는데, 앤 캐서린은 아직 이 사실을 눈치채지 못한 모양이다.

쉬는 날, 하루 날을 잡아서 혼자 박물관에 가 한 번에 물건 열 개를 훔친 적도 있다. 하루 최다 기록이다. 찻주전자 하나와 서빙 스푼 두 개, 은으로 된 컵 여섯 개, 원목 식기 세트 한 상자를 배낭에도 쑤셔 넣고 외투와 바지 속에도 가득 넣는다. 2001년 2월에는 혼자 스위스 알프스의 그뤼예르성에 다시 간다. 6년 전 앤 캐서린과 스키 리조트로 가는 길에 들러 처음으로 그림을 훔쳤던 곳이다. 두 번 이상 가서 물건을 훔친 박물관이 약 열두 군데 정도 된다. 그뤼예르성에만 지금까지 네 번을 갔다. 그중 세 번은 앤 캐서린과 함께였는데, 그림 두 점과 벽난로에 불 지피는 도구 한 세트를 가져왔다.

이번에는 빈 더플백을 다리 한쪽에 감아 바지 속에 숨겨서 들어갔다. 목표는 17세기 벽걸이 융단으로, 크기는 가로와 세로 각각 3미터가 넘는다. 예전에 와서 보고는 온몸이 얼어붙을 만큼 뇌리에 박혔던 작품인데, 늘 안전한 선택을 하는 앤 캐서린이 크기 때문에 들킬 위험이 있다고 내키지 않아 했다. 하지만 오늘은 브라이트비저 혼자이므로 이 정도 모험은 자연스럽다.

융단에는 숲과 산, 마을이 그려져 있다. 세상 전체가 들어 있어 아무리 봐도 질리지 않을 작품이다. 더플백을 가지고 나가면 의심을 살 수 있으니 안내 데스크를 지날 때는 바닥에 끌듯 낮게 들고 빠져나올 계획이다. 브라이트비저는 벽에 걸린 융단을 내린다. 하지만 너무 두꺼워서 어떻게 접어봐도 가방이 닫히지 않는다. 사람이 점점 많아지자 오래전에 성공했던 방법을 또다시 시도해보기로 한다. 성에서 쇠뇌를 훔쳤을 때 썼던 방법으로, 앤 캐서린과 함께한 두 번째 도둑질이었다. 그는 더플백을 높이 들어 창문 밖으로 던진다. 그러고는 걸어 나와 성 밖에서 열심히 진흙과 소똥을 헤치고 더플백을 되찾는다. 승리감이 든다.

비바람이 몰아치던 어느 날, 브라이트비저는 진작부터 생각해두었던 교회 작전을 시도하기로 한다. 앤 캐서린의 차를 운전해 그녀를 병원 입구까지 데려다준다. 비가 엄청나게 쏟아부었지만 덕분에 앤 캐서린은 주차장에서 내려 걸어가는 동안 젖지 않았다. 브라이트비저는 퇴근할 때도 데리러 오겠다고 말한다. 이런 기사도 정신을 발휘하는 데는 다른 속내가 있다. 앤 캐서린의 차는 뒷좌석이 접혀 트렁크에 물건을 실을 공간이 훨씬 넓다. 성 세바스찬 예배당으로 차를 몰고 가 알자스 마을의 붉은 기와 지붕이 내려다 보이는 언덕에 앉았다. 어릴 시절, 때마다 자주 왔던 교회다.

안쪽 제단 옆에는 120센티미터 정도 크기의 성모 마리아 조각상이 있다. 1520년 작품으로 옷자락이 부드럽게 흔들리는 듯하고 고개는 하늘을 향해 있다. 지난번에 왔을 때 조각상이 받침대에 어떻게 고정돼 있는지 살펴보고 어머니의 공구함에서 스패너를 챙겨왔다. 관리인은 예배당 뒤 오두막에 산다. 마을 신자들이 오가긴 하지만 오늘은 날씨가 엉망이라 사람이 많지는 않을 것이다. 예배당에 도착하니 주차장에는 관리인 차 한 대뿐이다.

조각상을 받침대에서 분리하는 일은 어렵지 않다. 문제는 무게가 70킬로그램에 달하는 조각상을 복도까지 가지고 올라가는 것이다. 브라이트비저는 성모 마리아의 허리춤을 움켜잡고 휘청거리며 계단 몇 개를 올라가서 조각상을 내려놓고 잠시 쉰다. 달리 몰래 가져가는 것도 아니다. 누군가 본다면 바로 끝장이다. 예배당에 아무도 오지 않는다고 가정하고 도박을 하는 셈이다. 그리고 실제로도 아무도 오지 않는다. 조각상을 들어 올려 앤 캐서린의 차에 싣는다. 브라이트비저는 비에 흠뻑 젖었고 매우 지쳤지만 가슴이 두근거린다. 그러고는 병원으로 돌아가서 앤 캐서린을 태우고 집으로 온다.

앤 캐서린은 조각상을 보기도 전에 화가 난다. 차 안에 향 냄새와 교회 냄새가 진동을 한다. 브라이트비저는 오늘 있었던 일을 설명한다. 앤 캐서린이 온종일 병원에서 일하는 동안 허락도 없이 차를 가져다 범죄에 사용했다. 게다가 색깔이 밝아 눈에도 잘 띄는 차다. 다락에는 더는 이 커다란 조각상을 진열할 공간이 없어 구석에 겨우 세워두었다. 조각상 앞에 다른 물건들이 있어 잘 보이지도 않는다. 그뤼예르성에서 가져온 융단은 가로세로 길이가 3미터 이상이지만 벽에 그만 한 공간이 없다. 침대 밑에 아무렇게 밀어 넣어 보이지도 않는다.

더 심각한 문제는 이제 브라이트비저가 작품을 제대로 돌보지도 않는다는 사실이다. 그는 예술을 보호하는 것이 가장 큰 사명이라고 늘 주장해왔지만, 그뤼예르성의 섬세한 융단을 창문으로 던지고 침대 밑에 처박아두는 것은 보호와는 거리가 멀다. 르네상스 시대 그림들은 어떠한가. 거의 움직이지 않아야 한다는 것을 알면서도 벽에서 잡아채 급하게 액자에서 빼내고 차 트렁크에 실어 덜컹거리는 길을 이동한다. 보안 카메라를 등지고 훔쳤던 약제상 유화는 나무판 세 개가 결합되어 있는데, 다락에서 이미 화판 사이가 벌어지고 뒤틀리기 시작했다.

브라이트비저는 약제상 그림이 상해서 무척 가슴이 아팠다고 말한다. 미술품 복원 전문가가 전문적인 장비로 외과 수술을 하듯 정밀하게 조금씩 원상 복구를 하고 각 판을 다시 연결하면 거의 새 작품처럼 되돌릴 수 있다. 브라이트비저도 이를 알고 있다. 이름을 밝히지 않고 아무 미술관에 그림을 갖다 놓을 수도 있었다. 그런데 브라이트비저는 그렇게 하지 않고 직접 고치려고 했다. 미술품 복원가라면 누구도 추천하지 않을 방법으로, 어떤 큐레이터는 "잔인하다"고까지 표현한 방법으로 말이다. 그는 나무판들을 억지로 비틀어 대충 맞춘 후 순간접착제 '슈퍼 글루'로 붙였다. 그림은 계속 다락에 남는다.

루아르 계곡 박물관에서 가져온 천사 무늬 접시는 바닥에 떨어져 산산조각이 났다. 돌이킬 수 없이 부서져버렸고 결국 쓰레기통에 버려지는 운명을 맞는다. 브라이트비저는 이때 인생의 티핑 포인트를 지났던 듯하다. 그동안 숨어 있던 내면의 악마가 밖으로 드러났다. 한번은 노르망디에서 훔쳐온 정물화에 발이 걸려 넘어질 뻔하면서 심하게 밟는 바람에 작품이 망가져버린 적도 있다.

앤 캐서린은 경찰 조사에서 예전에는 브라이트비저의 미학적 안목을 존중했지만, 이 시점부터는 그가 "더러운" 방법을 써서 "병적으로" 도둑질을 했다고 말한다. 한때는 아름다움을 숭배하며 작품 하나하나를 귀한 손님처럼 대하던 브라이트비저였지만, 이때부터는 마치 사재기를 하듯 그저 무엇이든 끌어모으는 것 자체가 목적이 되었다. 집에 가져오는 물건 대부분은 앤 캐서린의 마음에 들지 않았고 그중 일부는 추하기까지 했다.

무분별하게 절도를 일삼고 차를 허락 없이 사용해도 앤 캐서린은 브라이트비저를 버리지 않고 자기 아파트로 돌아가지도 않는다. 2001년에는 두 사람 모두 서른 살이 된다. 앤 캐서린은 7월 5일생이고 브라이트비저의 생일은 10월 1일이다. 이 무렵에는 브라이트비저가 특별히 보여주지 않는 한 새로운 물건이 다락에 들어와도 앤 캐서린은 신경 쓰지 않는다. 한때 루브르 박물관의 전시실 하나를 따온 것 같던 두 사람의 다락은 이제 세상에서 가장 비싼 쓰레기장이 되었다. 끝도 없이 물건이 줄지어 들어올 뿐인.

26

브라이트비저는 400년 된 나팔을 하나 집으로 가져온다. 번쩍이는 황동 관에 화려한 가죽 어깨끈이 달렸고 흠잡을 데 없이 완벽한 상태다. 퇴근하고 집에 온 앤 캐서린을 보자, 새로운 보물을 자랑하지 않을 수 없어 자신이 벌인 멋진 도둑질에 대해 이야기를 늘어놓는다.

나팔은 봉인된 진열 상자에 담겨 있었고 천장에 가까울 정도로 높이 매달려 있었다. 브라이트비저는 라디에이터 위로 기어 올라가 스위스 아미 나이프를 꺼내 진열장 앞판 나사를 풀었다. 중간에 몇 번은 작업을 멈추고 뛰어내려 붉은색 카펫이 깔린 바닥을 쿵쿵대며 걸었다. 이렇게 하면 한 층 아래에 있는 계산대 직원(박물관에 있는 유일한 직원이다)의 의심을 피할 수 있기 때문이다.

진열장 문을 열고 앞판을 옆방에 버린 뒤 다시 라디에이터를 밟고 기어 올라갔다. 천장에 매달려 걸리적거리는 조명을 손으로 밀어내고 나팔을 고정하는 나일론 줄을 재빨리 끊었다. 조명이 앞뒤로 흔들리다 멈출 때쯤, 나팔은 이미 짙은 녹색의 휴고 보스 트렌치코트 아래 들어와 있다. 그는 그렇게 나팔을 가지고 박물관을 빠져나왔다.

앤 캐서린은 이야기를 듣고도 심드렁하다. 이미 이것보다 좋은 나팔이 집에 있다. 전에 독일에서 같이 훔쳤던 세겹 나팔이다. 게다가 그의 이야기에는 몇 가지 세부 사항이 빠져 있다.

“장갑은 꼈어?” 앤 캐서린이 묻는다.

“미안해.” 까다로운 절도 작업에는 날렵한 손놀림이 꼭 필요하다.

장갑은 앤 캐서린이 물러설 수 없는 두 가지 원칙 중 하나다. 브라이트비저는 다른 원칙도 이미 어겼다. 나팔을 훔쳐온 리하르트 바그너 박물관Richard Wagner Museum은 스위스에 있다. 스위스라니, 그것만으로도 최악인데 여기서 끝이 아니다. 리하르트 바그너 박물관은 루체른에 있다. 두 사람이 체포됐던 바로 그 도시.

그때 앤 캐서린의 눈에 한 번도 본 적 없는 분노가 서렸다고 브라이트비저는 말한다. 그녀는 불같이 화를 냈다. 루체른에서 또 다른 범죄 현장이 브라이트비저의 지문으로 뒤덮였다. 곧 두 사람 다 잡혀갈 것이다. 브라이트비저는 상황을 바로잡겠다고 약속하는데, 이는 박물관으로 돌아가 지문을 지우고 오겠다는 말이다.

"안 돼." 너무 위험한 일이다. 그 대신 앤 캐서린이 하루 일을 쉬고 아침 일찍 박물관에 가서 직접 지문을 지우고 오기로 한다. 브라이트비저는 운전이라도 하게 해달라고 빌고 앤 캐서린은 겨우 승낙한다.

차 안 공기는 얼어붙은 듯 차갑다. 둘 다 아무 말도 하지 않는다. 그러나 박물관에 도착해 주차를 할 때쯤 브라이트비저가 생기를 되찾는다. 작곡가 바그너가 1860년대부터 1870년대까지 살았던 저택의 수려한 경관에 기분이 좋아진 것이다. 리하르트 바그너 박물관은 루체른 호수를 둘러싼 아름다운 도시 공원에 있다. 호수 쪽으로 튀어나온 곶에 위치하고 주변은 빙하가 덮인 산으로 둘러싸여 있다. 앤 캐서린이 자신의 자동차 문을 연다. 가방에는 손수건과 지문을 닦을 알코올 병이 들어 있다. 브라이트비저는 이 순간, 두 사람의 사랑을 되찾을 수 있을 거라는 느낌이 든다.

"차에 있어. 지문만 지우고 바로 올 거야." 앤 캐서린이 말한다.

"난 잠깐 산책 좀 하고 있을게. 걱정 마." 브라이트비저가 따라 내리며 녹색 트렌치코트를 걸치고 자동차 열쇠를 앤 캐서린에게 건네면서 몸을 숙여 키스를 한다. 이 키스가 두 사람 사이에 다시 온기를 불어넣기를 바라며.

앤 캐서린은 박물관에 들어가 입장권을 사고 2층으로 걸어 올라간다. 브라이트비저는 흰색 벽과 암녹색 덧문이 있는 3층짜리 저택 바깥을 둘러본다. 몸에 딱 맞는 회색 정장을 입은 앤 캐서린이 마치 액자 속 그림처럼 우아하게 이 창문에서 저 창문으로 옮겨간다.

마침내 그녀가 안쪽 전시관으로 사라지고 브라이트비저는 밖에서 기다린다. 주변에는 사람이 몇 명 없었는데, 개 한 마리를 데리고 산책하던 어느 노인이 호기심 어린 얼굴로 브라이트비저를 쳐다본다. 백조가 물속에 고개를 넣었다 들자 잔잔한 파도가 춤추듯 일어 호숫가에 부딪힌다. 교회 종이 15분마다 청아한 소리를 내며 울린다.

그때 앤 캐서린이 박물관을 나와 브라이트비저를 향해 빠른 걸음으로 다가온다. 거의 뛰다시피 하는데 평소의 그녀답지 않은 행동이다. 두 사람은 언제나 도망치는 것처럼 보이지 않으려고 노력했다. 게다가 이번에는 훔치러 오지도 않았다. 무슨 할 말이 있는 듯한데 거리가 너무 멀어서 말해도 소용없어 보인다. 앤 캐서린의 불안한 표정과 손짓이 무슨 뜻일지 해석하려 노력하는 중에 뒤에서 경찰차 한 대가 자갈길을 미끄러져 들어온다.

제복을 입은 경찰관 두 명이 차에서 내린 그 순간, 브라이트비저는 그들이 자신을 잡으러 왔다고는 생각하지 못한다. 오늘은 도둑질도 하지 않았고 재킷 안에 숨기고 있는 물건도 없다. 박물관에는 들어가지도 않았다. 그런데도 경찰이 빠른 속도로 다가오더니 수갑을 꺼낸다. 브라이트비저는 깜짝 놀랐지만 저항하지 않는다. 손목에 수갑이 채워지는 동안 앤 캐서린 쪽을 쳐다보고 한 번 더 눈이 마주친다. 그녀는 몹시 당황한 채 혼란스러워 보인다. 그렇지만 다행히 경찰은 앤 캐서린을 보지 못했다. 브라이트비저는 순찰차 뒤에 태워져 그대로 끌려간다.

27

브라이트비저는 4년 전 그림을 훔치다 잡혔던 바로 그 스위스 경찰서 지하 유치장에서 괴로운 밤을 보낸다. 다음 날 아침, 경찰 조사관 한 명이 내려와 정중히 자신을 소개한다. 2001년 11월 21일 수요일이다.

올란드 마이어Roland Meier는 브라이트비저와 비슷한 나이다. 두 남자 모두 이제 막 삼십 대에 들어섰고 비슷하게 마른 체형에 보석 같은 푸른 눈을 가졌다. 둘 다 알자스 지방 억양이 있는 독일어를 하는 걸로 보아 출신 지역도 연관이 있다. 조사관은 유치장으로 가기 전, 브라이트비저가 루체른에서 체포됐던 기록을 열람하고는 보안이 취약한 지역 박물관이나 화랑을 돌며 돈 몇 푼 벌어보려는 좀도둑일 거라 여긴다. 게다가 두 번 다 잡힌 걸 보면 도둑질에 소질이 있어 보이지도 않는다.

그는 브라이트비저와 함께 엘리베이터를 타고 현대적 인테리어의 경찰서 위층 신문실로 향한다. 수갑은 채우지 않았다. 두 사람은 아무것도 놓이지 않은 흰색 책상을 사이에 두고 마주 앉는다. 사방이 삭막한 흰 벽이고 방에는 두 사람 말고는 아무도 없다. 변호사도 없다.

"나팔 분실 사건에 대해 아는 게 있습니까?" 마이어가 묻는다.

"뭔가 잘못된 것 같네요. 나와는 아무 상관없는 일이에요." 브라이트비저가 답한다.

마이어는 급할 게 없다. 그는 취미로 등산과 마라톤을 즐기며 일이든 취미 생활이든 장기전을 좋아한다. 마이어는 브라이트비저가 곤란한 상황에 놓여 있다는 점을 분명히 한다.

바그너 박물관에서 나팔이 없어졌던 날은 유난히 한가했다. 온종일 이곳을 찾은 관람객은 세 명뿐이었다. 그날 근무한 직원은 에스터 예그Esther Jaerg 한 명으로, 그는 관람객이 없을 때 전시실을 돌아다니는 것을 좋아하는데 그날도 전시실에서 시간을 보내다가 긴 녹색 외투를 입은 남자가 떠난 후 나팔이 사라진 것을 발견했다. 그 나팔은 바그너가 직접 구매한, 매우 귀중하고 역사적 가치가 높은 악기였다. 예그는 바로 경찰에 신고했고 경찰관 두 명이 신속히 도착해 지문, 발자국, DNA 정보를 채취했다.

다음 날 절도 사건에 관한 기사가 〈루체르나 차이퉁Luzerner Zeitung〉이라는 지역 신문에 실렸다. 그리고 라디오 방

송국에서 일하다 퇴직한 한 노인이 그 기사를 읽었다. 그는 매일 박물관 근처로 개를 데리고 산책을 나간다. 그날도 개와 산책을 하던 중 박물관 주변을 수상하게 서성이며 창문을 올려다보는 남자를 발견했고, 급히 박물관에 가서 알렸다. 마침 예그가 출근한 날이었는데, 밖으로 나가 확인하니 같은 녹색 외투였다. 다시 경찰을 불렀고 곧 그들이 도착해 녹색 외투를 입은 남자를 체포했다.

이야기를 듣고는 브라이트비저의 얼굴이 일그러졌다. 바그너 박물관에 다시 갔던 일은 멍청하고 위험했을 뿐 아니라 완전히 불필요했다. 앤 캐서린이 손수건을 들고 도착하기도 전에 이미 모든 증거를 수집했다는 말이 아닌가.

조사관은 브라이트비저의 표정을 읽고 더욱 압박을 가한다. "지문이 여기저기 묻어 있었습니다." 마이어는 법적으로 결정적인 증거가 이미 충분하다는 사실을 상기시킨다. 거짓말해도 소용없다는 뜻이다.

브라이트비저는 침묵을 지킨다. "우리는 당신이 범인이라는 걸 알아요." 마이어가 추궁한다.

그러나 사실을 말하자면, 아무것도 모른다. 루체른 과학수사 연구소에서는 신원 확인이 가능한 지문은 하나도 발견하지 못했다. 마이어는 브라이트비저의 자백이 필요해 허풍을 떠는 중이다. 이번에 발견한 지문이 예전에 그가 처음 체포되었을 때 채취했던 지문과 완전히 일치한다고 거짓 정보를 준다.

"게다가 말입니다." 마이어는 확인 사살에 들어간다.

"당신은 나팔이 도난당한 바로 그날 밤 루체른에 있었죠. 보안 카메라에 다 찍혔어요."

그런데 허풍이 지나쳤다. 마이어는 속내를 들킨다. 브라이트비저는 나팔을 훔친 후 주유소에도 들르지 않고 곧장 집으로 갔다. 그는 생각한다. 경찰이 루체른에 대해 거짓말을 하고 있다. 그러므로 지문을 찾았다는 말도 거짓일 수 있다.

브라이트비저는 무죄를 강력히 주장하고, 놀랍게도 마이어는 잠자코 받아들인다. 경찰이 결정적 증거를 확보하지 못했다는 느낌이 강하게 든다. 그렇지 않다면 자백을 더 세게 밀어붙였으리라. 브라이트비저가 생각하기에, 대부분의 경찰은 이렇듯 능력은 없고 자신감만 과하다. 정신만 잘 차리면 빠져나갈 수 있겠다고 생각한다.

경찰은 브라이트비저가 바그너 박물관에서 체포되었을 때 혼자였다고 믿고 있다. 공범의 존재를 모르면 앤 캐서린을 쫓지도 않을 것이다. 이 점을 이용해 앤 캐서린에게 전화를 걸어 조용히 나팔을 돌려놓으라고 말하면 된다. 박물관 근처 수풀에 갖다 두면 지나가던 사람 중 누군가가 발견할 테고 그것만으로도 브라이트비저의 알리바이는 성립된다. 경찰은 그를 풀어줄 수밖에 없고 그렇다면 안심이다. 경찰이 다락을 뒤지는 것이 그가 가장 두려워하는 상황이다.

마이어와 30분간 면담한 후 브라이트비저는 다시 지하 유치장으로 향한다. 거기서 자신의 보안 등급이 높아 개인적인 통화는 금지되어 있다는 사실을 알게 된다.

브라이트비저가 좀도둑일 거라는 마이어의 생각은 여전하다. 그러나 그는 짧은 신문을 거치며 이 용의자가 생각했던 것보다 날카롭고 한결 침착하다는 사실을 알아냈다. 흔들어도 동요하지 않았고 자신이 허풍을 떨고 있다는 것도 바로 눈치챈 점이 의심스러울 정도로 인상적이었다. 이제 새로운 궁금증이 생긴다. 4년간 두 번의 미술품 절도. 어쩌면 이 두 번이 전부가 아닐 수 있다. 최소한 다른 사건의 시작이거나.

마이어는 판사와 이야기를 나눈다. 브라이트비저가 연쇄 예술품 절도범일 가능성이 있으므로 지금과 같은 보안 등급으로 계속 수감할 수 있도록 법적 허가가 떨어진다. 또한 프랑스로 이동해 브라이트비저의 집을 수색하기 위해 국제 수색 영장도 신청한다.

28

시간이 한 걸음씩 더디게 간다. 국제 수색 영장 발부에는 여러 기관이 얽혀 있어 절차가 복잡하다. 마이어가 승인을 기다리는 동안 브라이트비저는 감옥에서 시들어간다. 유일하게 통화가 가능한 곳은 프랑스 대사관뿐이고 변호사 한 명만 방문할 수 있다. 대사관은 도움이 안 되고 국선 변호사는 아직 배정되지 않았다. 기소도 결정되지 않은 상태다.

브라이트비저는 수색 영장에 대해 모르기에 자신이 왜 이렇게 오래 기다리는지도 모르고, 언제까지 기다려야 하는지도 알 길이 없다. 다른 수감자들을 볼 수는 있지만, 독방에 갇힌 것이나 마찬가지다. 여기서라면 세상에서 제일 흉한 현대 미술 그림이라도 좋을 것 같다. 그러나 벽은 텅 비어 있고, 브라이트비저는 좋지 않은 생각과 함께 시간을 보낼 뿐이다.

마침내 마이어가 돌아와 유치장 문을 연다. "브라이트비저 씨, 생각은 좀 해보셨나요?" 자백할 준비가 되었으면 신문실로 가자고 한다. 브라이트비저는 여전히 부인하며 버틴다.

"아니라고요?" 마이어는 감옥 문의 빗장을 다시 건다.

수감돼 있는 동안 편지를 보내거나 받을 수는 있지만, 모두 법원의 감시를 받는다. "이 세상 모두에게서 멀리 떨어져 나온 느낌이야." 브라이트비저는 앤 캐서린에게 보내는 편지에 이렇게 썼다. "세상이 나를 버렸어. 너무 힘들어. 계속 후회하고 울고 또 울고 있어." 편지 마지막에는 작은 하트 두 개도 그려 넣는다.

10일이 더 지났다. 누구에게서도 편지는 오지 않는다. 앤 캐서린은 어디 있을까? 지문을 지우러 바그너 박물관에 들어갔을 때 개를 산책시키던 노인과 박물관 직원이 수상한 남자에 대해 이야기하는 것을 들었을 것이다. 앤 캐서린은 독일어를 알아들으니 서둘러 빠져나와 브라이트비저에게 상황을 알리려고 한 게 분명하다. 그러나 너무 늦었다. 앤 캐서린은 무엇을 하고 있었을까? 그리고 어머니에게는 대체 뭐라고 말했길래 어머니조차 편지 한 통 보내지 않는 걸까?

루체른에서 처음 체포되었을 때는 어머니가 다음 날 바로 도와주었다. 지금은 두 여인 모두 침묵하고 있으니 괴롭다. 경찰에 협조하지 않는 시간이 길어질수록 나중에 판결이 확정되면 감옥에서 보낼 시간도 늘어날 것이다. 마이어가 다시 들러 자백할 생각이 있는지 묻자 브라이트비저는 그러겠다고 한다.

자백은 신문실에서 녹음된다. 마이어가 운을 뗀다.

"경찰에 사실대로 진술할 준비가 되셨나요?"

"예."

"바그너 박물관에 간 목적이 무엇입니까?"

"클래식 음악에 관심이 있어서요."

브라이트비저는 거짓말을 한다. 프랑스에서 혼자 기차를 타고 여행 왔다고 말한다. 그래야 경찰이 주차장에 차가 없었던 이유를 묻지 않을 테니까. 마이어는 그렇다면 체포되었을 때 왜 기차표가 없었는지 묻는다. 브라이트비저는 버렸다고 답한다.

"나팔로 무엇을 할 생각이었습니까?"

"어머니에게 크리스마스 선물을 할 생각이었습니다. 정말 빛이 나더라고요."

브라이트비저는 그 나팔이 그렇게 귀중한 물건인 줄 알았다면 훔치지 않았을 거라고 진술한다. "팔려고 한 건 절대 아니었습니다. 정말 죄송합니다."

마이어와 브라이트비저는 절도 당시 상황을 되짚어본다. 진열장에서 나팔을 어떻게 꺼냈는지, 외투 안에 숨긴 채 어떻게 박물관을 빠져나갔는지 등이다. 브라이트비저는 이 대목은 정직하게 답변한다. 건물 구조를 스케치북에 그려 보여주기까지 한다.

"무기를 갖고 있었습니까?"

"아니요."

"도와준 사람이 있었습니까?"

"혼자였습니다." 도둑질은 결코 계획한 일이 아니었다고 말한다.

"갑작스러운 충동에 훔치고 말았습니다."

"다른 절도 사건에 연루돼 있나요?"

"이 악기 하나뿐입니다. 맹세해요."

4년 전 루체른 화랑에서 도둑질을 하려다 잡힌 뒤로는 아무것도 훔친 적이 없다고 이야기한다.

"나팔은 어디 있죠?"

"상자에 넣어서 어머니 집 차고에 두었습니다. 타이어 더미 옆 어딘가에요. 어머니는 모릅니다."

실제로는 유화 액자 중 하나의 모퉁이에 나팔의 어깨끈을 걸어두었다. 하지만 마이어에게 다락의 존재에 대해서는 절대 언급하지 않기로 다짐했다.

"박물관에 다시 온 이유는 무엇인가요?"

나팔을 훔친 이후 점점 불안하고 걱정이 많아져 더는 어머니에게 크리스마스 선물로 건네고 싶지 않아졌다고 답한다. 박물관에 되돌려 놓으려고 했다. 기차를 타고 돌아와 지문을 지우고 나팔을 숨길 적당한 장소가 있는지 찾아보는 중이었다. 그러다 체포되었다. 원래는 다음번에 나팔을 가지고 와서 숨겨놓고 익명으로 제보할 계획이었다.

브라이트비저가 생각하기에 이 정도 이야기라면 앤 캐서린과 어머니는 벌을 받지 않을 것이다. 또한 다락도 지키고 벌금도 줄일 수 있을 것이다. 훔쳤다는 사실을 인정했으니 이제 앤 캐서린과 어머니에게 편지를 보내 나팔을 루체른으로 가지고 와달라고 부탁하면 된다. 비밀리에 가져다 놓을 필요도 없다. 둘 중 한 사람은 편지를 받고 부탁을 들어줄 거라 믿는다. 그렇게 나팔이 흠집 없이 박물관으로 돌아오기만 하면 경찰 조사는 끝날 것이다. 아무리 두 번째 절도라고 해도 한 달 이상 감옥에 가두지는 않으리라 생각한다. 스위스는 범죄 형량에 관대하기로 유명하다. 크리스마스 전에는 집에 돌아갈 수 있기를 기대한다.

마이어 입장에서는, 갑자기 착하게 변한 도둑이 범죄를 없던 일로 돌려놓길 원한다는 이야기는 도저히 믿기 힘들다. 브라이트비저가 지어낸 동화 속 이야기에 설사 사실이 섞여 있다 해도 그 부분을 구별해낼 필요는 없다. 마이어는 더는 질문하지 않고 면담을 끝낸 뒤 브라이트비저를 다시 유치장으로 데리고 간다. 그가 진실을 말하지 않는다면 직접 찾아보는 수밖에 없다.

6일이 더 지난다. 브라이트비저는 앤 캐서린과 어머니에게 나팔을 루체른으로 가져다달라고 편지를 보냈지만 여전히 답장은 오지 않는다. 이 상황에서 빠져나갈 수 있을 거란 믿음도 희미해진다. 블랙홀에 빠졌다. 날이 갈수록 더욱 괴롭다.

국제 수색 영장이 발부될 때까지, 브라이트비저는 23일간 구금되었다. 2001년 12월 12일, 마이어는 다른 수사관 한 명과 함께 스위스 국경을 넘어 프랑스 경찰 두 명을 만난다. 그들은 밀루즈 외곽으로 차를 몰아 옥수수밭 가운데 조성한 주택 단지에 들어선다. 그러고는 산호색 벽의 수수한 건물 앞에 당도한다. 뒤에 빨래줄이 걸린 14-C번지 집이다. 수요일 저녁 5시 30분, 경찰이 문을 두드린다.

미레유 스텐겔이 나온다. 금발 여기저기에 흰머리 가닥이 섞여 있다. "여기를 수색할 필요는 없을 텐데요." 수색 영장을 보고는 경찰이 무슨 말을 하는지 모르겠다고 말한다. "아들은 집에는 아무것도 안 들고 왔어요."

하지만 경찰이 들어오도록 비켜설 수밖에 없다. 곧 그들은 좁은 계단을 올라가 다락에 도착한다. 문이 열려 있고 경찰이 들어간다.

나팔은 없다. 다른 어떤 악기도 없다. 은 세공품도, 골동품 무기도, 상아 조각상도 없다. 도자기도, 금도 없다. 르네상스 시대 유화 한 점 남아 있지 않고 벽에는 그림을 걸었던 흔적조차 없다. 깨끗하게 텅 빈 벽으로 둘러싸인 방 중앙에 멋진 포스터 침대가 하나 놓여 있을 뿐이다.

29

마이어는 신문실 책상 서랍에서 사진 한 장을 꺼내 브라이트비저에게 내민다. 에피타이저 접시만 한 크기의 17세기 금도금 메달이다. 나팔을 훔치기 2주 전에 그가 스위스에서 훔친 물건이다. 그때는 행운을 가져다줄 메달이라고 생각했는데 지금 보니 색이 바래고 닳았다. 브라이트비저는 무슨 일인지 의아하다.

"이것도 훔쳤죠? 다 압니다." 마이어가 말한다. 이번에도 경찰은 확실치 않다. 브라이트비저의 집을 찾아갔던 일은 아무런 소득이 없었다. 실망스러웠지만 그가 거짓말을 했다는 사실이 여전히 마음에 걸린다. 브라이트비저가 대어인지 아닌지 알아볼 방법이 하나 더 있다. "사실대로 말하세요. 그럼 다 괜찮아집니다. 집에 갈 수 있어요."

집에 가는 것. 브라이트비저가 원하는 것은 그뿐이다. 마이어는 그 점을 잘 안다. 방문객도, 연하장도 한 장 없이 크리스마스가 지나갔다. 2002년의 첫날도 얼마 전에 지나갔다. 브라이트비저는 여전히 엄격한 보안 등급에 놓여 있다. 어머니와 앤 캐서린, 그 누구에게서도 연락이 없는 데다 실은 경찰이 집을 수색한 일도 모른다. 다락에서 수집품이 모두 사라졌다는 사실 또한 모른다. 옷가지와 책도 다 함께 없어졌다. 브라이트비저는 아직 나팔에 대해서만 인정했다. 그러나 두 달 넘게 갇혀 있다 보니 마치 산 채로 매장당한 느낌이다. 이런 상황에서 마이어가 생명줄을 던지니 잡을 수밖에 없다.

"네, 제가 훔쳤습니다." 메달을 훔쳤다고 인정해버린다.

마이어는 다시 서랍을 연다. "한 가지만 더 물어보겠습니다." 마이어가 미안하다는 듯 말하며 책상 너머로 사진을 한 장 더 내민다. 브라이트비저가 앤 캐서린과 스위스성에서 훔쳤던 금 담뱃갑이다. 사진에서 보니 담뱃갑이 살짝 지저분하다. 마이어는 마지막으로 한 번만 더 자백하면 된다고 설득한다. 몇 마디 말이면 브라이트비저의 악몽은 끝날 수 있다.

결국 담뱃갑을 훔친 것도 털어놓는다.

그런데 마이어가 서랍을 다시 연다. 세 번째다. 이번에는 두 손을 모두 서랍에 넣더니 사진 한 뭉치를 꺼내 책상에 던진다. 덴마크 상아 플루트, 독일 청동 조각상, 벨기에은 포도주잔, 그리고 브라이트비저와 앤 캐서린이 프랑스에서 처음으로 함께 훔쳤던 수발총(벌써 8년 전이다) 등이 찍힌 사진이 쏟아진다.

평소라면 누구보다 기민하게 상황을 읽어내는 브라이트비저이지만 감옥에 있으면서 이미 제정신이 아니다. 그는 속임수에 넘어갔다는 것을 깨닫는다. 태어나서 처음으로 물러설 곳이 없다고 느낀다. 그야말로 진퇴양난이다. 책상에 흩뿌려진 사진을 보며 범죄 사실을 하나씩 모두 자백한다. 수북하던 사진더미가 한쪽으로 전부 치워졌을 때 브라이트비저는 총 107건의 절도를 인정했다.

마이어는 이제 자신이 건드린 일이 어떤 크기였는지 감이 오기 시작한다. 하지만 대놓고 티내지는 않는다. 그건 마이어의 방식이 아니다. 그는 조금 놀란 채 그대로 앉아 있다. 신문실 책상 위, 마치 카드 게임이라도 한 듯 어지럽게 널브러진 사진들 사이로 서류 봉투 하나가 우연히 열려 있다. 그 사이로 경찰 보고서가 슬쩍 보인다. 브라이트비저는 재빨리 훔쳐보았고 그제서야 물건들이 왜 그렇게 사진 속에서 색이 바랜 것처럼 보였는지 알게 된다. 이미 마이어와의 게임에서 처참하게 패배한 뒤다.

바그너 박물관에서 브라이트비저가 체포되고 일주일 후, 제임스 란스James Lance라는 노인이 해질 무렵 알자스 지방 동부의 라인-론운하Rhône-Rhine Canal를 따라 산책 중이었다. 란스는 탁한 물속에서 반짝이는 물체 두 개를 발견했다. 처음에는 쓰레기겠거니 생각하고 지나쳤지만 궁금함을 참지 못해 다음 날 손잡이를 길게 빼는 갈퀴를 들고 다시 그 자리로 돌아갔다.

라인-론운하는 나폴레옹이 프랑스의 강을 연결하기 위

해 만들었다. 란스의 발걸음을 붙잡은 지점은 양쪽으로 플라타너스 나무가 그늘을 드리우고 있어 바깥 도로에서는 잘 보이지 않는 위치다. 란스는 갈퀴로 성배 하나를 긁어 올렸다. 은으로 만든 것처럼 보였고 1619년이라고 날짜가 새겨져 있다. 은 포도주잔도 하나 올라왔는데 성배와 마찬가지로 한눈에 보기에도 특별한 물건이었다. 세 번째와 네 번째로 긁어 올린 것들 역시 그랬다. 여인의 초상화가 새겨진 사냥용 칼도 건졌다. 란스는 지방 경찰에 얼른 이 사실을 알렸다.

두 명의 경찰관이 먼저 운하에 도착했고 곧 수색 팀 전체가 오더니 나중에는 스트라스부르강 여단에서 잠수부들을 보냈다. 한 번에 30명씩 작업하며 그물로 건져 올리고 수심이 얕은 곳은 금속 탐지기로 수색했다. 운하 가운데에서는 잠수부들이 탁한 물속 3미터 아래까지 잠수해 들어갔다. 나중에 운하의 800미터가량은 부분적으로 물을 빼기도 했다. 작업은 3일간 이어졌고 물건은 끝없이 올라와 강가에 쌓여갔다.

넓은 접시와 볼록한 그릇, 컵, 휘황찬란한 군함(온통 은으로 되어 있다), 중세 시대 무기, 기사가 쓰던 투구, 에밀 갈리에가 만든 유리 화병 두 점, 금 회중시계 여섯 개, 모래시계 하나와 탁상시계, 자개와 나무, 자기로 만든 작품들이 모두 섞여 나왔다. 유화도 한 점 발견됐는데 구리 화판이라 물로 인한 손상은 적었다. 상아 작품도 상당수 있었는데 그중에는 〈아담과 이브〉 조각상도 있었다.

그렇게 건진 총 107점은 지방 경찰서의 빈 유치장에 일단 보관해두었다. 스트라스부르의 골동품 딜러 자크 바스티앙Jacques Bastian이 와서 검사를 도왔다. 안목이 뛰어난 바스티앙은 현장에 도착해 쌓여 있는 물건들을 보자마자 깜짝 놀랐다. 주인이 누구였든 "진정한 전문가"일 거라고 말했다. 작품들은 전문적인 세척이 필요한 상태였지만 그 점을 빼면 아무 문제가 없었고, 조금 상한 부분 역시 수리와 복원이 가능한 상태였다. 분명 물에 오래 잠겨 있지는 않았다. 바스티앙은 건져 올린 물건의 총 가치를 5,000만 달러(약 675억 원) 정도로 추정했다. 경찰은 무장 호송대를 대동해 발견된 물건들을 인근 도시 콜마르의 한 박물관 저장고로 보냈다. 이곳에서 각 작품에 필요한 복원 정도를 진단하고 사진을 촬영했다.

운하에서 보물이 무더기로 발견됐다는 소식은 이 지역 전체에 퍼졌고 프랑스 예술품 수사대 OCBC가 급히 파견되어 모두 도난품임을 확인했다. OCBC가 쫓던 연쇄 절도 사건의 증거물이다. 용의자는 예술적 안목이 대단하며 도둑질 솜씨가 좋고 영리한 커플이다. 그리고 훔친 물건은 또 어찌나 많은지, 갱단 열두 군데를 덮쳐 회수했다고 해도 믿을 만한 양이다. 고작 두 사람이 이렇게 많은 양의 예술품을 훔치는 게 가능하기나 하며, 설사 그렇다 하더라도 이제 와서 전부 내다버린 이유는 무엇인가? OCBC는 혼란에 빠졌다. 그들은 여전히 절도범이 누구인지 모른다.

마이어도 스위스에서 이 사건을 듣고 구미가 당긴다. 그는 밀루즈 외곽 수색 작전이 실패로 끝나자, OCBC에 연락해 운하에서 발견된 물건들의 사진을 보내줄 것을 요청했다. 마이어는 바로 그 사진을 갖고 브라이트비저를 신문실로 끌어내서 교묘하게 솜씨를 발휘해 자백을 받아내는 데 성공했다. 며칠 후인 2002년 2월 7일, 브라이트비저는 죄수복을 벗고 체포될 때 입었던 옷으로 갈아입었다. 루체른에서 수감된 지 79일이 지났을 때였다. 드디어 지하 감옥에서 끌려 나와 이번에는 기차 죄수 칸에 태워졌다.

죄수 칸에는 브라이트비저까지 총 열 명이 타고 있으며 각자 철창에 갇혀 실려간다. 복도에는 경비 인원이 배치돼 있다. 그중 휴고 보스 외투를 입은 사람은 한 사람뿐이다. 브라이트비저는 수척한 모습으로 기운이 하나도 없다. 늘 다른 죄수보다 자신이 우월하다고 생각했지만 지금은 어딘가 강인하고 냉담해 보이는 다른 죄수들이 부럽다. 기차가 어디로 향하는지도 모른다. 누구도 알려주지 않는다. 하지만 그게 어디든 앞으로는 더 안 좋아질 일만 남았다는 생각에 눈물이 날 지경이다.

30

기차는 스위스의 산맥과 구릉을 지나 남서쪽으로 몇 시간을 더 내달리다 제네바에 조금 못 미쳐 멈춘다. 브라이트비저는 지난번 감옥보다 더 낡고 더러운 곳에 갇혔다가 다음 날 면담실로 불려간다. 그곳에서 예술품 범죄 전담 형사 알렉상드르 폰데어뮐을 처음 만난다. 지난 6년간 브라이트비저의 발자취를 따라다녔던 경찰이다. 둘은 테이블을 가운데 두고 마주 앉았다. 방에는 두 사람과 속기사 한 명뿐이다.

폰데어뮐은 몸통이 두툼하고 배가 나왔으며 머리는 숱이 없어 거의 대머리에 가깝다. 경찰 제복이 아닌 사복 셔츠에 재킷 차림인데 커다란 체구가 그대로 드러나 어딘지 위협적인 모습이다. 참고로 폰데어뮐은 훗날 심층 인터뷰에서 브라이트비저와 있었던 일을 모두 들려주었다. 그는 지갑에서 미술품 다섯 점의 사진을 꺼낸다.

"이건 나 아니야!" 브라이트비저가 의자를 뒤로 밀며 소리친다.

"진정해요." 브라이트비저는 변호사를 요청하지 않았고 폰데어뮐도 그 편을 선호한다. 그래야 공감 능력을 무기로 쓸 수 있기 때문이다. 지금은 근육질 몸을 쓸 때가 아니다. 찬찬히 구슬려야 할 때다. "그게 아니고 우리 집에 있는 작품들입니다."

브라이트비저는 진정하고 사진을 들여다본다. 그중 유화 한 점과 대리석 조각상 하나는 브라이트비저의 원래 취향보다 한 세기 정도 이후 작품이긴 하지만, 그래도 그가 훔칠 법한 물건이다.

"저 역시 수집가죠." 폰데어뮐이 운을 떼며 브라이트비저에게 자초지종을 설명한다. 운하에서 예술 작품과 골동품이 대량 발견되었고 그 때문에 예술품 범죄 전문가의 투입이 필요해졌다. 그래서 브라이트비저는 기차로 폰데어뮐의 사무실이 있는 브베라는 마을까지 호송되어 지금 이 자리에 있다. "일반적인 도둑이 아니라는 걸 압니다." 폰데어뮐이 말한다. "당신도 수집가죠. 반갑네요." 폰데어뮐은 브라이트비저가 범죄를 저지른 건 돈이 아니라 열정 때문이었을 거라고 말한다.

브라이트비저가 만나자마자 싫어하지 않은 경찰은 체격 좋은 이 형사가 처음이다. 두 사람은 프랑스어로 이야기를 나누다 곧 격식을 차리지 않고 성이 아닌 이름으로 서로를 부르며 대화한다. 마이어와 독일어로 이야기할 때는 없던 일이다.

폰데어밀은 범죄 내용을 모두 자백해야 법정에서 최소 형량을 받을 수 있다고 알려준다. 그러고는 운하에서 발견한 물건들의 사진을 다시 보여준다. 원래 있던 장소의 위치에 따라 분류해두었다. 처음에는 스위스에서 훔친 것들로 시작해서 점차 유럽 7개국으로 퍼져 나간다. 폰데어밀은 각 사건에 대해 기억나는 게 있는지 묻고 브라이트비저는 마음이 누그러져 지난번 자백에서 말하지 않은 자세한 사항을 추가로 이야기한다. 간혹 나사를 어떤 식으로 돌렸는지도 묘사한다.

두 사람은 한 달이 조금 안 되는 기간 동안 일주일에 5일씩 만나 한 번에 여섯 시간 또는 그 이상 대화를 나눈다. 폰데어밀은 대화 중에 파이프를 피우기도 하고 브라이트비저가 감방으로 돌아갈 때 미술 서적이나 경매 책자를 손에 들려주기도 한다. 한번은 브라이트비저를 자신의 차에 태우고 드라이브를 나간 적도 있다. 폰데어밀은 거의 대부분의 시간을 이 사건에 할애하는 중이며 너무 권위적이거나 비판적으로 보이지 않으려고 애쓴다. "옳다고 볼 수는 없지만, 개인적으로는 이해합니다." 그가 자주 하는 말이다. 아직까지는 사건이 언론에 흘러 들어가지 않게 잘 관리해왔다. 언론에서 관심을 갖기 시작하면 거의 언제나 조사에 방해가 될 뿐이다.

운하에서 발견된 물건들에 대한 조사를 모두 마친 후 다른 박물관 절도 사건에 관해서도 언급한다. 스위스와 그 주변 국가에서 일어난 사건들로, 후기 르네상스와 초기 바로크 시대를 아우르며 은, 상아 작품이 많고 주로 낮에 일어났다. 몇 군데 박물관에서는 옷을 잘 차려입은 젊은 커플을 봤다는 목격자 진술이 있었다. 그러나 이 작품들은 운하에서는 한 점도 발견되지 않았다.

브라이트비저는 폰데어뮐이 경찰이라는 사실을 잊지는 않았지만, 그나마 자신의 처지에 공감해주는 사법 당국 내 유일한 우방일 거라고 생각한다. 폰데어뮐은 추가 범죄가 있다면 미리 인정하는 편이 좋다고 조언한다. 만일 협조하지 않고 있다가 경찰력 투입으로 여죄가 밝혀지게 될 경우 법정에서 매우 불리하게 목을 조일 수 있다고 말한다.

브라이트비저는 추가로 다른 절도 사건 수십 건을 자백하지만, 폰데어뮐이 먼저 묻지 않은 사건에 대해서는 함구한다. 앤 캐서린에 대한 이야기를 제외하고는 대체로 정직하게 진술한다. 그는 일관되게 앤 캐서린이 무고하다고 주장한다. 자신이 도둑질을 할 때 그녀는 화장실에 갔거나 다른 미술관에 있었으며 아무것도 몰랐다고 말한다. 최대한 앤 캐서린이 벌을 받지 않을 수 있도록 애쓴다. 브라이트비저는 앤 캐서린에 대해 진술한 내용을 따로 메모지에 자기만의 암호로 적어 책 안에 숨겨둔다. 그래야 나중에 다시 조사나 재판을 받을 때 어긋나는 진술을 하지 않을 수 있다. 어머니 역시 정말 아무것도 몰랐다고 강조한다. “책임은 전적으로 저에게만 있습니다.” 브라이트비저는 몇 번이고 이렇게 말하며 스스로를 벼랑 끝으로 내몬다.

폰데어뮐은 보안 카메라 영상과 목격자 진술서를 확인했고, 브라이트비저가 진술한 내용보다 앤 캐서린이 많은 역할을 한 것을 알아챘지만 일단은 넘어간다. 결과적으로 어머니와 앤 캐서린 모두 스위스에서는 기소되지 않았다. 프랑스 경찰에서 처리할 것이다. 폰데어뮐이 공격적으로 굴며 두 여인 중 한 명이라도 사건과 연루시키는 순간, 브라이트비저 역시 진술을 멈추고 변호사를 요청할 수 있다. 앤 캐서린과 어머니를 무죄로 두는 것이 이 자백의 암묵적 대가다.

두 사람은 브라이트비저가 훔친 물건들에 대해 이야기를 나눈다. 은, 상아, 도자기, 금……. 유화에 대한 이야기만 빼고 모두 나온다. 그림은 모든 작품 중 값어치가 가장 나간다. 폰데어뮐은 그림에 관련된 질문은 일단 유보하고 최대한 둘 사이에 신뢰가 쌓일 때까지 기다린다. 그러다 마침내 그림 이야기를 꺼내도 되겠다 싶은 때가 온다.

"그림 이야기도 해보죠." 폰데어뮐이 직접적으로 말을 꺼낸다. 운하에서 발견된 그림은 구리 화판 작품 한 점뿐이다. 그는 브라이트비저가 이 그림 하나만 훔쳤다고 생각하지 않는다. 나팔 사건 전에 루체른에서 처음 체포되었을 때도 나무 화판에 그린 정물화를 훔치다 잡혔다. 유럽 박물관에서 없어진 그림 중 10~20점은 브라이트비저가 훔쳤을 가능성이 높다. 금전적 가치로 환산하면 어마어마한 금액이다. "다 해서 몇 점이나 됩니까?"

브라이트비저는 자만심에 도취된 나머지 상황 파악이나

말을 가려 할 생각을 하지 못한다. 르네상스 시대 그림 69점을 훔쳤다고 시인한다.

이 정도면 역사상 최대 규모의 예술품 범죄라고 할 수 있다. 폰데어뮐은 평정을 유지한 채 질문을 이어간다. 이제 작품을 회수하는 일이 중요하다. 오래 숨겨둘수록 작품이 상할 가능성이 높다. "그림은 전부 어디 있어요?"

"마지막으로 봤을 때는 다락에 있었죠." 브라이트비저가 답한다. 경찰 보고서를 통해 운하 사건에 대해 알게 되었을 때는 충격이 매우 컸다. 그렇지만 지금은 어차피 삶의 많은 부분이 충격의 연속이라 혼란스러워도 받아들일 수밖에 없다. 언젠가는 모든 게 명확해질 거라고 생각한다. 그래도 다행히 작품은 모두 익사를 면했다고 한다. 물속에 갖다 버리다니, 브라이트비저라면 결코 하지 않을, 도저히 이해할 수 없는 행동이지만 그래도 치명적인 손상은 없었다. 그림들은 더 좋은 곳에 있길 바란다. 아니, 아직 다락 벽에 걸려 있다면 좋겠다. 폰데어뮐은 결국 마이어가 수색 영장을 받아 집에 찾아갔던 일을 털어놓는다. 다락이 완전히 비어 있었다고 말하자 브라이트비저는 당혹감을 감추지 못하고 어찌할 바를 모른다. "그럼 이제 그림이 어디 있는지 몰라요."

처음에는 브라이트비저가 다락을 치우라고 비밀리에 연락을 한 게 아닐지 의심했다. 아니면 비상 상황이 닥쳤을 때 그 많은 그림을 어디에 숨길지 어머니와 앤 캐서린에게 미리 지시를 해두었을지도 모른다고 생각했다. 운하 사건은 경찰을 따돌려 발견된 것들이 전부라고 믿게 한 후, 진짜 중요한 보물은 따로 숨기려는 책략일 수 있다. 이 무렵 폰데어뮐은 브라이트비저와 함께 시간을 보낸 지 꽤 오래되어 큰 어려움 없이 그의 마음을 읽을 수 있게 되었다. '이 도둑은 지금 진짜로 그림의 행방을 모른다.' 폰데어뮐은 그렇게 확신한다.

2002년 3월 초, 법원의 승인이 떨어져 브라이트비저의 어머니를 스위스로 소환할 수 있게 된다. 체포는 하지 않고 그림에 관해 묻기 위해 참고인으로 소환한다. 폰데어뮐은 스텐겔을 통해 그림의 행방을 찾을 수 있길 바란다. 그리고 겸사겸사 3개월 넘게 찾아오는 사람 한 명 없이 갇혀 있는 아들도 만나면 좋지 않겠는가. 앤 캐서린은 스위스 경찰의 요청에 응답하지 않는다. 폰데어뮐 역시 강요할 생각은 없으므로 브라이트비저의 어머니만 불러 면담하기로 한다.

스텐겔은 직접 운전해 국경을 건넌다. 판사실에는 폰데어뮐과 브라이트비저, 그리고 그의 어머니가 자리한다. 폰데어뮐은 거두절미하고 스텐겔에게 그림이 어디 있는지 묻는다.

"그림이요? 무슨 그림이요?" 브라이트비저는 어머니가 굳이 여기까지 와서 무슨 고집을 부리는지 이해할 수 없다. "엄마, 알잖아요."

"지금 무슨 소리하는 거냐?" 스텐겔은 마치 심한 모욕이라도 당했다는 듯 아들을 노려보며 말한다.

폰데어뮐은 그림이 어디 있는지 알려달라고 판사와 함

께 재차 묻지만 스텐겔은 꿈쩍하지 않는다. 판사는 짜증이 나 몇 분 만에 자리를 파해버린다.

폰데어뮐이 판사와 협의하는 동안 스텐겔과 브라이트비저 둘만 있을 기회가 생긴다. 스텐겔은 아까와는 완전히 다른 사람이 된다. 브라이트비저를 감싸 안고 눈물을 흘리며 마구 껴안는다. 곧 브라이트비저가 다시 끌려 나가 감옥에 갇힐 시간이다. 스텐겔이 그의 귀에 대고 침착하게 속삭인다. "그림에 대해서는 절대 말하지 마라." 그녀는 브라이트비저가 이미 경찰에 실토했다는 사실을 모른다. "그림 같은 건 없는 거야. 처음부터 없었던 거다." 어머니는 브라이트비저에게 이 경고를 전하러 스위스까지 왔지만, 이 말 외에 다른 이야기를 할 시간은 없었다. 이것이 브라이트비저에게 주어진 첫 번째 힌트였다.

31

브라이트비저가 생각하기에, 확실한 것은 일단 이 정도다. 2001년 11월 그가 바그너 박물관에서 체포되는 모습을 앤 캐서린이 봤고 그녀 자신은 체포를 면했다. 차는 박물관에 주차되어 있었고 열쇠도 앤 캐서린이 갖고 있었다.

그 후에 무슨 일이 있었는지 브라이트비저는 전혀 모른다. 사건에 대해 앤 캐서린이 공식적으로 언급한 기록은 단 한 건 있는데, 증인 선서를 한 후 폰데어밀과 다른 프랑스 경찰관 한 명 앞에서 진술했다. 2002년 5월 폰데어밀은 프랑스로 간다. 브라이트비저의 어머니가 스위스까지 와서 아무런 도움을 주지 않고 돌아간 후 두 달이 지났지만 여전히 그림의 행방은 묘연하다. 앤 캐서린을 소환했고, 그녀는 출석은 했지만 다락이 치워진 일에 대해서는 대충 답하고 넘어갔다. 예술품과 관련해 자신은 아무 관련이 없다고 주장한다. "도둑질을 도운 적이 없습니다." 그러고는 더는 답변을 거부한다.

2002년 5월에는 브라이트비저의 어머니도 프랑스 경찰에 체포되어 조사를 받았다. 스텐겔은 경찰서에서 증인 선서를 한 후 문제가 된 사건들을 대체로 인정하고 모두 자신이 벌인 일이며 앤 캐서린은 상관이 없다고 증언한다. "정신이 나가" 다락 "숙청"을 결정하고 괴로운 밤을 보냈다면서도 구체적인 설명을 하지 않고 명확한 이유도 밝히지 않는다.

8년간의 도둑질. 200여 회에 걸쳐 300점이 넘는 작품을 훔쳤다. 다락 자체가 브라이트비저의 작품이라고 볼 수 있다. 그러니 그는 다락에서 벌어진 일을 알아야 한다. 정신적으로나 육체적으로 매우 피폐한 상태이지만, 설사 안 좋은 소식일지라도 무슨 일인지 몰라 괴로운 것보다는 낫다. 그는 어머니에게서 진실을 알아내려고 했지만 감옥 면회실에서는 둘만의 시간을 갖기 어려웠다. 어머니가 그림에 대해 말하지 말라고 귓속말을 하고 간 후 3년이 지나 2005년이 되었다. 마침내 어머니에게 경찰에 진술한 내용 외에 무슨 일이 있었는지 따로 물어볼 기회가 생겼다. 경찰 조사관에게 일부 정보를 얻긴 했지만 여전히 알 수 없는 부분이 많았다. 그날 밤 무슨 일이 있었는지, 어머니는 그 일을 모두 혼자 처리한 건지 궁금했지만 알만 한 사람들은 하나같이 말이 없다. 그렇다고 달라지는 건 없다. 어차피 이미 벌어진 일로, 결과는 같다.

이야기는 앤 캐서린이 바그너 박물관에서 돌아온 날부터 시작한다. 앤 캐서린은 그날 혼자 운전해서 두 시간 거리의 어머니 집으로 곧장 달려갔다. 이 점은 브라이트비저가 확실히 알 수 있다. 그리고 어머니에게 브라이트비저와 함께 돌아오지 않은 이유를 설명한다. 이야기를 들은 어머니가 어땠을지는 상상만 할 뿐이다. 4년 전 어머니는 루체른에 갇힌 아들을 구하기 위해 스위스 최고의 변호사를 선임했다. 그리고 지금 아들은 바로 그 도시에, 같은 죄목으로 또 감옥에 갇혔다.

어머니는 다락으로 올라간다. 몇 년 만에 처음이었다고 경찰에 진술했다. 아들이 도둑이라는 것은 알고 있지만 그렇다고 다락을 직접 볼 마음의 준비가 된 건 아니다. 제정신인 사람이 모았다고 볼 수 없는 엄청난 양의 예술 작품으로 가득한 공간. 다행히도 아들과는 달리 다락에 들어서자마자 색감에 취하거나 아름다움에 빠져들지는 않았다. 지금은 그럴 때가 아니다. 나이만 먹었지 제 앞가림도 못하는 어린애 같은 아들 덕에 인생을 망친 듯하다. 그녀는 방을 보며 '전부 훔친 물건이겠구나' 생각한다. 장물을 은닉해주는 것 역시 공범으로 처벌받을 수 있다. 300개가 넘으니 기소도 300건 이상일 수 있다. 모욕을 당하고 감옥에 갇혀 결국 파멸할 것이다. 스텐겔은 다락에 있던 예술품 하나하나가 모두 "자신을 향한 화살"처럼 느껴졌다고 경찰에 진술했다.

브라이트비저는 그때였을 거라고 생각한다. 바그너 박

물관에서 자신이 체포되었던 바로 그날 어머니는 "숙청"을 시작했을 것이다. "화가 치민" 스텐겔은 "파멸을 향한 광란의 밤"을 벌였으며 "모두 한 방에" 쓸어버렸다고 말한다. 침대 탁자며 옷장, 화장대, 책상 할 것 없이 눈에 보이는 가구를 전부 밀어 쓰러트렸고 그 위에 올려놓았던 수많은 물건들은 바닥으로 떨어져 나뒹굴었다. 벽에 걸린 그림들도 낚아챘다. "20개? 50개? 몇 개였는지도 모릅니다." 아래층으로 가서 쓰레기 봉투와 골판지 상자를 가지고 다시 올라왔다. 은과 도자기, 상아로 된 물건들을 구리 화판 그림과 함께 쓸어 담았다. 스텐겔은 "금속 쓰레기"들은 따로 모아 담았다고 말한다. 쓰레기 봉투 일곱 개인가 여덟 개가 가득 찼고 상자도 몇 개 되었다.

앤 캐서린은 다락에서 일어난 일은 전혀 몰랐다면서 그 시간에는 이미 자신의 아파트로 돌아와 있었다고 말한다. 브라이트비저는 앤 캐서린이 어머니의 집에 좀 더 머물렀을지도 모른다고 생각한다. 어머니를 말리려고 했겠지만 소용없었을 것이다. 브라이트비저에 따르면 스텐겔은 한번 마음을 정하면 되돌릴 길이 없다. "어머니는 단단한 벽 같은 사람이에요." 앤 캐서린이 집에 남아 스텐겔을 도왔을 가능성도 있다. 작품 몇 개쯤은 직접 상자 안에 던져 넣었을 수도 있다. 그녀는 언제나 확실하게 결말이 나길 원했고 드디어 그날이 왔다.

스텐겔은 다락에서 가지고 내려온 쓰레기 봉투와 상자를 자신의 회색 BMW 해치백 자동차에 실었다. 이 부분은 스텐겔이 직접 경찰에 이야기한 내용이다. 해질 무렵, 그녀는 혼자 라인-론운하 쪽으로 차를 몰았다. 북쪽으로 30분을 달려 좁은 아치형 다리가 있는 한적한 구간에 도착했다. 스텐겔은 전에 이곳에 개들을 데리고 산책을 온 적이 있다. 물가 근처의 나무 사이에 차를 대고 쓰레기 봉투와 상자를 모두 내린다. 강가를 오르락내리락하며 여기저기 물건을 버렸다. 죄책감은 들지 않았다고 경찰에 진술했다. "저에게는 아무 의미도 없는 것들이었으니까요." 진흙 속에 가라앉지 않고 물살에 떠내려가는 물건도 있고 포도주잔 두 개는 멀리 던지지 못하는 바람에 낮이 되자 햇빛을 받아 물속에서 반짝거렸다.

브라이트비저는 어머니가 그러고 나서 집으로 돌아갔다가 같은 날 밤 차에 두 번째 짐을 실었을 거라고 생각한다. 나머지 은제품과 구리 화판 그림들을 싣고, 브라이트비저가 성에서 창 밖으로 던져 훔쳐온 융단과 비 오는 날 앤 캐서린의 차로 날랐던 성모 마리아 상도 가져가야 했다. 성모 마리아 상은 약 70킬로그램에 육박한다. "어머니가 그걸 혼자 옮겼다니, 상상이 안 되네요." 분명 도와준 사람이 있었을 것이다.

최근에, 아버지와 10년 전 이혼한 후 처음으로 사귀기 시작한 남자가 있다. 머리가 길고 외모가 준수하며 벽화를 그리는 화가(우연히 그렇게 되었다)로, 이름은 장 피에흐 프리치Jean-Pierre Fritsch다. 프리치의 사유지에는 개인 연못이 있고 아무나 들어갈 수 없게 문으로 막아 놓았다. 당국에서 스텐겔과 프리치의 관계를 알고 난 후에 경찰 잠수부들을 보내 연못을 수색한 결과 열 개의 도난품을 추가로 발견했다. 모두 은으로 된 물건이다. 프리치는 경찰과의 면담에서 스텐겔을 도와 작품을 운반한 적이 없다고 진술한다. 단 한 점도 옮긴 적이 없으며 도난품들이 왜 자신의 연못에서 나왔는지는 전혀 알지 못한다고 부인한다. 결국 프리치는 무혐의로 풀려났지만 브라이트비저는 그가 최소한 그날 밤에는 어머니를 도왔을 거라고 확신한다.

무게가 70킬로그램 가까이 나가는 성모 마리아 상은 시골 성당 마당에 버려져 있었다. 프리치의 연못에서 멀지 않은 농지 근처에 있는 성당으로, 스텐겔이 미사를 가곤 했던 곳이다. 스텐겔은 조각상을 혼자 운반했다고 주장한다. "시간도 오래 걸렸고, 매우 힘들었어요. 신발 위에 올리고 한 걸음씩 걸었습니다." 지나가던 행인이 조각상을 발견해서 나중에는 원래 있던 자리에 다시 설치되었다.

성 밖으로 던져서 갖고 나온 융단은 독일 국경 옆 83번 국도 도랑에 버려져 있었다. 며칠 후, 소변을 보려고 차에서 내린 운전자가 발견했다. 보기에도 귀한 융단인 것 같아 해당 구역 경찰서에 갖다 주었지만 경찰은 융단을 알아보지 못했다. 누가 갖다 버린 값싼 카펫일 거라고 생각하면서도 색이 화려하니 경찰서 휴게실 바닥에 깔아두었다. 융단 위에 당구대를 올려놓고 몇 주 동안이나 밟고 다니다 운하에서 예술품이 대거 발견되었다는 뉴스를 보고 프랑스 경찰과 폰데어뮐에게 알렸다. 17세기 융단은 운하에서 나온 물건들을 보관 중인 박물관으로 옮겨졌다.

구리 화판 그림 세 점은 융단을 버린 곳에서 멀지 않은 숲에 붉은색 에어 프랑스 담요로 싸서 버렸다. 숲에서 벌목하던 인부가 발견했는데 새것과 다름없는 담요를 얻어 좋았다고 한다. 구리도 유용하게 사용했다. 마침 닭장에 비가 새고 있던 터라 작품을 망치로 두들겨 닭장 지붕을 때우는 데 썼다. 그중에는 브뤼헐의 작품으로 알려진 〈가을의 우화〉도 있다. 그림 뒤에는 메모가 붙어 있다. "평생 예술을 사랑하겠습니다." 옆에는 "스테판과 앤 캐서린"이라는 서명도 있다. 그로부터 한 달 뒤 인부는 근방에서 도난당한 예술품을 찾았다는 신문 기사를 읽는다. 구리 작품들은 복원이 시급한 상태이며 역시 같은 박물관으로 보내진다.

브라이트비저에 따르면 이제 나무 화판에 그린 유화들이 남았다. 이 그림들도 그날 밤 늦게, 아마도 새벽 무렵 처리했을 가능성이 크다. "정확한 시간은 몰라요." 스텐겔이 경찰에 진술한다. 브라이트비저는 어머니가 다락에 남아 있던 그림을 모두 차에 싣고 세 번째로 이동을 했을 거라고 추측한다. 어머니는 아들의 예술 관련 서적과 수천 페이지에 달하는 연구 노트, 스크랩북도 모두 갖다 버린다. 베르사체 재킷부터 더러운 양말까지, 브라이트비저의 옷가지도 전부 버린다. 그림이 걸려 있던 고리를 벽에서 모두 떼어내고 필러로 구멍을 메꾼 후 침실은 노란색으로, 거실은 흰색으로 새로 페인트칠을 한다. 3주 후 경찰이 국제 수색 영장을 가지고 왔을 무렵에는 더는 페인트 냄새도 나지 않아 벽을 새로 한 게 아닌지 꼼꼼히 조사할 생각도 하지 못했다.

하지만 그 전에 스텐겔은 그림을 전부 어딘가 은밀한 곳으로 옮긴다. 브라이트비저가 어디에 두었는지 묻자 그저 "숲"이라고 답한다. 이 일을 할 때 프리치의 손을 빌렸는지는 확실치 않지만 유화 60여 점이 모두 숲속 공터 어딘가 한데 쌓여 있을 거라는 의심이 든다. 초상화는 정물화 사이를 가른 채 끼어들어가 있고 풍경화는 마구 접힌 채 우의화들과 엉켜 있는 장면이 눈앞에 떠오른다. 오로지 아름다움으로만 이루어진 이 거대한 덩어리는 이제 참담함 그 자체다.

브라이트비저는 어머니가 자신에 대한 헌신으로 이 모든 일을 했다고 믿고 싶다. 그렇게 믿기로 했고, 그래야만 한다. "나를 보호하려고 그랬겠죠." 다락을 정리해야 경찰이 브라이트비저가 저지른 범죄의 증거를 찾지 못할 테니 말이다. 경찰이 들이닥치면 마약을 화장실에 버리고 물을 내려버리는 것과 비슷하다. 좀 더 극단적인 형태이긴 하지만 말이다. 브라이트비저는 스텐겔의 행동이 모성애의 발현이라고 말한다.

하지만 스텐겔이 경찰에 진술한 내용은 조금 다르다. "나는 아들에게 상처를 주고 싶었어요. 그 아이가 저에게 준 상처를 모두 되돌려주고 벌을 주고 싶었어요. 그래서 아들이 가진 전부를 없애버렸죠."

브라이트비저는 이야기를 이어 나간다. 어머니는 라이터로 그림 더미에 불을 지른다. 더 빨리 타오르도록 휘발유를 부었을지도 모른다. 사실 그럴 필요는 없었을 것이다. 오래된 나무 화판들은 바짝 말라 있고 유화는 불이 잘 붙는다. 브라이트비저는 빠르게 치솟는 불길과 쉬쉬 소리, 여기저기 튀는 불꽃을 상상한다. 그림들이 쪼그라들며 거품처럼 사라져간다. 불의 열기가 뜨겁게 올라오고 물감은 마치 눈물 번진 얼굴의 마스카라처럼 액자 위를 흘러 땅으로 뚝뚝 떨어진다. 곧 그림 더미 전체가 불길에 휩싸이고 불은 탐욕스레 날뛰며 모든 것을 집어삼킨다. 결국 재만 남는다.

32

브라이트비저가 수감된 스위스 감옥 텔레비전에서 어머니에 관한 뉴스가 나온다. 2002년 5월 중순 스텐겔이 경찰 조사에서 그림을 모두 훼손한 사실을 인정한 직후, 사건이 언론에 유출되었다. 기자들에게 이보다 좋을 수 없는 먹잇감을 던져준 셈이다. 전무후무한 도둑질 대잔치에 예술품은 대거 사라져 행방이 묘연하고 모자지간에 더해 여자친구까지 얽힌 사건이라니, 언론에서 물어뜯기에 이만한 게 없다.

지난 두 달간 브라이트비저는 다락에 있던 그림들이 어떻게 됐는지 전혀 알 길이 없었다. "그림은 없다. 원래부터 없었다"는 어머니의 귓속말만 암호처럼 머릿속에 맴돌았을 뿐이다. 그런데 이제 남들과 마찬가지로 TV를 보고 알게 되었다. 경찰 조사에서 브라이트비저의 어머니는 내내 애매모호한 입장이었다. "기억 안 나는 일이 많네요." 어머니가 말했다. 그림을 모두 없앤 것은 맞다고 인정했지만 방화에 대해서는 함구했다. 브라이트비저는 이 사실을 3년이 지나고서야 알았다. 언론에서는 온갖 추측으로 빈칸투성이인 이야기 사이를 메우려 시도했다. 그중 브라이트비저의 어머니가 그림을 모조리 음식물 쓰레기와 함께 갈아서 주방 싱크대 하수구로 흘려보냈다는 이야기가 가장 널리 퍼졌다. 브라이트비저는 믿을 수 없는 시나리오다. 나무 화판을 어떻게 그렇게 처리할 수 있는지 이해가 가지 않는다. 심지어 하나도 아니고 60점의 그림을 그런 방식으로 없앨 수는 없다. 그리고 어머니 집 싱크대에는 음식물 쓰레기를 갈아 보내는 장치도 없다.

알자스 지방 신문 〈랄자스〉는 브라이트비저가 훔친 물건의 총 가격이 10억 달러(약 1조 4,000억 원)에 달한다고 보도했다. 영국 BBC는 14억 달러(약 1조 9,000억 원)로 추정했고 〈뉴욕타임스〉는 14억 달러에서 19억 달러(약 2조 5,000억 원) 사이라고 보도했다. 알자스 지방에서 최대 발행 부수를 자랑하는 〈르 데흐니에 누벨Les Dernières Nouvelles〉은 20억 달러(약 2조 7,000억 원) 이상이라고 보도했다. 박물관 유물은 보통 시장에서 거래되지 않기 때문에 정확한 가격을 매기기 어렵다.

브라이트비저는 늘 자신이 가진 작품의 금전적 가치를 심하게 과소평가했다. 자신은 작품을 소유하는 것이 아니라 돌보는 사람이며 그쪽으로는 크게 관심이 없다고 말했다. 그는 다락에 있는 작품들의 총 가치를 3,000만 달러(약

400억 원) 이하로 추정한다. 하지만 실제로 그보다 훨씬 높다는 것은 브라이트비저 자신이 더 잘 안다. 그는 20억 달러를 물어내야 할까 봐 두렵다. 50번을 죽었다 깨어나도 갚을 수 없는 금액이다. 돈을 다시 모을 수는 없을 것이다. 감옥에 있는 동안 인터뷰 요청이 들어오지만 매번 거절한다. 물론 사법 당국에서도 허가하지 않을 가능성이 높다. 브라이트비저는 공개적으로는 단 한 마디도 한 적이 없다.

TV 뉴스에서 어머니 역시 구속되었다는 사실을 알게 된다. 앤 캐서린은 앞으로 재판이 잡혀 있긴 하지만 아직까지는 자유의 몸이다. 그녀는 경찰 조사에서 어떤 식으로도 작품의 절도나 훼손에 관여한 적이 없다고 진술했다. 앤 캐서린 대신 소아과 간호사이자 독실한 카톨릭 신자이고 성실한 시민이며 무고한 어머니는 감옥에 갇혀 있다. 브라이트비저는 이때 머릿속에서 "전구가 나가는" 느낌이었다고 말한다. 걷잡을 수 없는 슬픔이 몰려온다. 그는 감옥에서 치실을 모두 푼 뒤 몇 겹으로 땋아 끈을 만든다. 그러고는 매듭을 지어 올가미로 만든 뒤 감방 천장의 전등에 매단다. 치실로 만든 올가미가 얼마나 튼튼할지 확실치 않았지만 확인할 일은 일어나지 않았다. 경비원이 발견하고 곧장 뛰어들어왔기 때문이다.

"더는 못 견디겠어요." 이제 브라이트비저는 자살 감시 대상이 되었고 항우울제도 먹어야 한다.

초록, 노랑, 빨강… 창문 밖 세상에서 천천히 바뀌는 신호등을 감옥에 난 창살 사이로 응시한다. 폰데어밀은 브라이트비저를 염려해 경매 책자를 들고 감옥에 들르곤 한다. 브라이트비저는 그가 베푸는 친절이 고맙지만 차마 책자를 열어볼 수는 없다. 3일 동안 내내 신호등만 쳐다보고 있다 어느 순간 머릿속이 정리되기 시작한다. 생각해보니 마지막 희망이 하나 남아 있긴 하다. 그동안 모은 예술품은 모두 사라졌지만 앤 캐서린은 아직 그대로다.

6개월 전 바그너 박물관에서 브라이트비저가 체포될 때 서로를 간절히 바라보던 얼굴. 그것이 두 사람이 마지막으로 나눈 '대화'다. 이제 브라이트비저는 깨어 있을 때도 앤 캐서린 꿈을 꾼다. 프랑스 중세 마을 루파크의 작은 식당. 두 사람이 데이트하러 가끔 가던 곳이다. 테이블에 앉아 활짝 웃는 앤 캐서린의 얼굴을 떠올린다. 보조개가 예쁘다. 이곳에서는 늘 알자스의 명물인 타르트 프랑베tarte flambée를 주문했다. 그때의 열정을 되돌릴 수만 있다면 제정신을 차릴 수 있을 것 같다. 앤 캐서린은 브라이트비저가 살아가는 이유다.

운하 사건을 자백한 이후 브라이트비저는 앤 캐서린에게 연락할 수 없게 되었다. 편지조차 금지되었다. 경찰은 두 사람이 연락을 주고받으면 수사에 방해가 될 거라고 판단한다. 그러나 브라이트비저는 실수로라도 전달될 수 있지 않을까 하는 희망으로 종종 편지를 쓴다. 편지에서 브라이트비저는 용서를 구하고 누차 사랑한다고 이야기한다. 감옥에서 풀려나기만 하면 영업 사원 같은 합법적인 직업을 구할 생각이다. 함께 집을 사고 아이를 낳아 기르며 행복하게 살자고 편지에 쓴다. 2002년 10월 브라이트비저는 서른한 살이 되었고 그때까지 앤 캐서린에게 스무 통의 편지를 보냈다. 그녀가 그중 하나라도 받았는지는 알 길이 없다. 다만 답장은 한 번도 오지 않았다.

브라이트비저는 간절한 마음에 핸드폰을 몰래 빌려서(핸드폰은 감옥에서 금지 품목이다) 기억을 더듬어 앤 캐서린이 일하는 병원으로 전화를 건다. 그녀가 근무하는 부서로 연결되었고 접수처 직원에게 앤 캐서린을 바꿔달라고 부탁한다. 전화기 너머로 앤 캐서린을 부르는 소리가 들리자 브라이트비저의 심장이 뛰기 시작한다. 직원은 다시 전화를 받더니 누구인지 묻는다.

"스위스에 있는 친구입니다." 브라이트비저가 답한다. 누군가 속삭이는 소리가 들린다. "앤 캐서린이 통화하고 싶지 않다고 하네요." 직원은 그렇게 말하고 전화를 끊는다.

우울증이 다시 브라이트비저를 덮친다. 어머니도 감옥에 갇혀 있고 대화도 금지되었다. 허가를 받으면 방문객과 면회는 가능하지만 조부모님은 너무 나이 들고 쇠약해 여기까지 운전할 수 없다. 브라이트비저는 친구도 없다. 다락에 모았던 예술품들은 결과적으로 그의 인생을 망쳤을 뿐이다.

다른 누구도 아닌 아버지가 브라이트비저를 구해낸다. 어느 날 감옥으로 편지 한 장이 도착한다. 시간이 많이 흘렀지만 봉투에 적힌 글씨체를 보고 누구인지 바로 알 수 있었다. 봉투를 여는 순간 여러 가지 기억이 부딪히며 브라이트비저의 머리를 때린다. 아버지와 싸우다 화가 나 벤츠 자동차 안테나를 거칠게 부러트렸던 일, 그리고 제네바 호수에서 아버지가 조종하는 보트로 수상스키를 탔던 꿈만 같던 일. 편지는 단번에 지난 8년의 침묵을 깬다. 그사이 아버지는 재혼을 했고 브라이트비저는 새 가족을 만나본 적이 없다. 아버지 역시 아들이 감옥에 갇혀 있다는 사실을 모르고 있었다. 롤랑 브라이트비저는 TV에서 뉴스를 보자마자 바로 펜을 들었다.

"소식 듣고 편지를 쓴다." 다정하고 진심 어린 편지다. "내 손을 잡으렴. 너를 돕고 싶으니 자존심과 증오를 내려놓으면 좋겠다." 편지 끝에는 '아버지로부터'라는 글귀가 있다. 브라이트비저는 편지를 받고 마음이 눈 녹듯 풀려 곧장 네 쪽이나 답장을 써 보낸다. 얼마 지나지 않아 아버지는 치즈와 살라미를 들고 찾아온다. 꿰뚫어보는 듯한 푸른 눈과 날렵한 몸매가 서로 닮은 두 남자는 묵은 때를 씻고 새로 관계를 이어가자는 데 동의한다. 아버지는 2주에 한 번씩 일요일에 면회를 온다. 만나자마자 아들을 꽉 껴안은 뒤 최대 허용 시간을 다 채워 세 시간 동안 머물며 이야기를 나눈다. 아버지는 20억 달러라는 숫자를 듣고 한편으로는 굉장하다고 생각했다고 말한다. 프랑스 예술품 범죄 경찰 관계자가 TV 뉴스에 나와 브라이트비저의 범죄가 가히 기록적이라면서 "예술 역사의 영원한 한 부분이 될 것"이라고 평하기도 했다.

어느 일요일, 아버지가 재혼한 부인과 딸과 데리고 찾아온다. 브라이트비저는 감옥 면회실에서 새 가족을 소개받는다. 그는 새 가족이 마음에 들었다. 아버지는 할아버지와 할머니를 모셔오기도 했다. 아버지 쪽 조부모는 모두 돌아가셨지만 브라이트비저는 외가 쪽 조부모를 무척 사랑했다. 언제나 그의 편에 서서 지지해주는 할아버지와 할머니는 이번 일도 기꺼이 용서했다. "그 많은 물건이 박물관에 다 같이 누워 있을 필요는 없는 거니까." 할머니가 브라이트비저에게 한 말이다.

사람들이 찾아오고 엄격하던 보안이며 자살 감시가 해제되면서 브라이트비저는 감옥 생활에 적응해보려 노력한다. 감옥에서 도청기를 조립하는 작업을 맡기도 하고, 실내용 자전거도 수백 마일씩 탄다. 동료 수감자들에게 미술품 자금 세탁에 대해서도 배운다. 그러다 감옥 생활에서 새로운 일거리를 발견하는데, 그는 마약에 아예 관심이 없었으므로 수감자들의 '자체 소변기' 역할을 맡아 한다. 마약 검사를 받아야 하는 제소자에게 깨끗한 소변 샘플을 제공하고 그 대신 코카콜라 한 캔을 받는다.

브라이트비저의 재판은 절차가 복잡해 재판 준비에 오랜 시간이 걸린다. 스위스에서만 60점 이상의 미술품 절도 혐의가 있고, 납부하지 않은 주차 위반 고지서도 15개나 된다(스위스 사람들은 이런 부분에 무척 예민하다). 프랑스에서도 재판이 잡혔다. 피고는 어머니와 앤 캐서린, 그리고 브라이트비저 세 사람이다. 브라이트비저가 예술품을 훔친 나라가 총 7개국이니 사실 각 나라에서 모두 재판이 열릴 가능성도 없지 않다. 과연 자유의 몸이 되는 날이 오기는 할지 궁금할 때가 있다. 감옥에서의 두 번째 크리스마스가 지나고 2003년 새해도 지난다. 국선 변호사 장 클로드 모리소Jean-Claude Morisod와도 자주 만난다. 법조계에서 예술 애호가로 알려져 있어 브라이트비저 사건에 특별히 배정된 유능한 변호사다.

2003년 2월 4일 화요일 아침, 브라이트비저는 죄수 수송 차량에 오른다. 바그너 박물관에서 체포된 지 15개월이 지났다. 긴장으로 잠을 잘 자지 못해 초췌하고 헝클어진 모습에 머리도 지저분하다. 수송 차량이 어느 성 앞에 도착한다. 화강암 벽에 작은 창문이 달려 있고 모퉁이마다 첨탑이 솟은 성이다. 브라이트비저는 수갑을 찬 채 차에서 내린다. 이 성은 13세기에는 적의 침입을 막는 요새로 쓰였고 현재는 그뤼예르 형사 재판소로 사용된다. 브라이트비저는 스위스 26개 주 중 16개 주에 있는 박물관에서 한 번 이상 물건을 훔쳤다. 그중 첫 장소가 바로 그뤼예르성으로, 앤 캐서린과 스키 여행을 가던 길에 들러 유화를 훔친 곳이다.

눈 덮인 다리를 지나 성을 에워싼 해자를 건너 안으로 들어간다. 사진 기자들이 늘어서서 조명을 번쩍이며 아우성을 친다. 여기저기서 질문이 쏟아지지만 무슨 말인지 알아들을 수 없다. 그 순간, 옷을 좀 차려입고 나올 걸 그랬다는 생각이 든다. 법정 내부에 들어서니 회색과 흰색으로 칠한 석고 벽과 대리석 벽난로가 엄숙한 느낌을 풍긴다. 벽난로에는 "예술, 과학, 상업, 풍요"라고 새겨져 있다. 스위스가 지향하는 가치다.

브라이트비저는 판사를 마주 보고 앉는다. 판사는 시선을 사로잡는 네모난 안경을 썼고 허튼소리는 단 한 마디도 용납하지 않을 듯이 위압적인 모습이다. 옆에는 세 명의 여성과 남성 한 명으로 이루어진 배심원단이 앉아 있다. 모두 나이는 중년쯤으로 보이며 사건의 판결과 형량 결정에 참여한다. 브라이트비저 뒤에는 변호사가 앉는다. 옷을 잘 차려입었고 꼿꼿한 자세가 어딘지 귀족적으로 느껴진다. 떼지어 몰려온 언론사 기자들을 위해 의자가 빼곡히 놓여 있다. 브라이트비저는 방 안에 있는 사람들의 눈이 모조리 자신에게 쏠리는 것을 느낀다. 개회 선언이 있고 재판이 시작된다.

33

브라이트비저가 유죄라는 데에는 의심의 여지가 없다. 공식적으로 자백한 사건만 100건이 넘는다. 문제는 처벌의 수위다. 브라이트비저는 이미 444일 동안 감옥에 있었고, 변호사는 그것으로 충분한 벌을 받았다고 주장한다. 이 재판이 끝나면 곧바로 풀려나길 원한다. 브라이트비저는 절도 과정에서 아무런 폭력도 행사하지 않았다. 폭력은커녕 예의를 차렸다고 할 수 있다. "제 의뢰인은 강도가 아닙니다. 오히려 신사이지요." 취리히 근처 성에서 실수로 진열장을 깨트린 것 말고는 박물관 창문을 깬 적도, 공공 기물을 파손한 적도 없다. 진열장을 깬 일은 진심으로 사과하며 손해 배상도 충실히 할 것이다.

피고 쪽 증인은 두 명뿐이다. 액자 가게의 크리스티앙 메쉴르는 친구가 도둑이라는 사실을 알고 무척 놀랐지만 그보다는 연민이 들었다고 말한다. 브라이트비저와 친해질 수 있어 영광이었다고도 덧붙인다. "수집가의 기질을 타고 났지만 열정이 지나쳐 제정신이 아니었나 봅니다." 메쉴르가 스위스까지 자비를 들여서 왔다고 하자 판사는 법원에 말하면 경비 처리된다고 알려준다. 메쉴르는 사양하며 말한다. "친구를 위해 온 겁니다."

"실망시켜서 미안해." 브라이트비저가 자리에 앉은 채 메쉴르에게 말한다.

"사과하지 않아도 돼." 메쉴르가 답한다.

브라이트비저의 아버지도 증인석에 나온다. 롤랑 브라이트비저는 이혼 과정에서 다툼이 잦았고 자신이 오랫동안 옆에 없었다는 점을 들며 아들의 행동에 일부 책임을 느낀다고 인정한다. 브라이트비저가 어릴 때부터 혼자였고 "친구도 많지 않았다"고 증언한다. 혼자 있는 것을 좋아했고 박물관이나 유적지에 자주 갔다고 한다. "예술로나마 주변을 채워야 했을 겁니다. 그럴 만도 합니다." 사람보다는 물건에 더 애착을 가진 아이였다고 말한다.

브라이트비저 역시 증인석에 오른다. 언제나 수집을 그만두는 날을 상상했다면서 눈물로 호소한다. 오래된 예술 작품은 시간 여행자 같은 존재라서 다락은 그저 정류장이었을 뿐이라고 말한다. 훔친 작품들은 브라이트비저보다 세상에 더 오래 머물 것이다. "저는 잠시 맡아두었을 뿐입니다." 브라이트비저는 훔친 물건을 모두 돌려줄 계획이었다고 덧붙인다. "10년이나 15년, 20년쯤 지나서요." 그렇게 작품들은 여행을 계속할 계획이었다.

"눈물 많은 어린아이에게 속지 마십시오." 브라이트비저가 늘어놓는 허튼소리에 짜증이 난 스위스 검사가 반박한다. "양심의 가책이라고는 찾아볼 수 없는 위험한 인물입니다. 이 사회에도 위협적인 존재입니다." 검사는 브라이트비저가 기회가 되면 또다시 도둑질을 할 수 있다고 경고한다.

"도둑질은 더는 없다고 확실히 말씀드릴 수 있습니다. 저는 이미 예술에게 벌을 받았어요." 브라이트비저가 다시 말한다. "정말로 언젠가 전부 돌려놓을 생각이었습니다."

판사도 반신반의한다. "명예를 걸고 맹세할 수 있습니까?" 브라이트비저는 맹세한다.

"제 의뢰인이 말하고자 하는 바를 잘 들어주십시오. 작품을 '훔친' 게 아니라 잠시 '빌린' 것일 뿐입니다." 변호사가 재차 강조한다. 도둑이 작품을 빌렸다니, 터무니없는 말처럼 들리겠지만 1961년 런던 내셔널 갤러리에서 사라진 〈웰링턴 공작의 초상〉 사건에서 영국 변호사 제러미 허친슨Jeremy Hutchinson이 같은 내용으로 멋들어지게 변론한 바 있다. 57세였던 도둑 켐프턴 번튼Kempton Bunton은 작품을 훔친 뒤 4년 동안 자기 집에 갖고 있었다. 그러다 여행용 가방에 넣어 버밍엄 기차역 사무실에 버리고 자수했다. 재판에서 번튼은 그림을 훔친 혐의에 대해서는 전적으로 무죄 판결을 받았다. 그러나 액자는 돌려주지 않았기 때문에 액자 절도로 기소되었고 결국 3개월간 수감 생활을 했다.

1911년 〈모나리자〉 사건의 경우 빈센초 페루자는 모국인 이탈리아에서 체포되어 재판을 받았다. 페루자의 변호사는 이 사건을 미학적 열정과 애국심이 결합해 벌어진 일로 포장했다. "모나리자를 보자마자 사랑에 빠졌습니다." 페루자는 또한 초상화를 원래 고향인 이탈리아로 가져갈 수 있어 영광이었다고 말했다. 페루자가 그림을 현금화하려고 했다는 점과 〈모나리자〉가 법적으로 프랑스 소유라는 사실에 상관없이 작전은 적중했다. 역사상 가장 대담한 미술품 절도 사건이었지만 페루자가 감옥에 있었던 기간은 총 7개월 하고도 9일뿐이었다.

두 사건에서는 작품이 모두 온전한 상태로 돌아왔다. 브라이트비저 역시 그렇게 되길 바랐다고 변호사가 짚고 넘어간다. 그는 이미 〈웰링턴 공작의 초상〉과 〈모나리자〉 도둑 두 명의 수감 기간을 합친 것보다 오랜 시간 감옥에 있었다. 변호사는 작품이 비극적 결말을 맞이한 것은 유감이지만 그렇다고 해서 브라이트비저의 잘못이라고 볼 수는 없다고 주장한다.

스위스 검사는 당연히 브라이트비저의 잘못이라고 반박한다. 그가 박물관에 가서 다른 사람들처럼 그저 감상만 했더라면 그림들은 아직도 제자리에 있을 것이다. 이런 사람이 사회에 해로운 범죄자가 아니라는 어떤 주장도 말이 안 된다. 지금까지 있었던 예술품 도둑 중에서도 가장 악질이라고 할 수 있다. 스위스 경찰은 브라이트비저가 미술품을 훔치기 위해 사용한 47가지 수법을 일목요연하게 정리했다. 7년 동안 평균적으로 12일에 한 번씩 도둑질을 했다. 이런 범죄자가 해를 입힌 적이 없다고 주장하다니 가당찮다. 검사는 편지 더미를 법원에 제출한다. 분노에 찬 박물관 큐레이터와 화랑 주인들, 경매 회사가 배상을 요구하는 편지다. 브라이트비저의 왜곡된 정신 세계에서는 이 상황이 해롭지 않은 모양이지만, 실제 현실에서는 박물관뿐 아니라 인류의 문화 유산 전체에 손상을 입혔다고 주장한다. "우리 모두가 피해자입니다."

루체른시 문화부 책임자가 검사의 호명에 증언대에 선다. 그는 바그너 박물관에 있던 나팔에 대해 찬사를 쏟아낸다. 브라이트비저가 마지막으로 훔친 작품이다. "독특하고 아름다운 물건이었습니다." 1584년에 만들어졌고, 금도금이 되어 있으며 수백 년간 아름다움을 뽐내왔다. 루체른 문장이 새겨진 어깨끈조차 역사적으로 중요한 의미를 갖는다.

다락에 있던 수십 개의 다른 물건과 마찬가지로 나팔도 끝내 발견되지 않았다. 어깨끈만 겨우 물에서 건졌을 뿐이다. 나팔의 몸통은 운하에 떠내려 갔거나 진흙 속에 가라앉았을 가능성이 높다. 강이나 연못에 버렸다고 추정되는 물건들이 더 있지만 아직 발견되지는 않았다. 브라이트비저의 어머니는 입을 닫고 있다. 일부 언론에서는 브라이트비저와 그의 어머니, 앤 캐서린 세 사람이 공작해 작품을 어딘가 숨겼을 거라고 추측하지만 경찰은 이 가능성에 대해서는 회의적이다. 현실은 이보다 더 심각하다. 원목 조각상은 대부분 사라졌다. 브라이트비저는 원목 작품들이 유화와 함께 불에 탄 게 아닐까 의심한다.

그뤼예르성의 큐레이터는 검사 측 증인으로 나와 브라이트비저가 박물관에서 훔쳐간 물건이 네 개라고 증언한다. 금박 벽난로 부속품은 운하에서 발견해 복원했다. 도로변에 나뒹굴다 경찰서 당구대 밑에 깔렸던 융단도 복구되었다. 하지만 소중한 그림 두 점은 영원히 사라졌다. 큐레이터는 이 때문에 박물관 경보 시스템을 새로 바꿨다고 언급한다.

스위스 남부 발레주 마테호른 근처에 있는 한 역사 박물관의 관장 마리 클로드 모랑Marie-Claude Morand도 증인석에 올라 잃어버린 담뱃갑과 사냥칼에 대해 증언한다. 사냥칼은 운하에서 건져 올렸지만 담뱃갑은 끝내 찾지 못했다. 나폴레옹의 의뢰를 받고 프랑스의 유명 세밀화가 장-밥티스티 이사비Jean-Baptiste Isabey가 그림을 그려 넣은 담뱃갑이다. "상아에 파스텔로 그린 작품입니다. 아주 희귀하며 관람객들에게도 인기가 매우 높았습니다." 나폴레옹은 1805년 한 기념행사에서 당시 독립국이었던 발레와 프랑스의 긴밀한 유대 관계를 기념해 이 담뱃갑을 선물했다. "금전적 가치보다 더 중요한 것은 이 작품이 지닌 의미 자체, 그리고 물건과 장소 사이의 맥락입니다." 모랑은 수색을 멈추지 말아달라고 경찰에 읍소하며 감정이 격해진다. 그 모습을 본 브라이트비저도 놀라고 당황한다.

"죄송합니다." 그가 모랑을 향해 중얼거린다.

모랑은 말을 이어간다. "박물관은 이런 식의 도난 사고에 대비할 길이 없습니다. 박물관을 금고로 만들 수는 없으니까요. 우리는 공공 기관이며 여기는 누구나 들어올 수 있는 곳입니다. 방문객들에게 겨울에 코트를 벗고 들어오라고 할 수는 없지 않습니까. 너무 이상하죠." 모랑이 관장으로 있는 박물관은 4층 높이에 경비원은 두 명뿐이다. "더는 보안 요원을 늘릴 예산이 없습니다." 모랑이 개탄하며 말한다. 브라이트비저가 이 박물관에서 훔친 또 다른 물건 역시 나폴레옹보다 200년 앞서 프랑스에서 발레에 선물한 사냥칼이다. 모랑은 설명을 계속한다. "17세기 작품으로, 칼날부터 칼자루 끝까지 은으로 양각 장식이 세공되어 있습니다. 그 시대의 특징이지요."

"어, 잠시만요." 브라이트비저가 자리에 앉은 채 목소리를 높여 끼어든다. "말씀 중에 죄송하지만 칼날만 17세기 작품입니다. 날 밑부분부터는 19세기에 은 세공 명인인 한스-피터 오에리Hans-Peter Oeri가 원작을 따라 만들었죠. 화학적 검사로 이미 증명되었습니다."

"그걸 어떻게 알죠?" 모랑이 궁금해하며 묻는다.

"무기용 칼에 대해 읽었어요. 그러고는 바젤 미술관 도서관에서 이 칼의 화학적 분석에 대한 과학 학술지 논문을 한 편 찾았어요. 저도 매우 실망했죠." 브라이트비저는 이어 말했다. "박물관 벽에는 칼 전체가 '원래 작품 그대로'라고 적혀 있지만 틀린 정보입니다." 마치 박물관 탓에 결함 있는 작품을 훔쳤다는 듯한 말투다. "정말이지, 수집가로서 제 물건이 완벽하면 좋겠거든요."

모랑은 박물관 큐레이터이면서 동시에 역사학자이고 중세 시대 연구가이기도 하다. 모랑이 그 칼에 대해 연구했을 때 브라이트비저와 같은 의문을 품긴 했지만 실제로 이에 대해 발표된 바가 있는지는 몰랐다. "그 논문이 실린 학술지 이름을 알고 싶습니다." 모랑은 마치 학회에서 동료와 이야기하듯 말했다. 브라이트비저는 학술지 이름을 댄다.

검사는 브라이트비저의 매력에 끄떡도 하지 않고 최종 변론에서 무자비한 공격을 퍼붓는다. 브라이트비저가 앤 캐서린에게 쓴 편지를 읽어 내려간다. 경찰이 사전에 차단해 당사자에게 전달되지는 못한 편지다. 편지에는 브라이트비저의 솔직한 마음이 담겨 있다. "만약 그때 체포되지 않았더라면 지금 행복을 누리고 있겠지. 거기다 새로운 작품도 스무 개쯤? 아니 더 많이 가질 수 있었을 거고." 심리치료사 미셸 슈미트는 브라이트비저가 "죄책감을 느끼지 못한다"고 말하면서 "상습적으로 범행할 가능성이 매우 높다"고 보고했다.

스위스 검사는 브라이트비저 같은 사람을 시민 사회 일원으로 허락하는 것은 인류 문명의 실패를 의미한다고 단언한다. 그는 브라이트비저에게 특수 절도죄로 무거운 처벌을 내려달라고 재판부에 요청한다. 변호사는 관용을 베풀어달라고 밀어붙인다. 3일 간의 재판이 끝나고 배심원도 심의를 위해 자리에서 일어난다.

34

두 시간 반이 지나고 재판 결과가 나온다. 법에서는 '무엇을' 훔쳤는지보다 '어떻게' 훔쳤는지가 더 중요하다. 사탕 하나를 훔쳤다고 해도 총을 들고 있었다면 빈손으로 가서 크라나흐 그림을 들고 나온 도둑보다 죄가 무겁다. 브라이트비저는 폭력을 쓴 적이 없을 뿐 아니라 누군가를 해치겠다는 협박조차 한 적이 없으므로, 법에서는 이를 단순 절도로 간주하고 이 경우 최고 형량은 징역 5년이다.

배심원단은 징역 4년을 선고한다. 브라이트비저가 감옥에 있던 1년 3개월도 이 기간에 포함된다. 박물관과 미술관에 지불해야 할 벌금도 많이 나왔다. 그래도 수십만 달러(수억 원) 정도이지 수천억 달러(수조 원)는 아니다. 법률 관계자들은 판결이 다소 약하다는 의견이지만 브라이트비저는 사기를 당한 기분이다. 경찰 조사에서는 순순히 자백하면 형량이 줄어들고 징역형 외에 다른 처벌은 없을 거라고 들었다. 게다가 재판이 끝나면 곧바로 풀려날 수 있으리라 기대했다. 마이어와 폰데어뮐은 사실 이런 내용을 살짝 흘리기만 했을 뿐 재판 결과를 보장하지는 않았다. 법정에서 다시 감옥으로 호송되기 전 브라이트비저는 방청석의 아버지를 쳐다본다. 처음으로 아버지가 우는 모습을 본다.

브라이트비저는 스위스 교외의 한 교도소에 수감된다. 낮 동안은 교도소 안에서 일을 할 수 있다. 오래된 컴퓨터를 분해해 재활용이 되는 부품을 떼어내는 작업이다. 적은 금액이지만 월급도 받는다. 하지만 여기서 버는 돈은 모두 벌금으로 귀속된다. 아버지는 계속해서 2주에 한 번씩 일요일에 면회를 온다. 재판에서는 언론에 의해 실제보다 죄가 부풀려졌다고 항의했지만 막상 교도소에 들어오니 20억 달러라고 하면 오히려 사람들이 우러러본다. 브라이트비저는 이에 대해 더는 논쟁하지 않는다.

서른두 번째 생일이 지나고 감옥에서의 세 번째 크리스마스와 2004년 새해가 지나간다. 구치소에서 아주 싫지는 않은 운동을 하나 찾았다. 탁구다. 숫기가 없다 보니 다른 사람들처럼 옷을 벗고 샤워하지 못해 속옷을 입고 씻는다. 항소심에서도 형량과 벌금은 그대로 확정된다. 앤 캐서린으로부터 마음이 변치 않았다는 편지 한 통만 온다면 안심할 수 있을 텐데 연락이 전혀 없다.

2004년 7월 13일, 바그너 박물관의 지문을 지우러 앤 캐서린과 스위스로 떠난 지 3년이 다 되어가던 날 브라이이트비저는 프랑스로 옮겨진다. 커다란 죄수 호송 차량으로 이동한다. 등 뒤로 채워진 수갑이 너무 세게 조여 손목을 파고든다. 호송 차량이 어머니의 집 근처를 지나자 기분이 몹시 안 좋다. 아버지가 어머니의 소식을 전해준 적이 있다. 체포되었던 일 때문에 어머니는 직장에서 해고되었고 모은 돈이 많지 않다 보니 다락이 있던 집을 팔고 연로한 조부모님 집으로 들어가 살고 있다고 한다.

브라이트비저는 스트라스부르 근처에 있는 혼잡한 구치소에 갇힌다. 바퀴벌레가 들끓고 벽에는 배설물이 말라붙어 있는 감방에서 다른 죄수 두 명과 함께 생활한다. 스위스에서는 교도관이 자신을 부를 때 '브라이트비저 씨'라고 했는데 프랑스에서는 죄수 번호로 호명한다. 좋은 소식도 있다. 앞으로 있을 재판이 마지막 재판이라고 한다. 다른 나라들은 시간과 비용을 절감하기 위해 프랑스와 합동으로 재판을 열기로 했다.

감옥에서 불편하게 2주를 보낸 어느 날, 미리 말도 없이 교도관이 들어와 수갑을 채워 방 밖으로 끌고 나간다. 계단을 몇 층 올라가 프랑스 조사관의 사무실에 도착한다. 브라이트비저 사건을 담당하는 미셸 리샬Michèle Lis-Schaal을 만난다. 변호사도 두어 명 있다. 그리고 가슴을 쥐어짜는 느낌이 든다. 앤 캐서린이 거기 있다.

브라이트비저가 소리쳐 부르지만 앤 캐서린은 대답하지 않는다. 마치 로봇처럼 앞만 보고 있을 뿐이다. 그가 찬 수갑이 풀리고 모두 자리에 앉는다. 조사관은 앤 캐서린이 소환된 이유를 설명한다. 스위스에서 브라이트비저가 경찰에 진술한 내용과 프랑스에서 앤 캐서린이 진술한 내용이 일치하지 않고, 앤 캐서린은 이 문제를 서둘러 해결하고 싶어 한다고 말한다.

브라이트비저에게는 아무 말도 들리지 않는다. 오직 앤 캐서린만 쳐다보다 소리친다. "살아 있다고 한마디라도 해 주지 그랬어?"

조사관이 그녀를 대신해 대답한다. 브라이트비저와의 연락은 금지되어 있고 어길 경우 감옥에 갇힐 수 있으며 지금도 마찬가지라고 한다. 이 말 끝에 앤 캐서린이 고개를 돌려 다정한 얼굴로 브라이트비저를 한 번 봐주니, 그 순간 오랜 수감 생활의 고통에서 벗어나는 느낌이다. 앤 캐서린은 아직 그대로인 게 분명하다.

브라이트비저는 마이어와 폰데어뮐이 앤 캐서린의 역할에 대해 질문할 때마다 늘 '뭉뚱그려' 답해왔다. 거의 매번 앤 캐서린이 동행하기는 했지만 물건을 훔칠 때는 가까이 있지 않았고, 아니면 그녀는 말렸지만 자신이 말을 듣지 않은 채 도둑질을 강행했다고 말해왔다. 그러나 앤 캐서린은 신문 과정에서 모든 혐의를 부인하며 진실을 왜곡하다 못해 거짓 진술을 했다.

"저는 예술품을 훔치는 줄도 몰랐어요." 경찰 진술에서 그녀는 다락에 간 적도 거의 없다고 말했다. "집에 같이 있을 때는 다른 방에 있었거든요." 집에서 찍은 영상을 보면 앤 캐서린의 주장과 상반되는 상황이 있지만 경찰은 이를 크게 신경 쓰지 않았고 영상을 증거로 제출하지도 않았다.

그러나 프랑스 조사관이 의심에 찬 눈초리로 묻는다. "그런데 왜 두 사람 이야기가 이렇게나 다르죠?"

"저도 모르겠어요. 제 입장에서는 미치고 펄쩍 뛸 노릇입니다." 앤 캐서린이 답하자 조사관은 브라이트비저 쪽으로 몸을 돌려 두 사람 이야기가 다른 이유를 다시 묻는다.

브라이트비저는 작전을 짜느라 잠시 생각하다 답한다. "제 잘못입니다." 자신의 기억이 잘못됐다고 덧붙인다.

"앤 캐서린은 저와 공범이 결코 아닙니다." 같이 박물관에 간 적도 거의 없다고 말한다. 조사관이 주먹으로 책상을 내리치고 브라이트비저는 입을 굳게 다문다. 앤 캐서린의 공범 사실을 드러내는 어떤 이야기도 하지 않는다. 두 사람의 변호사들은 기록을 수정하지 않고 그대로 있는다. 조사관은 이 자리에서 일어나는 거짓말 잔치에 진저리를 치며 모두 나가라고 한다.

복도에서 브라이트비저는 잠시 앤 캐서린을 마주할 기회를 얻는다. 두 사람의 얼굴이 가까이 있다. 앤 캐서린이 그에게 팔을 갖다 댄다. 애정을 확인하는 말을 해줄지도 모른다. 아니면 방금 조사관 앞에서 한 연기를 칭찬할지도. 어쩌면 입을 맞출 수도 있다. 그러나 결국 아무 일도 일어나지 않는다.

감옥에 돌아오니 복도에서의 순간이 머릿속을 맴돌고 앤 캐서린의 향기가 사라지지 않는다. 브라이트비저는 앤 캐서린을 사랑한다. 그건 스스로도 확실히 알고 있다. 두 사람은 10년을 함께했고 앞으로도 함께할 것이다. 오직 이 생각으로 감옥에서의 네 번째 크리스마스를 버티고 2005년 1월 6일, 드디어 프랑스에서 재판이 열린다.

스위스 재판 때와 달리 이번에는 준비를 좀 했다. 브라이트비저는 회색 이브생로랑 정장 차림으로 스트라스부르 법정에 들어선다. 푸른색 셔츠를 입었고 넥타이는 매지 않았다. 손에는 수갑이 채워져 있다. 법정 안에는 사진 기자들이 다닥다닥 붙어 앉아 있다. 최소한 스무 군데 언론사에서 나온 듯하다. 앤 캐서린이 보인다. 아버지도 있다. 어머니를 찾는 데는 한참 걸렸다. 머리에 스카프를 두르고 선글라스를 쓴 채 고개를 푹 숙였다. 눈을 마주치려 해보았지만 어머니는 고개를 들지 않는다.

앤 캐서린이 증인석에 불려 나온다. 증언 전에 오로지 진실만을 말하겠다는 선서를 해야 한다. 브라이트비저는 어머니에게서 눈을 떼 앤 캐서린을 쳐다본다. 이름과 생년월일, 주소를 차례로 말한다. 그러고는 브라이트비저가 지금까지 몰랐던 사실 하나를 더한다. "19개월 된 아들의 엄마입니다."

총알이 브라이트비저의 심장을 관통한다. 그는 반응이 없다. 아니, 반응할 수 없다. 몸이 움직이지 않는다. 앤 캐서린은 그가 체포되고 나서 10개월 후에 다른 사람의 아이를 가졌다는 이야기를 하고 있다.

35

프랑스 재판에는 총 세 명의 증인이 출석한다. 브라이트비저의 어머니가 첫 증인이지만 증언이 일관되지 않다. 2001년 경찰이 국제 수색 영장을 들고 찾아왔을 때 스텐겔은 아들이 예술품을 들고 집에 온 적이 없다고 주장했다. 이후 2002년 경찰 조사에서는 아들이 훔친 수많은 작품을 자신이 전부 없앴다고 인정했다. 그런데 2005년인 지금에 와서는 작품을 훼손했다는 이전 진술은 강요에 의한 것이었고, 사실은 작품을 갖다 버린 적이 없다고 말한다.

아들의 방에서 유화 한 점도 본 적이 없다고 맹세한다. 그림을 걸었던 고리를 없애지도, 벽을 수리하지도 않았다. 다락은 언제나 잠겨 있었고 스텐겔은 열쇠가 없었기 때문에 브라이트비저가 사는 동안 다락에는 가본 적이 없다고 말한다. 그리고 몇 분 후에는 다락에 들어갈 때마다 그곳에 있는 "작품들을 보는 게 힘들었다"고 이야기한다. 말실수를 깨닫고는 전부 벼룩시장에서 합법적으로 구매한 작품인 줄 알았다고 말을 뒤집는다.

이야기가 뒤죽박죽이지만 그럴 수밖에 없다. 직장을 잃고 집도 없으니 제정신이 아니다. 두렵고 화도 난 상태다. 스텐겔은 한 마디 더 보탠다. 이 부분은 간결하고 명확하다. "제 아들을 증오합니다." 얼음처럼 차가운 최종 변론이다.

프랑스 검사가 끼어들어 그녀의 이야기에서 사과는 한 마디도 찾아볼 수 없다고 지적한다. "인류 문화 유산에 상상조차 할 수 없고 되돌릴 수도 없는 타격을 입혔습니다." 검사가 재판부를 향해 이야기한다. "이 끔찍한 사건의 주요 인물이며 가장 책임이 큰 사람입니다."

스텐겔의 심리 분석 보고서가 증거로 제출된다. 앤 캐서린의 심리 검사를 맡았던 심리학자 세자르 레돈도는 스텐겔이 "역사적 가치가 높은 예술 작품을 양심의 가책 없이 무자비하게 파괴했다"는 점은 의심의 여지가 없다고 적었다. 스텐겔은 자신이 무슨 일을 저지르는지 분명히 알고 있었다. 그런데 어째서 더 간단하고 인간적이며 합법적인 방법을 쓰지 않았을까? 그냥 경찰서에 작품을 내놓으면 되었을 텐데 말이다. 레돈도는 이 부분을 알아내고자 했다. 하나뿐인 자식을 향한 소유욕, 그 안에 존재하는 극단적인 형태의 애증. 스텐겔은 아들과의 유대를 갈망한다. 마치 브라이트비저가 예술에 대해 갖는 감정과 비슷하다. 브라이트비저를 검사했던 스위스 심리 치료사 슈미트 역시 똑같은 말을 했다.

스텐겔에게 다락의 작품들은 아들의 애정을 독차지하는 경쟁자나 마찬가지였다. 여자친구인 앤 캐서린보다도 더 강력한 존재였다. 박물관이나 다락, 어디에라도 이 작품들이 존재하는 한, 아들은 자유로울 수 없다. 그래서 브라이트비저가 감옥에 갇혀 아무것도 할 수 없을 때 라이벌을 제거했고, 브라이트비저 역시 매우 고통스러운 방법으로 벌했다.

검사는 스텐겔이 번복한 진술을 모두 열거하기 시작했고 브라이트비저는 어머니를 변호하기 위해 자리에서 일어난다. “어머니를 함부로 대하는 건 거기까지 하시죠!” 브라이트비저가 소리친다. “어머니는 예술에 대해 아무것도 모릅니다. 내가 도둑질하는 것도 몰랐어요.” 어머니가 자신을 증오한다니 마음이 아팠지만, 그렇다고 어머니를 향한 마음이 달라지지는 않는다. “제 소중한 어머니입니다.” 판사가 브라이트비저에게 자리에 앉아 정숙하라고 명령한다.

스텐겔의 변호사는 작품에 대해서는 거의 언급하지 않고 그 대신 그녀가 얼마나 훌륭한 여성인지 강조한다. 말썽 많은 아들을 홀로 키우며 병원에서 아이들을 돌보았다. 그런 사람이 감옥에 가야 하다니, 말도 안 될 뿐 아니라 잔인한 일이라고 주장한다. 이미 아들에게 이용당할 만큼 당했고 그녀도 피해자일 뿐이다. 이 대목에서 스텐겔이 두 손으로 얼굴을 감싸고 흐느낀다.

변호사의 호소는 효과가 있어 보인다. 도난품을 자체적으로 처리하고 공공의 재물을 파손한 혐의에 대해 유죄를 선고받았지만 형량은 4개월이 채 안 된다(원래는 3년 이하의 징역에 벌금도 상당할 수 있다). 그 후 8개월의 집행 유예 기간 전자 발찌를 착용해야 하고 매주 월요일 경찰서에 출석해야 한다.

다음은 앤 캐서린이 증언대에 불려 나온다. 긴 검은색 치마 차림이다. 지금까지와 마찬가지로 모든 혐의를 강력히 부인하며 다락에 르네상스 작품이 있는 줄 몰랐다고 주장한다. 브라이트비저는 앤 캐서린이 이렇게 겁먹은 목소리로 말하는 것을 들어본 적이 없다. 앤 캐서린은 자동차 여행에도 동행한 적이 없다고 증언한다. 당연히 차에서도 예술품을 본 적이 없다. 두 사람은 제대로 된 데이트도 거의 한 적이 없다. 연인보다는 지인에 가까운 사이였다. "무서웠습니다." 앤 캐서린이 말한다. 브라이트비저와 함께한 시간 동안 인질로 잡힌 기분이었다고 말한다. "그는 저를 괴롭혔어요."

브라이트비저는 더는 참을 수 없다. 앤 캐서린의 말을 자르며 큰소리로 끼어든다. 체포되기 얼마 전에 도미니카 공화국에서 까르띠에 반지를 선물했던 이야기를 한다. 공식적으로 프러포즈를 하지는 않았지만 약혼한 사이나 마찬가지였다. 남은 인생은 그녀와 함께일 거라고 생각했다. 그러다 어디에선가 옹알거리는 소리가 들려 고개를 돌리니 남자아이가 아기띠에 안겨 있다. 앤 캐서린의 아들이다.

"적어도 나는 몰래 아이를 낳지는 않았어." 브라이트비저가 비난의 목소리를 높인다. "내가 너 같은 괴물의 아이를 가질 리가 없잖아?" 앤 캐서린이 대꾸하고 판사는 정숙을 외친다.

브라이트비저는 앤 캐서린이 이제야 처음으로 진짜 속내를 말했다고 깨닫는다. 그를 괴물이라고 생각하고 있다. 맞는 말이다. 자신과 달리 앤 캐서린은 죄가 없다. 브라이트비저의 화가 누그러지고 앤 캐서린의 말대로 그녀는 절도 사건에 아무런 관련이 없다고 진술한다.

프랑스 검사는 앤 캐서린이 대놓고 거짓말을 한다고 지적한다. "위증입니다. 어이가 없을 정도입니다." 검사가 말한다. "앤 캐서린은 브라이트비저와 전 유럽을 돌다시피 했습니다. 같이 살기도 했고요. 브라이트비저가 작품을 훔칠 때 망설임 없이 망을 보고 적극적으로 참여했습니다. 절도를 돕고 옆에서 조언을 했고 훔친 물건을 핸드백에 숨겨주었습니다." 검사는 두 사람이 같이 있는 것을 본 목격자가 많다고 강조한다. 화랑에서 그림을 훔치다 잡혔을 때는 둘이 같이 체포되기까지 했다. 그러나 결국 브라이트비저의 도움으로 절도나 재물 손괴 혐의로 기소되지는 않고, 도난품을 취급한 혐의만 적용되었다. 검사는 최대형인 2년형을 구형했다.

앤 캐서린의 변호사인 에릭 브라운은 검사의 말을 일부 받아들이며 포문을 연다. 앤 캐서린이 증언대에서 정확한 진실을 말하지 않았을 수 있다고 인정한다. 하지만 지속적으로 괴롭힘이나 구타를 당한다면 누구라도 그러지 않겠느냐고 반문한다. "제 의뢰인은 여기 이 젊은 남자의 손아귀에 잡혀 있었습니다." 브라운이 변론을 이어간다. "지배당하고 있었고 두려움 속에서 고통받으며 살았습니다." 이제 아기까지 있다. 여기 있는 사람들은 정말 이 여인이 감옥에 갇히기를 바라는지 묻는다.

변호사의 교묘한 언변 덕분에 앤 캐서린은 상황을 모면한다. 정확히 징역 하루를 선고받는다. 브라운은 앤 캐서린의 범죄 기록에서 유죄 판결 결과를 삭제하는 데도 성공한다. 브라이트비저와 함께한 10년이 아무 일도 없던 것처럼 된다. 그러므로 스텐겔과 달리 직장으로 다시 돌아갈 수도 있다. 월급은 압류당해 벌금으로 들어가지만 방이 두 개 있는 아파트를 구입하고 낮 동안 아이를 돌볼 사람도 구한다. 아이 아버지와는 헤어졌기 때문에 아이는 혼자 키운다.

브라이트비저는 어머니와 앤 캐서린의 방면을 위해 거짓말까지 불사했지만 두 여인 모두 프랑스 재판에서 브라이트비저에게 유리한 증언은 하지 않았다. 그는 징역 2년을 선고받고 다시 감옥으로 보내진다. 그리고 영어, 스페인어, 역사, 지리, 문학 등 감옥에서 제공하는 수업은 거의 모두 등록한다. 그는 수감자들의 편지를 대신 써주며 '공공서기관' 역할을 도맡는다. 수염도 기른다. 1년이 채 안 된 2005년 7월, 모범수로 석방되어 나머지 형량은 사회복귀 훈련시설에서 마친다. 스위스와 프랑스 감옥에서 있었던 기간을 합치면 총 3년 7개월 하고도 15일이다.

직업이 있으면 주중에 사회복귀 훈련시설에서 나올 수 있다. 브라이트비저는 목재 벌목 일을 구한다. 몸을 쓰는 일을 한 지 오래되었다. 예전에 박물관을 휘젓고 다닐 때는 신체 능력이 중요할 때가 있었다. 그는 나무꾼이 되어 숲에서 나무를 쓰러뜨리는 일이 묘하게 좋았다. 전기톱을 든 예술 애호가라니. 여전히 주말이면 아버지를 만나고 어머니와도 거의 4년 만에 처음으로 마음을 터놓고 대화했다. 어머니를 만나자마자 울음을 터뜨리며 잘못했다고 용서를 빌었다. 사실 어머니는 브라이트비저에게 할 수 있는 최악의 행동을 했다. 그가 가장 사랑하는 작품들을 파괴했고 아들을 발가벗겨 도둑이라고 온 세상에 공표했다. 대부분의 사람이라면 이 지점에서 관계가 파탄 나겠지만 이들은 달랐다. 이제부터 다시 시작한다. "어머니는 나에게 입을 맞추고 안아주었으며 언제나처럼 용서하셨어요." 둘은 이제 역경을 함께 딛고 일어난 사이다.

다락에 있던 작품들이 어떻게 됐는지 어머니에게 묻기도 했지만 별다른 소득은 없이 부딪히기만 한다. 브라이트비저가 아는 것은 경찰 조사에서 밝혀진 사실뿐이다. 도와준 사람은 없는지? 다른 데다 버린 작품이 더 있는지? 그림은 모두 불에 태웠는지, 아니면 태우지 않고 남은 그림이 있는지? 타고 남은 재는 어디에 있는지?

"그런 질문에는 절대 답하지 않을 거다." 어머니가 말한다. "다시는 묻지 않겠다고 약속해라." 브라이트비저는 약속한다.

사회복귀 훈련시설에서 나온 후에는 혼자 살기 위해 월세가 저렴한 아파트를 빌린다. 여전히 월세는 어머니가 낸다. 겨울이 오면 목재 벌목 일도 끝나므로 브라이트비저는 배달 트럭을 운전하는 일과 건물 바닥을 닦는 일을 새로 구한다. 따로 얻은 아파트는 생기가 없다. 감옥보다 딱히 나을 것도 없는 곳이다. 아니, 어떤 면에서는 더 안 좋다. 무엇이든 걸 수 있는 자기만의 공간이 생겼지만 전시할 작품이 하나도 없다는 사실에 마음이 아프다. 도둑질을 하면서 백 번은 죽었다 살아온 느낌이다. 서른네 살밖에 안 됐는데 이미 늙고 병들었다.

3년의 집행 유예 기간 브라이트비저는 박물관에 갈 수 없으며 예술을 전시하는 어떤 장소도 방문할 수 없다. 앤 캐서린에게 연락하는 것도 금지다. 이야기를 나눌 사람이 아무도 없지만 심리 치료사와의 면담도 거부한다. "길을 잃고 표류하는 느낌이었죠." 브라이트비저는 앤 캐서린의 새 주소를 알아내서 2005년 10월 편지를 보내 자신의 마음을 털어놓는다.

"나는 산산조각이 난 채 망가져가고 있어. 당신을 다시 보고 싶어. 만나자. 당신도 상황이 썩 좋지 않다는 거 알고 있어. 같이 산책이라도 나가서 바람 좀 쐬자. 우리 둘 다에게 좋을 거야." 아이는 어머니가 봐줄 수 있다고 덧붙인다.

가석방 담당관에게 바로 연락이 온다. 앤 캐서린이 편지를 받고 경찰에 신고했기 때문이다. 가석방 규칙을 어겼기에 감옥에서 다시 15일을 보내야 한다. 브라이트비저는 격분한 나머지 "우리에 갇힌 사자"가 된 기분이었다고 회상한다. 주먹으로 창문을 내리쳐 유리에 금이 가고 주먹이 갈라져 피가 났다. 예술과 앤 캐서린. 그저 열정이 가는 대로 좋아했을 뿐인데 지금은 슬픔과 비탄에 젖은 신세가 되었다. 집 안에 칩거하며 겨우 살아갈 뿐이다. 감옥에서 입은 상처가 깊어 손을 몇 바늘 꿰매야 했다. 두 사람의 관계는 그렇게 끝이 나고 브라이트비저에게는 지울 수 없는 흉터가 남는다.

36

"브라이트비저와의 관계는 비극이었죠. 하지만 그 이상은 아닙니다." 앤 캐서린의 징역형을 막은 변호사 에릭 브라운이 말한다. 재판을 앞두고 앤 캐서린은 그간 두 사람 사이에 있었던 일을 사적인 부분까지 모두 포함해 변호사에게 공유했다. 예술 말고는 아무것도 없는 다락에서 어떤 느낌이었는지도 이야기했다. 그녀는 브라이트비저가 신경질적이고 대체로 맞추기 쉽지 않은 사람이었다고 말했다. "앤 캐서린은 이제 그 사람을 잊고 조용히 살기를 원합니다."

조용히 살고자 하는 소망은 이루어졌다. 그녀는 22년 상환 조건으로 주택 대출을 받아, 뮐루즈 외곽의 단조로운 마을에 자리한 10만 달러(약 1억 3,500만 원) 상당의 아파트 한 채를 샀다. 경찰은 앤 캐서린의 아파트와 부모님 집을 모두 수색했지만 어디에서도 훔친 작품을 발견할 수 없었다. 앤 캐서린은 2003년생 아들을 대중에 노출되는 일 없이 조심해서 키웠고 뮐루즈 병원에서 계속 일했다. 그 뒤로 다시 체포된 일도 없고 텔레비전에 나와서 자신의 이야기를 하지도 않았다. 유명해지고 싶지도 않았고 사람들 입방아에 오르내리고 싶지도 않았다. 이후에도 브라이트비저나 그의 어머니와 연락한 적은 없으며 결혼도 하지 않았다.

앤 캐서린은 내향적인 성향으로, 그 점에서 브라이트비저와 매우 비슷하다. 오랜 시간 그와 함께 지내며 다른 사람들 눈에 띄지 않게 살다 보니 다락 이후의 삶에서도 같은 방식을 고수한 듯 보인다. 브라운은 그녀가 종국에 평화와 행복을 찾았다고 말한다.

두 사람은 스무 살이던 1991년 어느 생일 파티에서 처음 만났다. 그리고 2005년 브라이트비저가 가석방 규칙을 어기고 앤 캐서린에게 편지를 쓸 때까지 거의 15년이 흘렀다. 인생의 가장 젊은 날을 함께 보냈다. 귀한 보물로 둘만의 다락을 채우며 유럽 곳곳의 시골길을 함께 달렸다. 그러고도 앤 캐서린은 상처 하나 없이 모든 것을 뒤로 한 채 빠져나왔다. 거의 기적에 가까운 일이다. 보니와 클라이드는 루이지애나에서 경찰의 일제 사격에 사살되었다. 그때 겨우 스물세 살, 스물다섯 살이었다.

"그녀는 이제 그만 삶의 다음 장으로 넘어가고 싶어 합니다. 그리고 언젠가 전부 잊어버릴 수 있기를 바랍니다." 브라운이 재차 말한다.

앤 캐서린은 한때 싸구려 호텔 방에서 침대 옆에 르네상스 시대 은 세공품을 쌓아두고 잠을 잤다. 거장의 걸작을 핸드백에 넣고 박물관 카페에서 식사를 했다. 새벽의 몽생미셸을 보았고 알프스 정상에서 일몰을 눈에 담았다. 그 유명한 샤르트르 대성당 스테인드글라스 창문도 직접 봤고 액자에 담기지 않은 크라나흐의 그림을 손에 들고 있었다. 브뤼헐의 그림도 〈아담과 이브〉도 가졌다. 도둑과 사랑에 빠졌다. 셀 수 없이 많은 박물관에서 수도 없이 망을 보았다. 세상에서 가장 대단했던 예술품 절도 사건의 주인공이었다. 알리바바의 동굴에 살았고 기둥이 네 개 달린 침대에서 잠을 잤다. 앤 캐서린은 아무것도 인정하지 않겠지만 이 중 그 어떤 것도 잊을 수는 없을 것이다. 그저 세상의 눈이 쏠리는 것을 피해 있을 뿐이다.

37

"브라이트비저가 저를 진심으로 사랑했다고 생각하지는 않아요." 앤 캐서린은 경찰 조사에서 폰데어뮐에게 이렇게 말한 적이 있다. "나는 그에게 하나의 작품 같은 거였어요." 브라이트비저는 앤 캐서린이 그렇게 생각할 리가 없다고 주장한다. 자신이 그녀를 얼마나 사랑했는지 모를 리 없다. 어떤 강압이 있었거나 경찰을 속이려고 한 말이 분명하다. 하지만 2005년 후반, 앤 캐서린에게 마지막 편지를 보낸 지 얼마되지 않아 그녀를 대체할 다른 '작품'을 찾아낸다.

어머니 친구가 스테파니 망진Stéphanie Mangin이라는 여자를 소개했다. 앤 캐서린과 같은 직업이고(같은 병원에서 일하지는 않는다) 외모도 비슷하다. 체구가 아담하고 활발한 성격에 옅은 갈색 머리카락을 가졌다. 처음 앤 캐서린을 만났을 때처럼 이번 새 인연도 만나자마자 강렬하게 빠져들었다.

두 사람은 이름부터 마치 한 팀처럼 어울렸다. "스테판과 스테파니, 완벽한 한 쌍이죠." 브라이트비저가 말한다. 앤 캐서린이 만나주지 않아 주먹으로 감옥 창문을 내리친 지 한 달 만에 브라이트비저는 스트라스부르에 있는 스테파니의 아파트에 함께 살기 시작한다.

"스테파니는 내 삶의 버팀목이고 사랑이에요. 인생에서 없어서는 안 될 바로 한 사람이죠." 브라이트비저는 아주 오랜만에 희망에 차 보인다.

뜻밖의 횡재도 찾아온다. 프랑스 출판사에서 대필 작가와 10일간 인터뷰를 해주는 대가로 10만 달러(약 1억 3,600만 원)가 넘는 금액을 제안한다. 대필 작가가 브라이트비저의 범죄를 대담한 무용담으로 둔갑시키고, 그는 책 표지에 작가로 이름을 올린다. 푸른 눈동자가 빛나는 근사한 사진도 실린다. 《예술품 도둑의 고백Confessions d'un voleur d'art》이 프랑스어와 독일어로 출간되면서 브라이트비저는 새 인생을 시작할 수 있다는 희망을 품는다.

책의 마지막 장에 쓴 대로 브라이트비저는 예술품 보안 컨설턴트로 일할 계획이다. 컴퓨터 해커가 사이버 범죄 전문가로 둔갑하는 상황과 비슷하다. 박물관과 미술관, 수집가들을 대상으로 적은 비용으로 간단하게 보안 시스템을 업그레이드할 수 있는 방법을 제안한다. 오래된 진열장을 바꾼다거나 전시장에 동작 감지 센서를 설치하고 그림을 벽에 단단히 고정하는 받침을 다는 식이다. 처음 받은 10만 달러에 더해 책이 팔리면 인세도 나오고 거기다 컨설팅 사업이 잘 되면 벌금도 낼 수 있다. 게다가 예술계에서 번듯한 경력을 쌓을 수도 있다.

"좋아하는 일을 하며 살 겁니다. 저는 예술도 알고 보안에 대해서도 잘 알죠. 박물관이나 미술관에 도움을 줄 수 있어요." 브라이트비저는 이제 사회에 도움을 주는 사람이 되고 싶다. 스테파니에게 선물도 많이 하고 싶다. 드디어 삶이 제대로 풀린다는 생각이 든다. 방송 출연 일정을 논의하기 위한 약속이 잡힌다. 출판사에서 파리행 비행기 티켓을 보내주기 때문에 더는 스트라스부르에서 운전해서 가지 않아도 된다. 드디어 중요한 사람으로 존중받는 느낌이 든다. 늘 원하던 일이었다. 한 가지 더, 책이 영화로 만들어질지도 모른다.

2006년 6월 29일 브라이트비저는 파리 오를리 공항에 도착한다. 출판사에서 돈도 받았겠다, 마침 스테파니의 생일이 다가오고 있으므로 면세점에서 옷가게에 들른다. 보안 컨설턴트 일에 대해 생각하다 보니 보안상 취약한 부분이 "2초 만에" 눈에 들어온다. 보안 카메라도 없고 보안 요원도 없다. 그 순간 이상한 본능이 치민다. 브라이트비저에 따르면 "몸이 기억했다". 그는 스테파니에게 선물할 캘빈 클라인 흰색 바지와 프랑스 디자이너 소니아 리키엘Sonia Rykiel의 티셔츠 한 장을 골라 여행 가방 안에 집어넣고는 그대로 면세점을 빠져나간다.

그러다 책 홍보를 다닐 때 새 옷을 입으면 좋겠다는 생각을 한다. 괴로웠던 시절 옆에서 응원해준 아버지에게도 감사의 마음을 전하고 싶다. 브라이트비저는 면세점을 빠져나온 지 1분도 안 돼 다시 돌아가서 옷을 일곱 개 정도 더 집어 들고 나온다. 가격으로는 총 1,000달러(약 138만 원) 정도 된다. 이제 출판사와의 약속 장소로 가기 위해 택시 정류장으로 향한다.

브라이트비저는 면세점의 보안 요원 수를 잘못 파악했다. 박물관 경비원과 달리 그들은 사복을 입고 있다는 사실을 몰랐다. 보안 요원들은 재빨리 브라이트비저를 덮친 후 손목에 수갑을 채워 경찰에 넘겼다. 브라이트비저가 유치장에 있느라 약속 시간에 나타나지 않자 출판사에서 그의 어머니에게 연락한다. 스텐겔은 놀라서 여기저기 병원마다 전화를 돌린다. 아버지와 스테파니 역시 그를 찾기 위해 동분서주하지만 브라이트비저는 경찰서에서 밤을 새우는 바람에 연락이 되지 않는다. "나 자신에게 너무 화가 났죠. 엄청나게 수치스러웠어요."

어떻게 된 일인지 밝혀지자 아버지는 격분해서 문자를 보냈다. "너는 정말 그러고도 깨달은 게 없나 보구나." 그러고는 만나기로 한 일정을 미루기 시작한다. 결국 아버지는 아들의 삶에서 한 번 더 손을 뗀다. 액자 세공업자 메쉴르 역시 "배신감이 든다"고 말하고 관계를 정리한다. 브라이트비저가 더는 도둑질을 하지 않을 거라 믿으며 법정에서 기꺼이 그의 편에 섰던 메쉴르다.

어머니는 여느 때와 마찬가지로 브라이트비저를 용서한다. 다시 심리 치료를 받겠다고 약속하자 스테파니도 떠나지 않기로 한다. 옷을 훔친 일에 대한 처벌은 경미한 편이다. 하룻밤 유치장에 구금되고 알자스에서 3주간 지역 사회를 위해 청소하는 봉사를 한다. 이 사건으로 출판사에 금전적 배상은 하지 않아도 되지만 2006년 10월에 잡힌 출간 관련 행사를 모두 망쳤다. 부정적인 평론이 대부분이었고 많은 비웃음을 샀다. 대표적으로 한 비평가는 TV 토크쇼에 나와 "패배자에 대한 말도 안 되는 이야기"라고 평했다. 보안 컨설팅 사업 이야기는 꺼내보았자 모두 농담인 줄 안다.

프랑스 예술 전문 기자인 빈센트 노스Vincent Noce는 스위스와 프랑스에서 열렸던 재판에 모두 참석했고 이 사건을 책으로 써 출간했다. 독일어와 프랑스어로 출판된 《이기적 수집The Selfish Collection》에서 노스는 모든 면에서 가혹할 정도로 브라이트비저의 진정성을 의심한다. 그가 내세우는 예술적 감수성 역시 자존심을 지켜보려는 알량한 연기에 불과할 수 있다고 말한다. "그가 평생 한 일이라고는 엄마에게 존재를 증명하려 애쓴 것뿐이다." 노스는 브라이트비저가 실제로 르네상스 작품을 좋아하기는 했는지, 아니면 르네상스 작품이 도둑질에 제일 적당했던 것은 아닌지 묻는다. 또한 브라이트비저의 범죄를 가리켜 "나치 이후 최대 약탈"이라 일컫는다.

브라이트비저는 화가 나 노스에게 협박 편지를 보낸다. 감옥에서 만난 러시아 폭력배에게 노스를 찾아가 손봐달라 부탁했다고 쓴다. 이 무모한 편지는 브라이트비저가 정신적으로 불안정한 사기꾼에 별 볼 일 없는 인간이라는 노스의 주장을 뒷받침하며 그의 책 홍보에 이용된다. 보안에 관해 조언을 구하는 박물관은 아무 데도 없다.

의기소침해진 브라이트비저는 스테파니의 아파트에 은둔한다. 겨우 찾아온 인생의 기회를 자기 발로 차버린 셈이다. 이제 전과 기록 때문에 최저 임금을 주는 직장도 찾기 힘들어졌다. 결국 일요일마다 식당 화장실 청소를 한다. 알아보는 이들이 점점 많아져 길을 걸을 때 쳐다보는 사람도 있을 정도다. 도둑질할 때 입었던 옷으로 변장해보지만 그러다 결국에는 집 밖에 거의 나가지 않게 되었다. 스테파니의 집은 황량한 벽으로 둘러싸인 데다가 생기라고는 전혀 없어 여기에서는 아무것도 나아질 수가 없다고 생각한다. 스테파니와 여전히 만나고는 있지만 브라이트비저는 다시 어둡고 우울한 상태로 빠져든다. 세상은 가치가 없고, 아름다움을 알아보는 사람은 아무도 없다. 얼마 지나지 않아 결국 시한폭탄이 터져버린다.

그는 어머니가 사준 차로 벨기에에 간다. 2009년 11월 브뤼셀 근처에서 열린 골동품 박람회로 향한다. 겨울 풍경화 한 점이 눈에 들어온다. 피테르 브뤼헐Pieter Brueghel*의 17세기 구리 화판 유화로, 감정가는 5,000만 달러(약 690억 원)다. 저녁이 되자 박람회가 끝나고 직원들이 정리를 시작

---

* 북유럽 르네상스의 대표적 화가 대피테르 브뤼헐Pieter Brueghel, the Elder의 장자이며 앞에 나온 얀 브뤼헐과 형제 지간이다.

한다. 브라이트비저는 망설이지도 않는다. 여자친구도 새로 생겼으니 브뤼헐도 새 작품으로 바꿀 때가 되었다. 이걸로 기분이 나아지길 바란다.

그리고 실제로 기분이 나아진다! 스테파니의 아파트에 브뤼헐이 들어오자 곧바로 활기가 돌고 기쁜 마음이 든다. 걱정도 죄책감도 들지 않는다. 이제야 숨을 제대로 쉴 수 있을 것 같다. 살아 있는 느낌이다. 진작 다시 도둑질을 할 걸 그랬다. "아름다운 작품 하나로 모든 것이 달라져요."

삶에서 브라이트비저가 만난 얼마 되지 않는 사람들은 모두 이상하리만큼 그의 도둑질에 관대했다. 어머니와 아버지, 할머니, 할아버지, 메쉴르, 그리고 앤 캐서린도 모두 그랬다. 관대한 정도가 아니라 브라이트비저만큼 예술을 사랑한다면 어쩔 수 없는 일이라고 여겼던 듯하다. 예술 전문 기자 노스는 "이 무리에는 부모 역할을 하는 사람이 아무도 없다"고 지적한다. "'도둑질을 멈춰라', '작품을 돌려놓아라', '어른답게 행동해라'라고 말해주는 사람이 아무도 없다. 바로 이 점이 브라이트비저의 문제였다."

대부분의 사람들은 누군가 그림을 훔쳤다는 걸 알면 묵과하지 않는다. 브라이트비저는 아마 그 점을 잊어버린 듯하다. 스테파니는 앤 캐서린과 달랐다. 스테파니에게 그림이 어디서 났는지 말하자 반응이 좋지 않다. 얼마 전에 출소한 유명한 예술품 도둑이 5,000만 달러나 하는 그림을 훔쳐 자신의 집 벽에 걸었다. 알지도 못하는 사이에 공범이 되고 말았다. 자신을 이런 상황에 몰아넣고도 뻔뻔한 태도의 브라이트비저를 보자 모든 것이 분명해졌다. 그는 바뀌지 않는다.

스테파니는 브라이트비저와의 관계를 끝내고 집에서 쫓아내기 전에 핸드폰으로 그림 사진을 찍어 경찰에 신고했다. 경찰은 스트라스부르의 월세 방에서 브라이트비저와 브뤼헐을 찾아냈고 브라이트비저는 체포되어 또 한 번 감옥에 갇힌다.

38

또 한 번의 재판과 유죄 판결. 다시 교도소에 갇히고 집행 유예 기간을 채운다. 2015년, 브라이트비저는 이제 마흔네 살이다. 눈가에 주름이 지고 머리숱도 예전 같지 않은 나이가 되어서야 형을 마친다. 얼마 되지 않는 재산도 모두 압류당했다. 어머니가 사준 자동차도 마찬가지다. 계좌에 남은 잔고는 5유로 52센트(약 8,000원) 정도다. 돈이 있다고 해도 전과 기록 때문에 집을 구하기는 어렵다.

어머니가 외조부모의 농장 근처에 작은 집을 구해주었고 월세도 내준다. 때때로 들러 먹을 것을 갖다주고 냉장고도 채워준다. 스텐겔은 농가를 돌보며 자신의 어머니를 보살핀다. 스텐겔의 아버지이자 브라이트비저가 좋아했던 외할아버지는 돌아가셨다. 어릴 적 함께 정찰을 다니며 할아버지가 지팡이로 가리키면 브라이트비저는 땅을 팠다. 스텐겔은 아들에게 차를 한 대 더 사주었고 브라이트비저는 그 차로 거의 매일 농가에 와서 점심을 먹는다. 할아버지 집에 가지 않는 날은 끼니를 거른다. 정부 보조금이 유일한 수입이지만 그나마도 매달 50달러(약 7만 원)씩은 벌금을 갚는 데 나간다.

"차를 몰고 산에 가서 그냥 혼자 좀 걷는 게 유일한 낙이에요." 지금은 폐허가 된 옛 성터를 걷고 버섯을 딴다. 영화를 볼 때도 있다. 표를 한 장 사서 영화 한 편을 보고 난 뒤 화장실에 잠깐 숨었다 다음 영화를 또 본다. 더는 책을 읽지 않는다. "재미있는 일이 없네요. 사실 거의 포기했어요."

아파트 벽에는 실제 크기의 〈클레브의 시빌〉 복제화를 액자에 넣어 걸었다. 스물네 번째 생일에 가족들과 독일에 있는 성에 가서 어머니가 닥스훈트를 산책시키는 동안 앤 캐서린과 훔쳤던 크라나흐의 작품이다. 브라이트비저는 〈클레브의 시빌〉과 〈아담과 이브〉를 가장 좋아하는 작품으로 꼽는다. 벽에 건 복제화를 볼 때마다 불에 타 사라진 진품이 생각나 괴롭기는 하다. 더는 박물관에도 가지 않는다. "추억이 너무 많아요. 제 안에 오랫동안 숨어 지내는 악마를 다시 깨우고 싶지도 않고요."

경매 책자는 브라이트비저가 예술 세계와 통하는 유일한 길이다. 그는 혹시라도 사라진 작품 중 하나라도 매물로 나오지 않을까 하는 가느다란 희망을 품고 매주 경매 책자를 뒤진다. 물에서 건진 작품과 그 밖에 다른 데서 발견된 것들을 제외하고, 나무로 된 그림과 작품은 모두 불탔다고 쳐도 여전히 80점 정도가 실종 상태이며 그중 절반이 은세공품이다. 모두 세계 도난 예술품 데이터베이스에 올라 있다. 타버렸을지도 모르는 그림과 목공예품도 목록에 있다. 그러나 잿더미나 파편이 발견된 적도 없고 2001년 이후로 그림이나 조각상을 본 사람도 없다.

모든 작품의 절도 공소 시효가 이미 지났는데도 어머니는 마지막 80점의 행방에 대해서는 여전히 입을 다문 채 난공불락이다. "어머니는 비밀을 무덤까지 가져갈 작정이에요." 어머니의 남자친구 역시 설령 아는 게 있다 해도 일절 말이 없다. 지금은 어머니와 헤어졌다. 두 사람이 헤어진 데 그날 밤의 '숙청' 사건이 영향을 미쳤는지는 알 길이 없다. 사라진 작품이 경매에 나온 것을 본 적도 없다. 경찰도 마찬가지다.

브라이트비저는 앤 캐서린이 사라진 작품 80점의 열쇠를 쥐고 있을지 모른다고 생각한다. 집에서는 인터넷이 안 돼 할아버지의 농가에서 페이스북에 접속해 앤 캐서린의 계정을 찾는다. 일을 하며 아들을 키우고 있다. 그녀가 평화롭게 살 수 있도록 그냥 두기로 한다. 메시지도 보내지 않고 그대로 계정을 삭제한다. 처음으로 현명한 결정을 내렸다. 브라이트비저는 2005년 보낸 마지막 편지 이후 앤 캐서린에게 연락한 적이 없다고 말한다. 실제로도 연락했다는 증거가 없어 믿지 않을 이유가 없다. "신비롭게 남겨두어야 하는 일도 있는 법이죠." 브라이트비저는 어깨를

으쓱한다.

2015년이 지나가고 2016년이 될 때까지 1년이 넘도록 아무런 수입이 없다. 앞으로도 없을 예정이다. 브라이트비저는 나날이 수척해진다. "저 스스로를 벽에 가두었어요." 브라이트비저가 잘하는 일은 하나밖에 없다. 마침내 그 사실을 인정하자 곧바로 자유로워지는 느낌이다. 그는 차를 몰고 알자스 지방 박물관 투어를 나선다. 지금까지 알자스 지방에서는 도둑질을 한 적이 없다. 스트라스부르 북쪽의 고고학 박물관House of Archaeology에서 3세기와 4세기 로마 시대 동전 다섯 개를 슬쩍해 주머니에 넣는다. 진주가 달랑거리는 금 귀걸이 한 쌍도 함께 슬쩍한다. 크리스탈 박물관Crystal Museum에서는 문진 두 개를 가지고 나온다. 스트라스부르 남쪽의 다른 박물관에서는 트로이 전쟁 장면을 물푸레나무와 자단나무, 전나무로 상감* 세공한 작품 하나를 훔친다. 근처 프랑스 마을에도 들러 몇 점 더 챙기고 독일로 건너가서 또 훔친다.

이 중 브라이트비저가 진짜 좋아하는 작품은 하나도 없다. "그냥 쉬운 걸로 훔쳤어요." 사실 다른 이유도 있다. "돈도 필요했고요." 훔친 물건은 농가 인터넷으로 이베이eBay와 다른 경매 사이트에 가명으로 올린다. 그는 수만 달러(수천만 원)에 이르는 돈이 계좌에 들어오자마자 압류되기 전에 재빨리 현금으로 바꾼다. 감옥에 있을 때 동료 죄

---

* 목재의 표면에 무늬를 파고 그 속에 다른 재료를 박아 넣는 공예 기법.

수들에게 배운 기술이다.

브라이트비저에게 기술을 전수한 사람들이 왜 결국 잡혀 감옥에 있었는지 그 이유를 알 것도 같다. 프랑스 예술품 전담반에서 정보를 입수한다. 한 조심성 많은 미술품 구매자가 장물일 가능성이 있다고 생각해 신고한 것이다. 그리고 경찰은 곧장 브라이트비저를 요주의 인물로 설정해서 통화 내용을 감청하고 은행 계좌와 인터넷 사용을 감시한다. 브라이트비저가 쓴 방법은 사실 뻔했다. 그도 결국 여느 예술품 도둑이나 마찬가지로 전락했다. 2019년 2월 경찰이 브라이트비저의 아파트를 급습해 그를 체포한다. 재판을 기다리는 동안 감옥에 수감되었다가 코로나19 팬데믹이 유행하며 자택에 연금되었다.

최근 유럽과 미국에서 예술품 및 문화 유산 절도에 대한 벌금을 강화하는 새로운 법안이 통과되었다. 그가 마지막에 저지른 절도 사건과 장물 매매에 이 새로운 법을 적용하면 징역형과 집행 유예를 마친 뒤에는 거의 60세가 다 된다. 브라이트비저는 이제 결혼이나 아이는 꿈도 꾸지 않는다. "나중에 뭐, 길에서 청소나 하고 있겠죠."

사실 그는 2019년에 체포되기 몇 달 전, 삶에서 가장 강렬했던 예술과의 조우를 경험한다. 벨기에 루벤스의 집 안내 책자를 살펴보다 벌어진 일이다. 브라이트비저는 여전히 박물관 안내 책자를 본다. 거의 몸에 새겨진 습관이나 마찬가지라서, 원치 않지만 어쩔 수 없다. 그리고 거기서 〈아담과 이브〉의 사진을 발견한다. 결국 원래 있던 진열장으로 돌아온 모양이다. 브라이트비저는 몹시 동요했고 알 수 없는 거부감이 들었지만, 늘 그랬듯 조각상 생각이 마음에서 떠나지 않았다.

다섯 시간을 운전해 앤트워프에 도착한다. 야구 모자와 안경으로 평소처럼 변장하고 현금으로 입장권을 산다. 21년 만에 처음으로 루벤스의 집에 들어간다. 시간이 얼어붙기라도 한 듯 모든 게 거의 그대로였다. 루벤스가 썼던 주방과 거실을 지나 뒤편의 작은 화랑으로 걸어간다. 플렉시글라스 장은 예전보다 견고해 보였고 보안 카메라도 많아졌다. 경비원도 더 많다.

무릎에 손을 짚고 몸을 앞으로 기울여 상아 조각상을 관찰한다. 코가 거의 진열장에 닿으려고 한다. 〈아담과 이브〉는 운하에 잠겼다 구출됐는데도 상태가 나쁘지 않다. 뱀은 여전히 선악과 나무를 불길하게 감싸고 있고 태초의 인간 두 명도 똑같이 관능적이다. 이브는 머리카락을 등까지 늘어뜨리고 있다. 브라이트비저가 눈을 크게 뜨고 이마를 찡그린다. 이미 죽었던 사람이 살아 돌아온 것을 목격한 듯한 느낌이다. 몇 년을 포스터 침대에서 손을 뻗어 어루만지던 〈아담과 이브〉다. 다른 사람들 눈에 띄고 싶지 않았기 때문에 서둘러 전시실을 나서 박물관 정원으로 나갔다.

정원에는 사람이 두어 명 더 있지만 주변은 조용하다. 봄이 오고 있어 공기가 따뜻하다. 흰 돌바닥을 두 발로 두드린다. 벽을 휘감은 등나무 덩굴에 봉오리가 지기 시작했다. 지난번 이 정원에 왔을 때는 외투 안에 상아 조각상을 품고 있었다. 이번에는 눈물이 뺨을 타고 흘러내린다. 이미 잃어버린 시간을 되돌릴 수 없어 슬프다. 도둑질을 하던 시간이 아니라, 도둑질을 멈췄던 시간이 아깝다. 브라이트비저는 루벤스의 집 정원에서 깨닫는다. 마지막으로 이곳에 왔을 때가 바로 인생의 정점이었다. 〈아담과 이브〉를 자동차 트렁크에 싣고 차창을 내려 바람을 맞으며 앤 캐서린과 집으로 달리던 그때보다 더 화려한 순간은 다시는 없을 것이다. 젊고, 승리감에 차 있었다.

포스터 침대에 드러누워 인생의 마지막 순간을 상상하곤 했다. 훔친 작품들에 둘러싸여, 아름다움으로 가득 찬 방 안에서 마지막 숨을 거두는 장면이다. 그는 떠나겠지만 그의 작품들은 영원히 남는다. 브라이트비저는 늘 다락 안 물건들이 자신의 작품이라고 생각했다. 그러나 너무 멀리 갔고 어머니는 알자스 숲에서 불을 지폈다. "한때는 내가 이 세상의 주인이었어요. 지금은 아무것도 아니지만요."

브라이트비저는 루벤스의 집 출구를 향해 걷는다. 가는 길에 들른 기념품 가게에서 박물관 주요 소장품에 관한 책자를 팔고 있다. 책자에는 〈아담과 이브〉를 도난당했다 되찾은 이야기가 적혀 있고 한 페이지 전체를 할애해 〈아담과 이브〉의 사진이 실려 있다. 이 사진을 액자에 넣어 걸면 되겠다. 〈클레브의 시빌〉 복제화를 보는 것처럼 괴롭지 않을 것이다. 브라이트비저는 현금도 없고 직업도 없다. 여기까지 오기 위해 어머니에게 주유비를 받아야 했을 정도다. 늘 하던 대로 판매대 위치를 확인하고 경비원과 손님의 동향을 살핀다. 보안 카메라가 있는지도 살핀다. 없다. 브라이트비저는 4달러(약 5,500원)짜리 안내 책자 한 권을 슬쩍 집어 들고는 유유히 문을 빠져나온다.

감사를 전하며

나의 루브르

질 바커 핀클Jill Barker Finkel

나의 귀여운 퐁피두

피비 핀클Phoebe Finkel, 베케트 핀클Beckett Finkel, 알릭스 핀클Alix Finkel

스스로를 가둔 보물 상자

스테판 브라이트비저Stéphane Breitwieser

수석 큐레이터

앤드류 밀러Andrew Miller, 스튜어트 크리체프스키Stuart Krichevsky, 폴 프린스Paul Prince, 게리 파커Gary Parker

미학가와 감정가

빌 마길Bill Magill, 이안 테일러Ian Taylor, 로렌스 브리Laurence Bry, 아담 코헨Adam Cohen, 브라이언 휘트록Brian Whitlock, 다이애나 핀클Diana Finkel, 라이언 웨스트Ryan West, 래리 스미스Larry Smith, 앨런 슈바르츠Alan Schwarz, 폴 핀클Paul Finkel, 로레인 하일랜드Larraine Hyland, 사라 뉴Sarah New, 에밀리 머피Emily Murphy, 마리아 매시Maria Massey, 로라 어설맨Laura Usselman, 캐시 휴리간Kathy Hourigan, 앤 아킨바움Anne Achenbaum, 소니 메타Sonny Mehta, 마이크 소타크Mike Sottak, 제프리 가뇽Geoffrey Gagnon, 잔 하퍼Jeanne Harper, 레이첼 엘슨Rachel Elson, 애비 엘린Abby Ellin, 마이클 브누아Michael Benoist, 벤 우드벡Ben Woodbeck, 랜달 레인Randall Lane, 마크 밀러Mark Miller, 라일리 블랜턴Riley Blanton, 티아라 샤마Tiara Sharma, 칩 키드Chip Kidd, 폴 보가즈Paul Bogaards, 크리스틴 버스Kristen Bearse, 마리아 카렐라Maria Carella, 아밀리아 필립스Aemilia Phillips, 제니 푸에시Jenny Pouech, 레이건 아서Reagan Arthur

초기 인상파

빈센트 노스Vincent Nose, 올란드 마이어Roland Meier, 라파엘 프레샤르Raphaél Fréchard, 에린 톰슨Erin Thompson, 줄리안 래드클리프Julian Radcliffe, 앤 카리에르Anne Carriére, 장-클로드Jean-Claude Morisod, 노아 차니Noah Charney, 다니엘 슈바이처Daniel Schweizer, 나탈리 캐시닉Natalie Kacinik, 제니아 블럼Genia Blum, 마리온 왈Marion Wahl, 알렉상드르 폰데어뮐Alexandre Von der Mühll, 에릭 브라운Eric Braun, 크리스틴 엘링슨Kristine Ellingsen, 매트 브라운Matt Browne, 이브스 드 샤주네Yves de Chazournes, 안드레아 호스트맨Andrea Horstmann

뮤즈, 인습타파주의자, 선동가

토니 소타크Toni Sottak, 다다 모라비아Dada Morabia, 바비 스몰Bobby Small, 신디 스튜어트Cindy Stewart, 게리 호와드Gary Howard, 크리스 앤더슨Chris Anderson, 아디 부크맨Adi Bukman, 베스 앤 셰퍼드Beth Ann Shepherd, 라이언 스튜어트Ryan Stewart, 레슬리 호와드Leslie Howard, 마리온 듀랜드Marion Durand, 프리츠 부크맨Brits Bukman, 더그 슈니츠판Doug Schnitzspahn, 틸리 파커Tilly Parker, 존 바이오스John Byorth, 아서 골드프랭크Arthur Goldfrank, 줄리 바랑제Julie Barranger, 바바라 스트라우스Barbara Strauss, 맥스 레이첼Max Reichel, 브레트 클라인Brett Cline, 타라 골드프랭크Tara Goldfrank, 모하메드 엘 부아푸위Mohamed El-Bouarfaoui, 팀 토마스Tim Thomas, 케이트 로엘Kate Roehl, 크리스토프 닐Kristof Neel, HJ 슈미트HJ Schmidt, 패티 웨스트Patty West, 스콧 톰슨Scott Thompson, 크리스티앙 메쉴르Christian Meichler

취재 일기

10년 넘게 스테판 브라이트비저의 이야기를 모았다. 처음에는 《예술품 도둑의 고백》을 펴낸 출판사를 통해 브라이트비저에게 개인적으로 편지를 보냈다. 그게 2012년이었다. 당시 그는 몇 년간 어느 언론사와도 이야기하지 않았고 미국인과는 인터뷰를 한 적이 아예 없었다.

그로부터 2년이 조금 더 흐른 어느 날 답장이 왔다. 파란색 펜으로 적힌 편지는 내가 무엇을 알고 싶은지 물었다. 그사이 나와 아내 질Jill은 세 아이와 함께 미국 몬태나에서 프랑스 남부로 거처를 옮겼다. 다른 문화와 언어를 접해보고 싶은 이유에서였지, 브라이트비저와는 상관없는 일이었다. 브라이트비저의 답장은 몬태나 집으로 왔다. 다행히 가끔 들러 우리 우편함을 봐주던 친구가 발견하고 다시 대서양 건너편 프랑스로 보내주어 편지를 받을 수 있었다. 이후 브라이트비저와 몇 번 더 메시지를 주고받았다. 그때마다 조금씩 더 가까워지는 느낌이었다.

첫 편지를 보내고 4년 반이 흐른 2017년 5월, 브라이트비저가 드디어 같이 점심을 먹자는 내 제안을 수락했다. 단 길지 않은 만남에, 노트북이나 녹음기는 금지였다. 마르세유에서 스트라스부르 북부까지는 고속열차를 타고 갔다. 네 시간 정도 걸렸다. 거기서 차를 빌려 알자스의 아름답고 푸르른 언덕을 내달렸다. 가는 길에 농장 가판대에서 체리를 사 먹기도 하며 옛 로마 도시 사베른에 도착했다. 브라이트브가 제안한 '카츠 타번Taverne Katz'이라는 곳에서 만났다. 실내를 원목으로 장식한 알자스 지방 전통 주택으로 1605년에 지어졌으며 지금은 식당으로 쓰고 있다. 식당 내부에는 그 지역 예술가들의 작품이 걸려 있다. 이야기는 프랑스어로 나누었다.

브라이트비저는 시종일관 조용했고 자기 이야기를 하기를 꺼려했다. 옆 테이블에서 우리 대화를 들을 수 있다고 염려하는 모습이었다. 그러다 보니 한동안은 뻔한 대화가 오갔다. 근방에 산책하기 좋은 곳이나 내가 예전에 쓴 책, 서로 좋아하는 영화 같은 것들에 대해 이야기를 나누었다. 점심으로는 알자스 전통 음식인 '베케오프baecheoffe alsacien'에 코카콜라를 몇 잔 곁들여 먹었다(이후에도 브라이트비저가 술 마시는 모습은 본 적이 없다). 점심을 먹는 동안 브라이트비저는 점차 편안해지는 듯하더니, 마침내 공식적으로 인터뷰를 진행하고 싶다는 내 제안을 받아들였다.

사생활 보호를 위해 인터뷰는 내 호텔 방에서 진행하는 게 어떻겠냐고 브라이트비저가 제안했다. 매번 호텔 방에 들어올 때마다 그는 벽에 걸린 그림을 유심히 살펴보았다. 그림 앞에 가까이 서서 눈을 크게 뜨고 들여다볼 때면 이마에 주름이 잡혔다. 몇 번 보니 그 표정에 익숙해졌다. 그는 각 사건에 대해 천재적일 정도의 기억력을 갖고 있었다. 독학으로 익힌 예술 전반에 대한 지식도 대단했다. "이건 장 팅겔리Jean Tinguely 작품이네요."

호텔 방에 걸린 서명도 없는 알록달록한 낙서 같은 그림을 보더니 말했다. 그러고는 코끝을 찡긋했다. "제 스타일은 아니에요."

처음 들어보는 이름이라서 노트북을 펼쳐 검색해보니 그의 말이 맞았다. 팅겔리는 20세기에 활동한 스위스 예술가로서 키네틱 아트* 조각으로 잘 알려져 있다. 나는 또 무언가를 검색하게 될지 모르니 노트북을 덮은 채 책상에 올려두고 인터뷰를 시작했다. 방은 무척 작았고 의자도 하나밖에 없었다. 브라이트비저가 의자에 앉았고 나는 짐 가방을 올려놓는 받침대에 걸터앉았다. 책상은 우리 사이에 놓여 있었다.

나는 보통 인터뷰할 때 대화를 따로 받아 적지 않고 그냥 녹음기를 켜둔다. 대화 중에는 상대와 눈을 맞추고 이야기를 듣는 편을 좋아한다. 물론 간단한 메모는 한다. 몸짓이나 얼굴 표정처럼 말로 표현되지 않는 반응을 기록한다. 주변에 사람들이 있는데도 어떻게 그렇게 빠르게 훔칠 수 있었는지 질문하는 중에 브라이트비저가 갑자기 대화를 멈추더니 물었다.

"봤어요?"

"뭘요?"

"방금 내가 한 거요."

"아뇨, 뭘 했는데요?"

"한번 둘러봐 봐요."

---

* 작품 자체가 움직이거나 움직이는 요소를 넣은 예술 작품.

비좁은 호텔 방에서 특별히 달라진 것은 없어 보였다.

"미안해요. 잘 모르겠네요."

브라이트비저가 의자에서 일어나 뒤로 돌더니 셔츠를 들어 올렸다. 바지춤 뒤에 내 노트북이 끼워져 있었다. 내가 메모를 휘갈겨 쓰느라 잠시 눈길을 돌린 사이 노트북을 낚아챈 것이다. 나는 노트북이 없어졌다는 사실을 알지도 못했다. 그때 브라이트비저가 도둑질 기술을 천부적으로 타고났음을 이해했다.

우리는 세 번에 걸쳐 만났고 호텔 방에 앉아서 진행한 인터뷰를 포함해 총 40시간 정도를 함께 보냈다. 브라이트비저가 물건을 훔쳤던 박물관과 교회를 찾아갔고 오랜 시간 산책하기도 했으며 온종일 자동차 여행을 한 적도 있다. 나는 가장 최근에 열린 재판에도 참석했다. 2023년, 훔친 작품을 판매한 혐의였다. 내가 브라이트비저에게 처음 편지를 보낸 지 11년이 지났을 때다. 2018년 3월에 그가 어머니에게 주유비를 받아 21년 만에 〈아담과 이브〉를 다시 보러 벨기에 루벤스의 집에 갔을 때도 동행했다. 왕복 800킬로미터가 넘는 거리였다. 기념품 가게에서 박물관 안내 책자를 훔쳤을 때 나도 같이 있었다.

벨기에로 가는 길에 화장실에 가려고 고속도로 휴게소에 잠시 들렀다. 남자 화장실 입구에는 회전식 개찰구가 있었고, 요금은 70센트(약 1,000원)였다. 1달러가 채 안 됐지만 거스름돈을 주지 않아 정확한 액수를 넣어야 했다. 주변은 화장실에 들락거리는 사람들로 붐볐다. 내가 동전을 찾으려고 주머니를 뒤지는 사이 브라이트비저가 마치 운동선수처럼 잽싸게 몸을 숙이더니 개찰구 아래로 들어가 반대편으로 넘어갔다. 완벽한 타이밍이었고 빛처럼 빨랐으며 날

렵하면서도 발레리노처럼 우아한 몸짓이었다. 나 말고는 본 사람이 아무도 없는 것 같았다.

브라이트비저는 나를 쳐다보며 똑같이 하라는 뜻으로 고개를 까닥했다. 나도 하고 싶었지만 빠져나가지 못하고 중간에 몸이 걸릴 것 같았다. 괜히 소란을 피우게 될까 봐 두려운 마음에 감히 시도조차 해볼 수 없었다. 이 일을 겪고 나자 고속도로 화장실보다 위험 요소가 훨씬 많은 박물관에서 어떻게 물건을 훔칠 수 있는지 도무지 이해할 수 없었다. 결국 나는 딱 맞는 동전이 없어서 옆에 있는 가게에 가서 잔돈을 바꿔왔다. 그사이 브라이트비저는 화장실을 다 쓰고 나왔다.

미레유 스텐겔에게도 여러 번 인터뷰 요청을 했지만 모두 불발되었다. 브라이트비저가 나를 만난 이유는 어머니의 암묵적 허락이 있었기 때문이라고 했는데도 그랬다. 스텐겔은 내가 쓴 책 중 하나를 프랑스어 번역본으로 읽은 적이 있다고 했다. "어머니가 좋아했어요. 어머니는 언론을 매우 조심하는 편이지만 당신에게는 좋은 인상을 갖고 있더라고요." 아들이 나와 만나는 것을 "반대하지 않는다"고 말했다.

앤 캐서린 클레인클라우스에게도 세 통의 편지를 보냈지만 답장이 없었다. 그녀를 아는 몇 사람이 인터뷰에 응해주기는 했다. 변호사였던 에릭 브라운과는 몇 시간 동안 터놓고 이야기했다. 그는 브라이트비저가 루벤스의 집에서 안내 책자를 훔칠 때 내가 같이 있었기 때문에 공범으로 기소될 수 있다고 농담조로 알려주었다.

스텐겔의 변호사였던 라파엘 프레샤르는 기꺼이 대화에 응해주었고, 브라이트비저와 앤 캐서린의 절도 행각을 추적하기 위해 스위스로 취재 여행을 갔을 때는 브라이트비저의 스위스 재판 변호를 맡았던 장-클로드 모리소드와 하루 동안 시간을 보내기도 했다. 모리소드는 재판에 사용된 자료를 몇 박스나 빌려주기까지 했다.

브라이트비저의 자백을 이끌어냈던 스위스 경찰 올란드 마이어와 알렉상드르 폰데어뮐 둘 다 심층 인터뷰를 허가해주었다. 폰데어뮐은 알렉시 포렐 박물관에서 찍힌 보안 카메라 영상도 보여주었다. 300년 된 접시를 훔치려고 브라이트비저가 나사 서른 개를 풀고 앤 캐서린이 망을 보았던 곳이다.

2005년에 브라이트비저에 관한 책 《이기적 수집》을 쓴 프랑스 예술 전문 기자 빈센트 노스 역시 여러 번 대화에 응했고 책을 쓸 때 모았던 자료도 너그러이 공유해주었다. 《예술품 도둑의 고백》의 대필 작가인 이브스 드 샤주네는 브라이트비저와 10일 동안 함께 지내며 들은 이야기를 생생히 전해주었다. 이 책의 편집자였던 앤 카리에르와도 이야기를 나누었다.

스위스 영화 감독 다니엘 슈바이처Daniel Schweizer는 이 이야기를 다큐멘터리로 제작하려고 했으나 브라이트비저가 프로젝트를 파기해 중간에 그만두어야 했는데(이에 대한 법적 권리는 브라이트비저에게 있다), 그 과정에서 모은 자료를 망설임 없이 모두 내어주었다. 여기에는 브라이트비저와 앤 캐서린이 집에서 찍은 동영상도 들어 있었다. 브라이트비저의 친구였던 액자 세공업자 크리스티앙 메쉴르와도 진솔한 대화를 나눌 수 있었다. 대화 중 아인슈타인과 모차르트, 나폴레옹, 괴테, 바그너, 빅토르 휴고에 대한 이야기가 나오기도 했다.

프랑스와 스위스의 법률 제도에 대한 부분은 전문 번역가 로렌스 브리의 도움을 받았다. 브라이트비저의 재판 필기록과 경찰 조사 기록뿐 아니라 인터뷰 녹음본까지 모두 번역해주었다. 스위스 심리 치료사 미셸 슈미트가 작성한 장문의 심리 보고서를 열람할 때는 브라이트비저가 직접 필요한 서류에 서명해주었다.

뉴욕 시립 대학교 존제이 칼리지에서 예술/음악 학부 교수를 맡고 있는 에린 톰슨은 미학적 반응이 갖는 힘과 예술 작품을 만질 때 수반되곤 하는 강렬한 감정에 대해 알려주었다. 브루클린 칼리지 심리학 교수 나탈리 캐시닉은 미술품 도둑의 일반적인 사고 방식과 동기에 대한 가설과 함께 브라이트비저의 케이스에 대해서도 따로 연구해 정보를 주었다. 런던을 기반으로 전 세계 도난 문화재 데이터베이스를 구축하고 있는 ALR의 줄리안 래드클리프는 도난 작품을 회수하는 방법에 관한 내 질문에 상세히 답변해주었다. 예술품 범죄 연구 협회 창립자 노아 차니와의 대화를 통해 예술품 범죄의 기나긴 역사에 대해 이해할 수 있었다. 차니는 〈미술품 범죄 저널〉의 편집자이며 내 연구에 많은 도움이 된 저서를 집필한 작가이기도 하다. 《모나리자 도둑들: 어린 양을 훔치다Stealing the Mystic Lamb, The Thefts of the "Mona Lisa"》와 《뮤지엄 오브 로스트 아트》를 썼다.

〈GQ〉 2019년 3월 호에 브라이트비저에 관한 기사를 기고할 기회가 있었다. 편집국장 제프리 가뇽이 기사 편집을 도와주었고 매트 브라운이 사실 관계를 확인해주었다. 이 책의 사실 관계 확인은 라일리 블랜턴이 맡아주었다. 등장인물의 이름은 물론이고 인물의 실제 특징 역시 고치거나 바꾸지 않고 그대로 썼다. 브라이트비저를 포함해 누구도 이를 막을 권한은 없다.

이 책을 쓰기 위해 전문 자료 조사가 잔 하퍼와 함께 수백 건의 자료를 뒤졌다. 강박적 수집과 스탕달 신드롬에 대해, 그리고 예술 범죄에 관한 각 나라의 법률을 비롯해 수 많은 주제에 대해 조사했다. 실험 목적으로 가격이 저렴한 유화 더미를 사서 실제로 불태워 보기도 했다. 아이들이 지켜보는 가운데 뒷마당에서 불을 지폈고, 타오르는 물감 결정이 땅에 떨어지는 현상을 눈으로 직접 목격했다.

이 책을 쓰기 위해 어마어마한 양의 책을 읽었다. 다음은 예술품 범죄에 관한 훌륭한 작품들이다. 에드워드 돌닉Edward Dolnick의 《사라진 명화들》, 스티븐 커크장Stephen Kurkjian의 《도둑질의 거장들Master Thieves》, 울리히 보저Ulrich Boser의 《가드너 박물관 강도 사건The Gardner Heist》, 에린 톰슨의 《소유Possession》, 토마스 D. 베즐리Thomas D. Bazley의 《예술계의 범죄 사건들Crimes of the Art World》, 앤서니 M. 아모레Anthony M. Amore와 톰 매쉬버그Tom Mashberg가 공역한 《렘브란트를 훔치다Stealing Rembrandts》, 리아 프라이어Riah Pryor의 《범죄와 미술 시장Crime and the Art Market》, 밀턴 에스테로우Milton Esterow의 《미술을 훔치는 사람들The Art Stealers》, 휴 맥리브Hugh McLeave의 《미술관의 악당Rogues in the Gallery》, 존 E. 콘클린John E. Conklin의 《미술품 범죄Art Crime》, 보니 번햄Bonnie Burnham의 《예술 위기The Art Crisis》, 사이먼 훕트Simon Houpt의 《실종작들의 박물관Museum of the Missing》, 이반 린제이Ivan Lindsay의 《고대로부터 현재까지의 미술품 약탈과 도난의 역사The History of loot and Stolen Art from Antiquity Until the Present》, R. A. 스코티R. A. Scotti의 《사라진 미소》, 로버트 K. 위트만Robert K. Wittman과 존 시프만John Shiffman의 《FBI 예술품 수사대》, 조슈아 넬먼Joshua Knelman의 《사라진 그림들의 인터뷰》.

미학 이론에 관한 책도 큰 도움이 되었다. 데이비드 프리드버그David Freedberg의 《이미지의 힘The Power of Images》, 존 듀이John Dewey의 《경험으로서의 예술》, 안잔 채터지Anjan Chatterjee의 《미학의 뇌》, 제임스 엘킨스James Elkins의 《그림과 눈물》, 아서 P. 시마무라Arthur P. Shimamura의 《예술 경험Experiencing Art》, 엘렌 위너Ellen Winner의 《예술의 심리학How Art Works》, 데니스 듀턴Denis Dutton의 《예술 본능The Art Instinct》, 베르너 뮌스터버거의 《수집: 통제할 수 없는 열정Collecting: An Unruly Passion》.

다음으로, 예술 전반에 관한 흥미로운 책을 소개한다. 칼 오베 크나우스고르Karl ove Knausgaard의 《작은 공간의 큰 그리움So Much Longing in So little Space》, 레오 톨스토이Leo Tolstoy의 《예술이란 무엇인가?》, 움베르토 에코Umberto Eco의 《미의 역사》, 움베르토 에코의 또 다른 저서인 《추의 역사》, 히샴 마타르Hisham Matar의 《시에나에서의 한 달A Month in Siena》, 알랭 드 보통Alain de Botton, 존 암스트롱John Armstrong 공저 《영혼의 미술관》, 클라이브 벨Clive Bell의 《예술Art》, 에드먼드 버크Edmund Burke의 《숭고와 아름다움의 관념의 기원에 대한 철학적 탐구》, 세라 손튼Sarah Thornton의 《걸작의 뒷모습》, 톰 울프Tom Wolfe의 《현대 미술의 상실》, 오스카 와일드Oscar Wilde의 《의향》. 이 책의 서문을 《의향》의 1891년 에세이 〈예술가로서의 비평가〉에서 따왔다.

이렇게 책을 많이 읽었어도 브라이트비저와 앤 캐서린에 버금가는 예술품 도둑은 아직 들어보지 못했다. 거의 모두가 돈 때문에 예술품을 훔쳤거나 아니면 작품 하나 정도를 훔쳤다. 두 사람이 예술품 도둑들 틈에서는 매우 이례적인 케이스긴 하지만 미학적 욕망 때문에 범죄를 저지르는 또 다른 유형이 있긴 하다. 죄목으로 분류하자면 브라이트비저와 앤 캐서린은 '책 도둑'에 해당한다. 많은 양의 책을 훔치는 사람들은 대부분 열광적인 수집가인 경우가 많다. 이 부류의 사람들이 꽤 있어 심리학에서 이들을 위한 카테고리가 따로 있을 정도다. '장서벽bibliomaniacs'이라고 한다. 브라이트비저와 같은 부류의 사람들이다.

독일 출신 카톨릭 신부였던 알로이스 프치어러Alois Pichler는 러시아 상트페테르부르크에 파견되었을 때 1869년부터 1871년까지 러시아 왕립 공공 도서관Imperial Public Library에서 4,000권 이상의 책을 훔쳤다. 겨울 외투를 수선해 안쪽에 주머니를 따로 만들기까지 했다. 미네소타 출신의 부유한 집에서 자란 스티븐 블룸버그Stephen Blumberg는 미국과 캐나다의 도서관에서 2만 권의 책을 훔쳤다. 영국 서퍽주 출신으로 칠면조 농장에서 일했던 던컨 제본스Duncan Jevons도 30년간 도서관에서 4만 2,000권의 책을 훔쳤다. 1960년대 중반부터 훔치기 시작했으며 도서관에 갈 때마다 한 번에 몇 권씩 훔쳐서 낡은 가죽 가방 안에 숨겨 가지고 나왔다.

브라이트비저는 같은 알자스 지방 출신의 스타니슬라스 고스Stanislas Gosse라는 책 도둑을 좋아한다. 공학 교수였지만 종교 서적에 열광적이었다. 고스는 잠금 장치가 달린 중세 수도원에서 2년 동안 1,000권의 책을 훔쳤다. 수도원은 이 기간 동안 세 번이나 잠금 장치를 바꿨지만 소용없었다. 수도원 도서관에 경첩이 달린 책장이 하나 있었는데, 그 책장 뒤로 인근 호텔 뒷방까지 이어지는 비밀 통로가 있었기 때문이다. 아무도 모르던 사실이지만 고스는 훔친 책에서 이 통로에 대한 글을 읽었다. 그는 관광객 무리에 섞여 호텔로 들어가 도서관으로 숨어 들어간 뒤 망가진 책들(비둘기 똥으로 더럽혀진 책들이다)을 여행 가방에 담아 다시 호텔과 연결된 통로를 통해 나왔다. 그는 가지고 나온 책을 깨끗이 닦아 자신의 아파트에 보관했다. 경찰이 도서관에 카메라를 숨겨놓는 바람에 결국 2002년 체포되었지만 집행 유예를 받았을 뿐이다. 브라이트비저가 깊이 존경하는 유일한 도둑이다.

예술 도둑

예술, 범죄, 사랑 그리고 욕망에 관한
위험하고 매혹적인 이야기

1판 1쇄 펴냄 | 2024년 9월 20일
1판 9쇄 펴냄 | 2025년 1월 10일

지은이 | 마이클 핀클
옮긴이 | 염지선
발행인 | 김병준 · 고세규
편 집 | 정혜지
디자인 | 위드텍스트 · 백소연
마케팅 | 차현지
발행처 | 생각의힘

등 록 | 2011. 10. 27. 제406-2011-000127호
주 소 | 서울시 마포구 독막로6길 11, 2, 3층
전 화 | 02-6925-4183(편집), 02-6925-4188(영업)
팩 스 | 02-6925-4182
전자우편 | tpbook1@tpbook.co.kr
홈페이지 | www.tpbook.co.kr

ISBN 979-11-93166-65-9 (03840)